T. Gwynn Jones
Lona

Thomas Gwynn Jones (1871-1949) yw un o brif ffigyrau llenyddol a deallusol y byd Cymraeg. Enillodd y Gadair yn 1902 gyda'i awdl *Ymadawiad Arthur*, ond ar y pryd roedd yn fwy enwog fel nofelydd a newyddiadurwr. Bu'n ysgrifennu ar gyfer nifer o bapurau newydd yn y Gymraeg a'r Saesneg, lle cyhoeddwyd ei nofelau fesul bennod, *Lona* yn eu plith, a ymddangosodd gyntaf ar dudalennau *Papur Pawb* yn 1908 cyn ei chyhoeddi'n gyfrol yn 1923.

Tua diwedd ei oes bu ymdrech gan grŵp o ysgolheigion Ewropeaidd i'w enwebu am wobr Nobel am Lenyddiaeth, ond gwrthododd dderbyn yr anrhydedd gan nad oedd yn ystyried ei hun yn deilwng ohono.

Cyhoeddwyd *Lona* yn wreiddiol dan ffugenw; mae'r fersiwn cyfredol yn dychwelyd enw'r awdur i'w briod le.

T. Gwynn Jones

LONA

Llyfrgell Gymraeg Melin Bapur
Golygydd Cyffredinol: Adam Pearce

T. Gwynn Jones yn 1903 neu 1904, ar ganol cyfnod
ysgrifennu ei nofelau a'i straeon byrion.

Defnyddiwyd y llun gyda chaniatâd Gwasanaeth
Archifau Gwynedd.

Cynnwys

Rhagymadrodd vii

I. Mewn Penbleth. 1

II. Penderfyniad 5

III. Y Disgwyliad 14

IV. Pwy oedd Pwy 20

V. Y Ddewines 26

VI. Rhagfarn.................................32

VII. Damwain 36

VIII. Gelynion 43

IX. Rhyfeddodau 48

X. Goleuni a Chysgod.....................61

XI. Sôn a Siarad 69

XII. Profedigaeth............................74

XIII. Yr Ymchwil 79

XIV. "Rebel" 84

XV. Gwe'r Gau a'r Gwir 92

XVI. Yr Hen Gartref 96

XVII. Stori'r Capten..........................102

XVIII. Cerydd ai Cyngor? 108

XIX. Cyffes Olaf 116

XX. Yr Ymdrech 132

XXI. Y Ddwy Ferch 138

XXII. Ar Goll 145

XXIII. Ar y Trywydd 148

XXIV. Dirgelwch 154

XXV. Yn Erbyn Anobaith 160

XXVI. Damwain 166

XXVII. Adlais 171

Rhagymadrodd

Enillodd T. Gwynn Jones y Gadair am y tro cyntaf (o'r ddau dro iddo wneud hynny) yn Eisteddfod 1902, lle bu hefyd yn un o feirniad yr wyl. Ond er gwaetha'r ffaith mai ym marddoniaeth roedd ei fuddugoliaeth yr wythnos hwnnw, beirniad ar gystadleuaeth y stori fer oedd Gwynn, oherwydd mai fel nofelydd ac awdur straeon byrion roedd fwyaf adnabyddus ar y pryd. Pan enillodd ei gadair gyntaf roedd eisoes wedi cwblhau pedair nofel, ac erbyn iddo ennill y gadair am yr eildro yn 1909 roedd hyd at bymtheg ohonynt wedi'u cyhoeddi (mae'r union nifer yn dibynnu os cyfrir cyfieithiadau a 'chyfaddasiadau'). Dros yr un cyfnod, ysgrifenasai rhyw ddau gant o straeon byrion. Yn ddiweddarach yn ei fywyd hawliodd, yn lled gywir, iddo ysgrifennu rhyw ddeg gwaith cymaint o ryddiaith nag o farddoniaeth ar hyd ei yrfa hir.

Rhyfedd, felly, meddwl mai fel bardd yn unig bron iawn y mae T. Gwynn Jones yn adnabyddus heddiw. O'i nofelau, dim ond pedair ohonynt gafodd eu cyhoeddi ar ffurf cyfrolau yn ystod ei oes; ac o'r rheiny dim ond dwy ohonynt ymddangosodd dan wir enw eu hawdur, a heb fod yn hir ar ôl eu cyhoeddi'n wreiddiol. Cymharol ychydig fu'r trin a'r trafod o'i ryddiaith gan ysgolheigion, ac o bori drwy adnoddau fel y *Cydymaith i Lenyddiaeth Cymru* a'r *Bywgraffiadur Cymreig* prin oes sôn o gwbl am ei ryddiaith. Gellid yn hawdd maddau i'r sawl a feddyliai mai anialwch gwag yw hanes y nofel Gymraeg rhwng marwolaeth Daniel Owen yn 1896 a'r 1920au a'r 1930au, pan gyhoeddwyd nofelau cyntaf E. Tegla Davies, Kate Roberts a Saunders Lewis—hynny yw, blynyddoedd anterth rhyddiaith Gwynn.

Ar yr olwg gyntaf, anodd yw cynnig rheswm da dros hyn. Yn sicr, ni ellir priodoli hyn i unrhyw ddiffyg ar ran y nofelau eu hunain. Gwyddai Gwynn yn iawn sut i lunio plot stori afaelgar a chyffrous. Gwyddai sut i drafod pynciau dwfn a heriol heb fynd i bregethu. Gwyddai hefyd sut i ysgrifennu deialog naturiol mewn Cymraeg cywir. Mewn geiriau eraill, llwyddodd yn llwyr i osgoi gwendidau mwyaf cyffredin nofelau Cymraeg oes Fictoria. Mae'r straeon hyn oll yr un mor ddarllenadwy a chyffrous hyd heddiw ac yr oeddynt pan ymddangosant fesul bennod yng nghyfnodolion a phapurau newydd y cyfnod.

Mae'n wir fod i'w nofelau eu hystrydebau. Ceir digonedd o gymeriadau stoc, o gyd-ddigwyddiadau anghredadwy, ac o *cliffhangers* rheolaidd ar ddiwedd penodau (er hybu gwerthiannau rhifyn nesaf y papur, hwyrach!). Mae'r nofelau'n dibynnu'n aml ar ddyfeisiau naratif fel dirgelwch teuluol (os yw rhiant un o'r prif gymeriadau'n anhysbys, yna gellir bod yn sicr bod hynny'n fater o bwys), ac aml iawn bydd cymeriadau'n mynd yn wael neu'n marw o dorcalon, pryd bynnag y gelwir am hynny gan y plot. Fodd bynnag, safbwynt yr ugeinfed ganrif ar hugain yw edrych ar y rhain fel gwendidau. O osod y nofelau yn eu cyd-destun daw'n amlwg mai confensiynau naratif nofelau'r bedwaredd ganrif ar bymtheg hir ydynt oll: gwelir yr un fath o beth yn fynych yn nofelau Daniel Owen, ac yn nofelau Saesneg megis rhai Charles Dickens. Yn y bedwaredd ganrif ar bymtheg ni fyddai nofelwr yn gadael i rywbeth amhwysig fel realaeth amharu ar stori dda.

Mewn agweddau eraill, ni ellir ond cydnabod bod nofelau Gwynn yn arloesol, yn enwedig yn eu cyd-destun. Y pynciau y dewisodd Gwynn ysgrifennu amdanynt, er enghraifft: roedd yn fodlon gwneud pethau'n bynciau i'w nofelau nad oedd ei ragflaenwyr wedi meiddio eu trin, megis anghydfod cymdeithasol, gwrthdaro llafur ac iselder ysbryd (yn *Gorchest Gwilym Bevan*), culni enwadol (yn enwedig yn *Lona*) ac annhegwch dosbarth cymdeithasol (yn *Rhwng Rhaid a Rhyddid* ac eto yn *Lona*), hyd yn oed ffuglen wyddonol (*Enaid Lewis Meredydd*). Nid oedd yn ofni ymdrin â phynciau heriol megis hunan-laddiad—dechreua *Gorchest Gwilym Bevan*, ei drydedd nofel, gyda'r prif gymeriad yn gwneud ymgais i ladd ei hun—a threisio merched (*Lona*). O ystyried y bu Gwynn yn bur ansicr ynghylch ei grefydd am gyfnodau hir o'i fywyd, nid rhyfedd efallai bod ei nofelau ar y cyfan yn osgoi'r moeswersi Cristnogol sydd mor nodweddiadol o nofelau Cymraeg y cyfnod. Gall hynny fod yn gryfder neu'n wendid wrth gwrs, yn dibynnu ar safbwynt y darllenydd, ond yn sicr bydd trem fwy seciwlar nofelau Gwynn yn chwa o awyr iach i rai o ddarllenwyr heddiw sydd yn gyfarwydd â nofelau'r cyfnod. Mae hyd yn oed y teitlau a ddewisodd Gwynn ar gyfer ei nofelau'n adlewyrchu'r uchelgais ynddynt. Traddodiad, neu hwyrach arfer di-feddwl, nofelwyr Cymraeg y cyfnod oedd rhoi naill ai enw'r prif gymeriad(au) yn deitl ar nofel (*Rhys Lewis, Dafydd Owen, Enoc Huws, Myfanwy Morgan, Gwilym a Benni Bach, Dafydd Dafis, Nest Merfyn* ac ati) neu fel arall rhoi syniad go uniongyrchol o'r plot (*Pwy oedd yr Etifedd?*). O'r cychwyn cyntaf gyda *Gwedi Brad a Gofid* dangosodd Gwynn na fyddai'n dilyn y patrymau gosodedig hyn, ac aeth ymlaen gyda theitlau fel *Rhwng Rhaid a Rhyddid* a *Llwybr Gwaed ac Angau*, teitlau sy'n ddatganiadau plaen o fwriad yr awdur i'w lyfrau ddatgelu ryw wirioneddau hanfodol ynghylch y pynciau hyn. Hyd yn oed pan mae'n defnyddio enw cymeriad mewn teitl, daw ynghlwm â gair sy'n cyfleu mwy na hynny'n unig (*Enaid Lewis Meredydd, Gorchest Gwilym Bevan*). Yn rhyfedd ddigon *Lona* yw'r unig eithriad, ond fel y cawn weld, mae'n eithriad sy'n brawf i'r rheol o ystyried swyddogaeth y cymeriad o fewn fframwaith syniadaethol y llyfr.

Daethai'r nofel Gymraeg yn bell yn ystod y degawd ar ôl Daniel Owen, a Gwynn heb os oedd y ffigwr pwysig cyntaf yn hanes y nofel i ddilyn y gŵr o'r Wyddgrug. Priod yw asesiad Alan Llwyd mai os tad y nofel Gymraeg oedd Owen, yna Gwynn oedd ei ewythr.

At beth, felly, y mae priodoli'r ffaith na hawliodd ei nofelau eu lle yn yr ymwybyddiaeth Gymraeg? Yn ei gofiant iddo, awgryma Alan Llwyd i fri Gwynn fel bardd daflu llen dros ei orchestion rhyddieithol. Yn sicr, fel yn achos llawer i athrylith greadigol, mae cynnyrch artistig Gwynn mor llethol ac mor eithriadol o amrywiol fel ei bod yn gallu bod yn anodd gwybod lle i ddechrau; digon dealladwy efallai yw'r tueddiad felly i ganolbwyntio ar y maes hwnnw y bu'r gŵr fwyaf enwog a dylanwadol ynddi, sef ei farddoniaeth. Mae'n debyg, hefyd, mai fel bardd yr oedd ef ei hun eisiau cael ei gofio: mae ei nofelau i gyd yn perthyn i gyfnod cynharach ei oes, pan oedd yn gweithio fel newyddiadurwr, ac ni ysgrifennodd yr un nofel na stori fer wreiddiol yn nhri deg mlynedd olaf ei fywyd, wedi iddo fynd i weithio yn y Llyfrgell Genedlaethol, ac wedyn i brifysgol Aberystwyth. Ysgrifennodd ei nofelau, gellid tybio felly, yn rhinwedd ei swydd, er mwyn cynnal ei hun a'i deulu, ac fel modd i gefnogi ei gwir angerdd creadigol, sef barddoniaeth: unwaith iddo gael modd arall o gefnogi'i hun pylodd ei awydd i ysgrifennu rhyddiaith, a'i awydd hefyd efallai i hyrwyddo ei waith yn y cyfrwng.

Hwyrach bod elfen o wirionedd yn hyn, ond mae'n anodd ei dderbyn yn llwyr, fodd bynnag. Anodd credu iddo fod mor gynhyrchiol mewn cyfnod mor fyr os nad oedd yn cael gwir blas ar y gwaith. Gallasai ennill mwy o lawer nag yr oedd fel newyddiadurwr a nofelydd Cymraeg petai'n ysgrifennu yn Saesneg, neu'n ymgymryd â rhyw fasnach hollol wahanol—dau beth iddo fyfyrio arnynt cryn dipyn, ond penderfynu yn eu herbyn. Ac yn sicr, nid yw ansawdd y nofelau eu hunain yn awgrymu y dylid eu diystyru fel gweithiau ysgafn i ennill eu hawdur ei fara menyn: mae iddynt wir uchelgais, a gwir werth llenyddol.

Gall fod gan ffactorau eraill ynghylch natur y nofelau heblaw eu hansawdd fod a wnelo rhywbeth â'r peth. Soniwyd eisoes am naws seciwlar ei nofelau—gyda Chymru'n wlad mor grefyddol, tybed a gyfrannodd agweddau mwy heriol y nofelau a'u byd-olwg mwy seciwlar at y ffaith na chydiodd ei nofelau yn nychymyg y cyhoedd fel y gwnaeth rhai Daniel Owen, er enghraifft. Nid cyd-ddigwyddiad mai *Gŵr Pen y Bryn* E. Tegla Davies, nofel grefyddol yn ei hanfod, a gyfrid fel y campwaith cyntaf yn yr oes wedi Daniel Owen; ac anodd yw dychmygu y byddai unrhyw weinidog wedi cynnig nofel fel *Gorchest Gwilym Bevan* fel peth a allai fo o unrhyw les ysbrydol i'w darllenwyr. Yr agweddau hyn yn ei nofelau fodd bynnag yw'r union beth sy'n gwneud gwaith Gwynn yn *fwy* apelgar na'i gyfoedion i ddarllenwyr heddiw. Hwyrach y gallasai ddarllenwyr oesau diweddarach wedi gwerthfawrogi nofelau Gwynn yn fwy; ond oherwydd ymddangosodd llawer ohonynt yn ddienw, ac am na chawsant, gan fwyaf, eu cyhoeddi fel cyfrolau, aethant yn angof yn syml iawn am eu bod mor anodd i gael gafael arnynt. Mae'n hen bryd, heb os, gwneud yn iawn am hyn, ac ail-gyflwyno'r llyfrau hyn i ddarllenwyr newydd, a thrwy hynny cydnabod eu pwysigrwydd yn hanes nofelau ein hiaith.

Lona oedd nofel olaf ond un Gwynn i oedolion, a hithau, mae'n ymddangos, oedd ei hoff un yntau o'u plith. Yn wahanol i'r rhan fwyaf o'i nofelau, ymddangosodd fel cyfrol, yn 1923; fodd bynnag ysgrifennwyd y nofel bymtheg mlynedd yn gynharach a'i chyhoeddi yn *Papur Pawb* yn 1908. Perthyn, felly, i'r cyfnod cyn y rhyfel byd cyntaf, a pherthyn ei syniadaeth i'r mudiad Rhamantaidd oedd wedi cydio yn nychymyg llenorion Cymraeg blaenllaw'r cyfnod, Gwynn yn fwy na neb.

Ar yr wyneb, ymddengys *Lona* yn stori weddol nodweddiadol o nofelau Cymraeg ei hoes: lleolir y stori yn y Minfor, pentref glan y môr dychmygol sy'n ddigon nodweddiadol o bentrefi arfordirol Llŷn neu Fôn. Cyflwynir ein harwr, Merfyn Owen, sydd neb llai na Gweinidog Methodistaidd, yn union fel prif gymeriad *Rhys Lewis* Daniel Owen, nofel enwocaf Cymru ar y pryd. Gadewch i ni fod yn blaen: mae pennod gyntaf *Lona* braidd yn anaddawol yng nghyd-destun honiadau'r rhagymadrodd hwn. Ond yn fuan iawn daw hi'n amlwg nad yw galwedigaeth y prif gymeriad yn berthnasol iawn i'r stori. Nid tymhestloedd mewnol yr enaid crefyddol yw deunydd *Lona*, ac mewn gwirionedd gallasai Merfyn Owen yn hawdd bod yn feddyg neu'n athro heb newid rhyw lawer ar y stori. Mae *Lona* yn stori serch ag iddi adeiladwaith cywrain, cryno. Yng ngeiriau Saunders Lewis wrth adolygu argraffiad 1923, "*Lona* is almost unique in Welsh. It is a love story, a romance, a perfectly constructed best-seller."

Daw hi'n amlwg, fodd bynnag, er mor ystwyth yw'r plot, bod mwy yma na deunydd *best-seller.* Gwynn oedd un o brif ffigyrau'r mudiad Rhamantaidd yng Nghymru, a chymaint ag unrhyw nofel arall yn yr iaith mae *Lona* yn cyfleu syniadaeth y mudiad hwnnw. Noda Alan Llwyd y bu Gwynn yn darllen W. B. Yeats yn yr adeg yr ysgrifennodd y nofel, a phwyntia at y tebygrwydd rhwng Lona ei hun a chymeriad y bardd Gwyddelig, Kathleen ni Houlihan. Yn yr un ffordd ag y mae Kathleen yn ymgorfforiad o ysbryd y genedl Wyddelig, mae Lona, chwedl Llwyd, yn ymgorfforiad o burdeb Cymru, ei hiaith a'i diwylliant cynhenid. Caiff Merfyn ei ddenu ati oherwydd ei honestrwydd syml a'i diniweidrwydd; caiff ei chyferbynnu â Miss Vaughan, sy'n cynrychioli dylanwadau Seisnigrwydd a moderniaeth. Mae Lona'n un â natur, ac mae tangnefedd a phrydferthwch natur (a'i dymhestloedd) hefyd yn thema gyson yn y nofel, i'w cymharu a'u cyferbynnu ag enaid dyn.

Wrth fyfyrio ar Lona caiff Merfyn y gweinidog ddigon o amser i fogail-syllu, ond y *credo* sy'n llinyn cyson ei feddyliau yw rhamantiaeth, nid rhagluniaeth.

O ran Lona ei hun, prin y gellid ei hystyried Lona fel cymeriad dynol credadwy; ond unwaith eto, mae'r feirniadaeth honno'n methu'r pwynt braidd. Syniad ydy Lona, delfryd; "chwaer y grug a'r eithin", symbol o burdeb natur ac o ddiniweidrwydd y natur ddynol ar ei orau. Beirniadaeth decach yw cydnabod bod Lona, mewn gwirionedd, yn ddyfais i sbarduno datblygiad cymeriad yr arwr o ddyn. Hen ddyfais yw hyn sydd, yn y bôn, yn gosod y ferch fel rhywbeth i ddynion ymateb iddi'n hytrach na pherson go iawn ynddo'i hun. Er teg yw nodi bod Lona yn taro'i hymosodwr yn yr ail bennod, ac yn cael y cyfle i achub bywyd Merfyn yn hwyrach yn y stori—dydy hi ddim yn hollol ddiymadferth—cawn ein hatgoffa eto ac eto mor blentynnaidd a diniwed ydy hi, a dim ond ar ddiwedd y llyfr, pan ddaw hi'n nyrs ar ôl mynd i gredu nad oes ar Merfyn ei heisiau, y caiff hi'r cyfle i weithredu mewn gwirionedd o'i dymuniad hi ei hun.

Er mai *Lona* yw teitl y nofel, mwy diddorol efallai na'r arwres yw cymeriad benywaidd arall y nofel, Miss Vaughan. Ceir yn ei pherthynas hithau â Merfyn drych o berthynas Merfyn a Lona, ond y tro hwn y ferch sy'n delfrydu'r dyn: Merfyn yw dihangfa Miss Vaughan rhag confensiynau ei dosbarth a'u disgwyliadau. Gellir hefyd ddarllen yn eu perthynas feirniadaeth ar y modd yr oedd y gymdeithas Seisnig yn delfrydu'r Cymry eu hunain, megis yn syniadaeth Matthew Arnold, fel y gwrthbwys Celtaidd, creadigol, hynafiaethol i ffilistiaeth tybiedig y Saeson. Dros y stori dengys Miss Vaughan rhagor o ddatblygiad na Lona'i hun, gan sylweddoli erbyn y diwedd iddi ymddwyn yn greulon ac yn hunanol. Cawn ein hatgoffa droeon o hagrwch Miss Vaughan (sy'n ei chyferbynnu â Lona wrth gwrs), ac yn wir, aiff y pwyslais parhaus hwn i deimlo'n greulon yn fuan iawn.

Ond beth bynnag mae hi'n ei chynrychioli o fewn
syniadaeth y nofel, mae'n glir na fwriadodd yr awdur i ni
gasáu Miss Vaughan: er gwaetha'i chyfoeth ariannol mae'n
gaeth i ddisgwyliadau eraill a phwysau cymdeithasol mewn
ffordd nad yw Lona; ac mae'n ennyn cryn gydymdeimlad
gan y darllenydd. Yn wir, roedd Gwynn ei hun yn hoff iawn
o'i greadigaeth ac ystyriodd ei gwneud hi'n arwres hanes
newydd. Waeth beth oedd bwriad yr awdur, hwyrach y
buasai'n well gan rai o ddarllenwyr *Lona* heddiw petai Miss
Vaughan yn cael ennill calon Merfyn yn y pen draw!

Fel y gwnaeth Gwynn yn fynych yn ei nofelau, defnyddir
y ffurf i gynnig beirniadaeth ar gymdeithas ei oes. Nid am
y tro cyntaf, culni enwadol yw'r prif gocyn hitio yn *Lona*, a
rhagrith y rhai sy'n galw eu hunain yn Gristnogion heb drin
eu cymdogion bob tro â chariad neu garedigrwydd, yn
enwedig pan nad ydynt yn cydymffurfio i ddisgwyliadau'r
gymdeithas. Bu Gwynn, drwy ei oes, yn bencampwr
lleiafrifoedd a'r eithriedig, ac yn *Lona* gwelwn y rhain ar
ffurf y Catholigion a'r Gwyddelod. Mae'r agwedd
gydymdeimladol a goddefol tuag at y rhain yn a geir yn y
nofel yn gwrthgyferbyniad llwyr i'r agweddau tuag atynt a
welir mewn llawer o nofelau Cymraeg, gan gynnwys rhai
cafodd eu hysgrifennu mewn oesau diweddarach, mwy
'goleuedig'. Mae rhagfarn rhagflaenydd Merfyn fel
gweinidog yn amlwg i'w dirmygu a'i gasáu gan y darllenydd,
a rhagfarn mewn gwirionedd sy'n esbonio'r gamdriniaeth
mae Lona'n ei phrofi wrth ddwylo'r gymdeithas ehangach.
Caiff Lona ei cham-drin, yn rhannol, am mai "pabyddes"
yw hi, er gwaetha'r ffaith bod hanfodion elfennol y ffydd
honno'n hollol ddiarth iddi mewn gwirionedd. Rhagfarn—
"yr unig beth hollalluog!", fel y dywed Mistar Ifans yr
athro—sy'n troi pobl i drin ei gilydd yn nhermau absoliwt,
hanfodol; ac nid yw Cristnogaeth honedig pobl fel John
Jones a Morys William yn ddim amddiffyniad yn ei herbyn.
Os yw'r driniaeth o ferched yn *Lona* wedi dyddio heb os,

yna mae'r driniaeth o ragfarn ac o ragrith yn siarad i'n hoes ni cystal ag erioed.

Gall hyn oll arwain y darllenydd i feddwl bod *Lona'n* nofel braidd yn ddifrifol, ond ceir yma mwy na digon o hiwmor, hefyd, fel yn nhrafodaeth Miss Vaughan a Marged Roberts am enwau'r Cymry (rhywbeth a gwynai Gwynn yn ei gylch yn fynych) ac yn y ffordd yr ymosodir ar ragrith drwy ddychan gan bennaf.

Ond prif gryfder *Lona*, fel ym mhob un o nofelau T. Gwynn Jones, a'r hyn sy'n eu gwneud mor ddarllenadwy hyd heddiw, ac yn eu gosod ar wahân i gymaint o nofelau eraill eu cyfnod, yw'r ffordd y cyfuna'r awdur adeiladwaith storïol llyfn, gyda chymeriadau gwreiddiol a chofiadwy sy'n hawdd cydymdeimlo â hwy, gyda'r union faint cywir o sylwebaeth gymdeithasol neu athronyddol i roi gwir bwysau gwybyddol i'w chwedlau, ond heb amharu arnynt fel straeon. Yn fwy na dim, mae nofelau Gwynn yn *gyffrous*, yn fwy felly na llawer awdur Cymraeg sy'n uwch ei barch. Mae'n hen bryd eu cydnabod.

A. P.   Porthcawl 2023.

Nodyn ynghylch y testun:
Mae'r testun yn y llyfr hwn yn seiliedig ar argraffiad 1923 *Lona*. Mae'r orgraff a'r iaith wedi'u diweddaru rhywfaint ac fe gywirwyd ambell wall neu amwyster, fel na fyddant yn amharu ar ddealltwriaeth na mwynhad darllenwyr cyfoes; fodd bynnag gwnaed ymdrech i gynnal gymaint â phosib o ieithwedd y testun gwreiddiol, yn enwedig yn y deialog tafodieithol.

LONA

I.
Mewn Penbleth.

Roedd Merfyn Owen, gweinidog ieuanc gyda'r Methodistiaid Calfinaidd, mewn penbleth. Nid oedd ond ychydig amser er pan ddaethai adref o'r Cyfandir, lle buasai am ddwy flynedd, ar ôl gorffen ei addysg gartref. Erbyn hyn, cawsai ddwy alwad, un gan eglwys fechan mewn pentref gwledig ac anghysbell, a'r llall gan eglwys fawr gyfoethog, yn un o drefi Lloegr. Pa un o'r ddwy alwad a dderbyniai?

Galwad yr eglwys fach a gawsai gyntaf o'r ddwy. Pentref bychan gwledig oedd y Minfor, a'r trigolion yn byw ar drin y tir, chwarela a physgota. Unwaith y buasai Merfyn yn pregethu yno, ac ni chofiai nemor am y lle na'r gynulleidfa. Tebygai er hynny mai pobl ddiniwed, dipyn yn hen ffasiwn, oedd y trigolion, heb fod anesmwythder meddwl yr oes yn poeni nemor arnynt. Un felly oedd eu hen weinidog, John Jones, a fu farw ryw flwyddyn cyn hynny, hen ŵr syml a da, a gredai'n gwbl onest fod y syniadau crefyddol a ddysgwyd iddo ef yn esboniad terfynol ar bob anhawster, ac na allai synio am y fath beth ag amheuaeth onest o gwbl. Wedi dweud cymaint â hyn, prin y mae'n rhaid ychwanegu mai bychan fyddai cyflog gweinidog y Minfor. Hyn ar y naill law.

Ar y llaw arall, tref fawr oedd L——, lle roedd yr eglwys arall, ac nid ychydig o aelodau'r eglwys honno wedi ennill cyfoeth lawer ym masnach y dref. Buasai Merfyn yno'n pregethu hefyd, a chofiai lawer mwy am y gynulleidfa. Tebygai fod yno hefyd lawer o bobl ddiniwed a hen ffasiwn eu syniadau, er eu bod yn byw ynghanol y ddinas fawr; ond roedd yno eraill, ac, fel yr eglurwyd iddo yn llythyr y blaenoriaid, llawer o bobl ieuanc a wyddai rywbeth am ansicrwydd yr oes gyda golwg ar foes a chrefydd. Nid rhaid ychwanegu yma chwaith bod cyflog da i weinidog eglwys L——.

Yn ei benbleth, gofynasai Merfyn gyngor cyfaill neu ddau. Ar yr eglwys fawr y dylasai wrando, meddai'r ddau. Roedd honno, meddai un ohonynt, yn un o eglwysi mwyaf y Cyfundeb, ac nid oedd weinidog yn y Corff na fuasai'n neidio at yr alwad. Pwy ond un fel Merfyn, a gawsai'r addysg orau y gellid ei chael am arian, a ddylasai fod yn weinidog eglwys fawr, gyfoethog, mewn tref estron, lle'r oedd perygl colli'r bobl ieuanc oni cheid i'w harwain ddyn a fedrai ddeall eu hanawsterau? At hynny, byddai'n rhaid i weinidog eglwys mor fawr fod, yn fuan iawn, yn un o arweinwyr y Cyfundeb. Roedd yr alwad ei hun yn profi bod yr eglwys yn ystyried Merfyn yn ŵr cymwys i ddwyn y cyfrifoldeb hwnnw.

Er y cwbl, mewn penbleth roedd Merfyn. Ysgolhaig ydoedd, a breuddwyd ganddo gynt oedd cael eglwys fechan yn y wlad, mewn lle tawel a hamddenol, tebyg i'r ardal y magwyd ef ynddi. Carai feddwl am yr ardal honno, a'i bywyd glân, syml. Yno, hyd y gwyddai, y ganed ef. Yno, o leiaf, y cofiai ef ei hun gyntaf, yn chware o gwmpas y Ceulwyn, plasty bychan yn ymyl pentref Llaneigion. Roedd Merfyn wedi tyfu'n llanc cyn gwybod nad Gruffydd a Gwen Owen oedd ei dad a'i fam. Hyd y deallai ef, cyfeilles i Gwen Owen oedd ei fam. Ni chlywsai ragor na hynny, ac ar y pryd, ni theimlodd un awydd holi, gan na allasai dim byth beri iddo ef beidio â theimlo at Gruffydd a Gwen Owen fel ei dad a'i fam. Ni chafodd plentyn erioed rieni tebyg i'r ddau. Ni fu ar Merfyn eisiau am ddim erioed, a chafodd yr addysg orau y gellid ei chael, gartref ac ar y Cyfandir. Mwy na'r cwbl, cafodd serch ac anwyldeb diderfyn ar hyd ei oes. A phan gladdwyd Gruffydd Owen, yn fuan iawn ar ôl ei wraig, daeth eu heiddo i gyd yn feddiant i Merfyn. Ei feddiant ef, bellach, oedd y Ceulwyn, ei hen gartref, a hynny o arian a adawodd Gruffydd Owen ar ei ôl—swm heb fod yn fawr.

Dwedodd rai o'r pethau hyn wrth un o'r cyfeillion a grybwyllwyd, fel yr eisteddai hwnnw ac yntau wrth y ffenestr mewn tŷ yn un o drefi glannau'r môr yn y Gogledd.

"Ie," meddai hwnnw, "pam na feddyli di mai dy demtasiwn yw mynd i le felly, er mwyn cael llonydd gyda'th lyfrau a'th freuddwydion, yn lle bod ynghanol bywyd y byd heddiw, lle mae'r ymdrech a'r perygl?"

Parodd hyn boen i Merfyn hefyd, a dyfnhaodd ei ansicrwydd. Rhyw feddwl oedd y byddai o leiaf yn osgoi temtasiwn uchelgais wrth ddewis yr eglwys fach. Ond beth am demtasiwn llonyddwch, chwedl ei gyfaill?

"Pe gwyddwn i fy nyletswydd," meddai, "rwyf yn credu y gwnawn hi, heb betruso!"

Drwy'r ffenestr agored, daeth straen o fiwsig i'w clustiau, oddi wrth y band oedd ar y traeth.

"Gwrando!" meddai'r cyfaill, "Glywi di'r miwsig yna? A wyddost ti beth yw hi? Na, nid wyt ti lawer o gerddor. Miwsig crefyddol, gwaith Cymro hefyd, *Shepherd of Souls* y gelwir y darn[*]. Bydd rhai pobl yn dweud, wyddost, na wnaeth dim un Cymro fiwsig mawr erioed. Ond gwrando ar hwn. Oni chlywi di enaid yr hen Gristnogion cyntefig ynddo? Ffydd, Gobaith, Cariad, y pethau a orchfygodd Rufain, ac Ewrop. Os nad wyf yn methu'n arw, y mae ymddatodiad ymherodraeth a gwareiddiad arall wedi dechrau eisoes, ac fel y bu yn Rhufain y bydd eto. Yng nghanol prysurdeb y dinasoedd mawrion, a'u herledigaeth, efallai, y genir crefydd newydd eto. Wyddost ti mai cerddor y mynaswn i fod? Gellir dweud pethau mewn cerddoriaeth na ddwedir mohonynt byth mewn geiriau, nac mewn carreg, na phaent! Ac eto, fedraf i ddim. Dyna lle y mae'n haddysg

---

[*] Edward German (1862-1936). Roedd o dras Cymreig, ond nid yw'n debyg y byddai wedi ystyried ei hun yn Gymro. Newidiasai ei Dad sillafiad enw'r teulu (Garmon gynt).

ni i gyd ar ôl. Methu dyfod o hyd i neges dyn. Tyrd allan i'r awyr!"

"Ie," meddai Merfyn, yn araf, "methu dyfod o hyd i neges dyn! Beth yw hi, dywed? 'Yn ddyn heb neges dan y sêr!'"

Aethant allan. Cerddasant at y traeth. Erbyn hynny, roedd y band—band tannau ydoedd—yn canu rhywbeth arall.

"Beth yw hwnna?" meddai Merfyn. "Does dim llawer o'r cerddor ynof i, fel dywedaist, ond i mi, y mae hwnna yn llawer tlysach na'r llall."

"Hwnna!" meddai'r cyfaill, "miwsig ysgafn, rhamantus, yr *intermezzo* hwnnw o'r *Cavalleria Rusticana*, gwaith Mascagni."

"Ond mae o'n dlws."

"Tlws, ydy. Ond beth sydd ynddo?"

"Beth wn i? Ond y mae o'n dlws! Clyw, rŵan. A! Rwyf yn cofio'r darn. Clywais o ar y Cyfandir lawer gwaith. Pan oeddwn yn Berlin, roedd dyn ieuanc yn byw yn yr un tŷ â mi, clerc yng ngwasanaeth y Llywodraeth, ond cerddor wrth natur. Llais tenor ardderchog ganddo, ac yn gwybod am y cantorion i gyd. Bûm gydag ef yn gwrando ar Gymro yn canu—Ffrancon Davies—roedd o'n hanner addoli hwnnw. Un noswaith, roedd o'n eistedd wrth y piano, ac yn chwibanu'r darn yna ac yn canu'r piano ar yr un pryd. Pe buasit yn yr ystafell nesaf, buasit yn mynd ar dy lw mai ffidil oedd yno. Roedd o'n berffaith. A byth er hynny, mi fyddaf yn sefyll ar y stryd i wrando ar bob organ faril fydd yn canu'r darn. Wn i ddim am gerddoriaeth, wrth gwrs, ond bydd y darn hwn yn codi i'm pen bob tro y clywaf."

Y noswaith honno, yn hwyr, yn ei ystafell wely, yn y tŷ ar lan y môr yn Nhrelês, a'r "miwsig ysgafn, rhamantus" yn swnio yn ei glustiau o hyd, meddyliodd Merfyn am fynd trannoeth ar dro i'r Minfor i weld yr ardal, cyn penderfynu pa beth a wnâi.

II.
Penderfyniad

Pan ddisgynnodd ef o'r trên yng Nghaerafon, deallodd Merfyn ei bod yn ddiwrnod ffair yno, ac mai anodd iddo, o'r herwydd, fyddai cael cerbyd i'w ddanfon oddi yno i'r Minfor. Parodd hynny iddo ystyried eilwaith ai doeth oedd mynd yno. Unwaith y buasai yno'n pregethu erioed. Heddiw, gwisgai ddillad gwlanen a het wellt. Nid tebyg yr adnabyddai neb mohono, am na fynnai ond rhoi rhyw dro drwy'r ardal, gan y buasai hi'n dywyll pan gyrhaeddodd ef yno nos Sadwrn, a bu'n rhaid cychwyn oddi yno'n gynnar fore Llun yr unig dro y buasai yn y lle. Pe gwelai rywun ef a'i adnabod, gallent feddwl ei fod yn ysbïo'r wlad y tu cefn i'r bobl. Pan ddaeth hyn i'w feddwl, bu agos iddo roi'r gorau i'w fwriad a dychwelyd at ei gyfaill i Drelês. Ond teimlodd na wnâi ddim byth os gwrandawai ar bob rhyw syniad a ddaethai i'w ben. Wedi cychwyn, âi yn ei flaen. Gwelodd siop lle'r oedd bisiglau ar log. Cyn pen ychydig funudau, roedd ar yr olwyn, yn teithio'n hwylus ar y ffordd fawr o Gaerafon tua'r Minfor, ac yn dweud wrtho'i hun bod yn rhaid iddo wneud rhywbeth heblaw hêl meddyliau a phendroni.

Yn fuan, dynesai at ardal y Minfor. Roedd y llain o dir gwastad rhwng y môr a'r mynydd yn culhau, a su ysgafn y tonnau ar y traeth caregog i'w chlywed yn awr ac yn y man, pan darawai'r awel ysgafn o'r môr, gan ddwyn rhamant a dirgelwch i'w feddwl. Cyfodai clochdy main rhwng y coed draw, fel arwydd o hiraeth parhaus dyn am y goleuni a'r tawelwch fry. Chwyrnellodd y bisigl heibio i fwthyn bychan a safai yng nghanol ei ardd ei hun ar ochr y ffordd. Roedd pared y tŷ wedi'i guddio gan bren rhosyn, a'r ardd yn frith gan flodau o bob math. Bwriodd yr awel ffrwd o bersawr y gwyddfid a blodau'r ffa i'r ffordd. Roedd tro yn y ffordd, ac wrth ei gyrraedd, canodd Merfyn y gloch. Rhedodd dau neu dri o blant bychain i fôn y clawdd, gan chwerthin mor ysgafn fel y gellid meddwl mai cloch y bisigl oedd eto'n tincian.

Clec! Treiddiodd pigyn draenen neu rywbeth arall trwy gant y bisigl, nes bod yr haearn yn rhygnu ar y llawr. Neidiodd Merfyn o'r cyfrwy. Roedd tafarn wledig a siop ar ochr y ffordd, a rhes o dai ymhellach ymlaen. Erbyn holi, roedd yn y dafarn lanc a drwsiai'r bisigl, a thra bu wrthi, cafodd Merfyn damaid o fwyd, a gwybod ei fod o fewn rhyw ddwy filltir i'r Minfor. Barnodd mai gorau oedd iddo adael y bisigl yn y dafarn, a cherdded i'r Minfor, ar hyd llwybr a ddangoswyd iddo gan yr hen dafarnwr. Troellai'r llwybr hwnnw rhwng y perthi o ddrain duon a gwynion tan eu blodau, ac o ben ychydig o godiad tir, gwelai Merfyn bentref bychan glân, megis yng nghesail y coed, ychydig bellter oddi wrtho. Y Minfor oedd hwnnw.

Hwyrach bod yn y pentref rhyw ddau gant o dai, y rhan fwyaf yn ddwy res, un o boptu i'r ffordd, a'r lleill ar wasgar yma ac acw o'r tu cefn i'r naill res a'r llall. Tai lled fychain oeddynt i gyd, oddieithr rhyw hanner dwsin; ond roedd gardd yn perthyn i bob un ohonynt, hyd yn oed y tai dan yr un to, a'r gerddi hynny'n llawn o flodau o bob math, llwyni bychain o bren bocs gyda'r llwybrau, prennau rhosyn bychain rhwng drws a ffenestr—gerddi bach hen ffasiwn, glân, a ddychmygwyd mewn oes fwy hamddenol, a heb ddechrau gwylltio o wall ymgeledd eto. Roedd y tai bron i gyd wedi eu gwyn-galchu, ac yn edrych yn lanwaith a thwt yn yr heulwen siriol. Ar ochr dde'r ffordd, yng nghwr isaf y pentref, roedd yr Eglwys, hen adeilad gwych, a llawer o waith maen cywrain arno, olion crefft fedrus a dihewyd syml gynt. Ar yr ochr uchaf i'r ffordd, ym mhen arall y pentref, roedd capel y Methodistiaid, adeilad diaddurn a llwydaidd fel pe buasai'n sur ganddo'r harddwch oedd o'i gwmpas. Ychydig y tu allan i'r pentref, roedd capel bychan arall, capel y Wesleyaid, a llwm a diaddurn ddigon oedd hwnnw hefyd. Heb fod ymhell oddi wrth yr Eglwys, safai'r ysgol a thŷ'r athro, adeiladau diweddar, gwaith dynion wedi colli crefft eu tadau. Gyferbyn â'r eglwys, yr ochr arall i'r stryd, roedd tafarn, adeilad da, a fu'n lle prysur gynt, pan deithiai pobl mewn cerbydau ac ar feirch, ac a oedd yn dechrau ymsionci eto yn yr haf, er pan ddaeth y bisiglau a'r ceir modur. Ar y llechwedd rhwng y pentref a'r mynydd, mewn llannerch agored rhwng digonedd o goed hynafol, roedd Plas y Coed, lle'r oedd ysgwier y plwyf yn byw—hen dŷ prydferth â'r eiddew wedi cuddio'i furiau a hanner cuddio'r ffenestri. Ar y lawnt wastad o'i flaen, tyfai blodau o bob llun a lliw. Roedd popeth hen yn y pentref yn hardd, a phopeth newydd yno'n hyll.

Tywynnai'r haul tanbaid ar y lle, nes boddi popeth â llif o aur. Nid aml y ceid lle tlysach na thawelach. Dim sŵn yno, ond su ysgafn y môr ar yr awel ambell waith. Rhwng y pentref a'r traeth roedd marian, dan gnwd o ddrain ac eithin breision. Daeth swyn y prydferthwch a'r tawelwch ar Merfyn. Braidd na theimlai y buasai'n dda ganddo fod yno'n weinidog eisoes. Troes a cherddodd yn araf ar draws y marian eithinog tua'r traeth, wedi gweld y lle heb ddyfod ar draws neb o'r trigolion.

Daeth i ben un o'r clogwyni ar lan y môr, ac ymagorodd yr ehangder o'i flaen. Llifai'r tonnau i'r lan yn araf a heb ewyn ar eu bronnau; hedai'r gwylanod o gwmpas yn hamddenol, a gwelid ambell hwyl yn disgleirio yn y pellter, gan beri i ddyn feddwl am wledydd pell a phethau dieithr. Eisteddodd Merfyn ar y clogwyn i orffwyso. Gadawodd i'w feddwl grwydro i'r lle mynnai. Yn fuan iawn, roedd yntau'n cysgu'n drwm.

Pan ddeffroes, roedd yr haul eisoes yn tynnu at fachlud, a'i oleuni yn cochi'r môr tua'r gorllewin. Neidiodd Merfyn ar ei draed. Erbyn edrych ar ei oriawr, gwelodd fod ganddo ryw siawns i gyrraedd Caerafon mewn pryd i ddal y trên, ond iddo redeg bob cam i'r dafarn lle'r oedd ei fisigl.

Cychwynnodd ar frys, ond yn lle dychwelyd hyd y llwybr ar draws y marian, daliodd at y clogwyni, gan feddwl y byddai'n gynt. Cyn hir, daeth at hollt yn y graig. Er mwyn croesi hwnnw, gwelodd fod yn rhaid iddo fynd i lawr i'r traeth. Roedd llwybr serth o ben y clogwyn i'r traeth, ac un arall o'r traeth i ben y clogwyn yr ochr draw. Tybiodd Merfyn y cymerai lai o amser iddo groesi'r hafn na throi'n ôl i'r llwybr y daethai ar ei hyd. Cyn cyrraedd y gwaelod, clywodd leisiau yn rhywle yn yr hafn islaw. Safodd ac edrychodd, ac ar lwybr hyd waelod y nant, gwelai ŵr ieuanc a geneth ieuanc yn sefyll, o fewn rhyw ddwylath i'w gilydd. Ni thybiodd Merfyn fod dim o'i le, ac roedd ar gychwyn eilwaith pryd y clywodd yr eneth yn dweud:

"Gadewch i mi basio!"

Roedd rhywbeth yn nhôn ei llais a barodd i Merfyn sefyll lle'r oedd, a'r eiliad nesaf, clywodd y dyn yn ateb,

"Cewch, os ca fi cusan!"

Wrth lefaru'r geiriau, ceisiodd afael yn ei braich, ond ar amrantiad, rhoes hithau hergwd iddo ymaith oddi wrthi. Collodd ei fantoliad, a syrthiodd i berth islaw iddo. Troes yr eneth, ac ymaith a hi fel saeth, tua'r môr. Cododd y dyn yn ebrwydd, a chyda llw, llamodd ar ei hôl. Rhedai'r eneth fel yr ewig hyd y traeth, a chanlynai'r dyn hi â'i holl egni. Wedi tynnu ei hymlidiwr dipyn o ffordd, y tu draw i lain o ddŵr a redai i mewn i'r traeth, rhoes yr eneth dro, a rhedodd drwy ganol y dŵr, gan amcanu dyfod yn ei hôl i'r hafn. Tra bu yntau'n osgoi'r dŵr, enillodd yr eneth arno, ond pan ddaeth hi oddi ar y tywod i'r cerrig, dechreuodd y dyn ennill arni hithau, a sylwodd Merfyn am y tro cyntaf ei bod hi'n droednoeth. Bellach roedd y dyn o fewn pum llath iddi, ond trawodd yntau ei droed yn erbyn rhywbeth, baglodd a syrthiodd. Erbyn iddo godi, roedd yr eneth bron â chyrraedd y nant, ac yn cyflymu eto, wedi dyfod allan o'r cerrig. Yn ei gynddaredd, cododd y dyn y darn pren y baglasai yn ei erbyn, hyrddiodd ef â'i holl egni ar ei hôl, a thrawodd hi yn ei gwegil. Gyda sgrech, syrthiodd hithau i lawr.

Disgynnodd Merfyn yn frysiog, a daeth y dyn arall ac yntau wyneb yn wyneb yn ymyl yr eneth. Roedd hithau erbyn hynny ar ei thraed, ac roedd yn amlwg bod ei braw yn fwy na'i briw.

"Tro go llwfr oedd hwnna!" meddai Merfyn.

"Pwy ddiawl ydech chi i meindio busnes rywun arall?" meddai'r llall.

"Ni waeth ar y ddaear pwy," ebe Merfyn; "wn i ddim yn y byd am ych helynt, wrth gwrs, ond nid tro gŵr bonheddig oedd hwnna!"

"Ydech chi'n deud nad ydw fi ddim gŵr bonheddig?" ebe'r llall, â'i wyneb yn cochi'n fygythiol.

"Y cwbl a ddwedais i," meddai Merfyn, "oedd nad tro gŵr bonheddig ydy rhedeg ar ôl merch a'i thrawo hi i lawr."

Troes Merfyn i edrych ar yr eneth, gan fwriadu gofyn iddi a oedd hi wedi brifo, ond cyn gynted ag y troes, cafodd ddyrnod ar ei wegil nes bod yn agos iddo syrthio. Gydag ymdrech cadwodd feistrolaeth arno'i hun.

"Syr," meddai, gan droi at y llall, "rydw i'n cyfri fod gen i bellach ddigon o achos beri i chi glirio o'r fan yma rhag blaen, ac onid ê, nid atebaf amdanaf fy hun eto!"

Rhegodd y llall, a dechrau troi ei ddyrnau o gwmpas a dawnsio o flaen Merfyn.

"Os oes arna ti eisio cwffio, dyma'r dyn i ti," meddai. "Dyma'r dyn i ti cwffio!"

"Nid oes arnaf eisiau cwffio," meddai Merfyn, "ond rwyf yn dy gynghori i fynd i ffwrdd yn ddistaw."

Ond nid oedd y dyn yn tawelu dim. Roedd yn amlwg ei fod yn meddwl fod ar Merfyn ei ofn. Cam gyfrifodd. Nid yn ofer y bu Merfyn mewn ysgol yn Lloegr, lle bu rhaid i bob bachgen o Gymro, o leiaf, ennill ei barch â'i ddyrnau, ac nid yn ofer yr âi bob bore drwy gyfres o ymarferiadau corfforol. Safodd â'i freichiau ymhlyg, ac edrychodd ar y llall yn troi ei ddyrnau o'i flaen. Roedd hynny'n cynhyrfu'r llall yn waeth fyth. Dyn ieuanc cadarn a thrwm ydoedd, tua phum troedfedd a hanner o daldra, o bryweddon garw a nwydus. O'r tu arall, roedd Merfyn yn ddwy lath a modfedd o hyd, yn fain a lled ysgafn, ag iddo wyneb llym, bonheddig, a holl dawelwch yr ysgolhaig a'r meddyliwr arno.

"Y *coward!* Wyt ti am sefyll?" ebe'r ymosodwr, gan ddyfod yn beryglus o agos ato.

Ni syflodd yntau. Edrychodd arno'n graff, a dwedodd yn bwyllog,

"Gwrando. Nid oes arnaf i eisiau ymladd. Ond, os nad ei di i ffwrdd, bydd yn edifar gennyt, rhof fy ngair i ti."

Aeth y llall yn ofer. Tynnodd ei got, taflodd hi ar lawr, torchodd ei lewys, ac yna, safodd o flaen Merfyn, ei ddyrnau'n barod, mewn agwedd a ddangosai ei fod yn gwybod sut i'w trin.

"Rŵan, y diawl!" meddai.

Nid oedd Merfyn wedi symud gewyn. Roedd yn mesur holl symudiadau gewynnau'r llall.

"Unwaith eto," meddai'n araf, "wyt ti am fod yn ddistaw, a mynd oddi yma fel gŵr bonheddig?"

Prin oedd y gair olaf dros ei wefus nad amcanwyd dyrnod at ei ben. Osgôdd yntau, a chiliodd y llall â'i fraich chwith wedi'i phlygu uwch ei ben, fel pe buasai'n disgwyl dyrnod yn ôl.

"O'r gore, cymer dy siawns, ynte!" ebe Merfyn, a botymodd ei got.

"O, syr, cymrwch ofal—mae o fel anifel!"

Clywodd Merfyn sisial y geiriau hyn o'r tu cefn iddo, ond ni throes mo'i ben i edrych ar yr eneth, ac ni ddwedodd air. Safodd yn union yn ei unfan, yn barod, gan syllu ym myw llygad yr ymosodwr. Methodd yntau a dal yr olwg, petrusodd am eiliad, ond ymlaen y daeth, yn llawer mwy gofalus a phwyllog erbyn hyn, ond heb allu edrych yn wyneb ei elyn. Cynigodd ergyd yn union am wyneb Merfyn, ond trowyd ei fraich ymaith, a disgynnodd dyrnod tan ei arlais ef ei hun, nes ei fod yn rhoncian ar ei draed. Roedd croen migyrnau Merfyn yn friw, ac nid oedd y llall yn gweld mwy â'i lygad chwith. Collodd reolaeth arno'i hun, ac ymlaen ag ef fel tarw.

Roedd Merfyn yn ffieiddio'i waith, ond nid oedd ond ei orffen bellach, a gorau po gyntaf. Troes ergydion gwylltion y llall ymaith bron bob cynnig; gwyliodd ei gyfle, ac yna, saethodd ei fraich dde allan nes bod gên yr ymosodwr yn clecian ac yntau'n llamu i'r awyr; a chyda dyrnod arall â llaw chwith Merfyn ar bwll ei galon, disgynnodd ar wastad ei gefn ar lawr fel darn o bren.

Ni symudodd.

Gwnaeth yr eneth ryw sŵn rhwng chwerthin ac ochenaid. Penliniodd Merfyn wrth ochr ei wrthwynebydd. Deallodd y dôi ato'i hun cyn hir, a chododd, gan fwriadu dweud wrth yr eneth nad oedd dim perygl, ond nid oedd golwg arni'n unman.

Meddyliodd y gallai ei bod hi wedi rhedeg i chwilio am help; wedi'r cwbl, ni wyddai ef ddim am gysylltiad y ddau â'i gilydd. Pan ddaeth hyn i'w feddwl, bu agos iddo yntau droi ymaith, ond aros a wnaeth. Yn union deg, daeth yr ymosodwr ato'i hun. Cododd ar ei eistedd. Gwelodd Merfyn yn sefyll o fewn dwy lath iddo. Ni ddwedodd air. Cododd ar ei draed. Dododd ei got amdano. Cychwynnodd ymaith. Yna, troes ei ben, edrychodd yn ffyrnig ar Merfyn, fel pe buasai ar fedr llefaru. Ond pa beth bynnag oedd ar ei feddwl, tewi a wnaeth. Yna, cerddodd ymaith ar hyd y llwybr rhwng y clogwyni.

Er yr holl helynt, roedd Merfyn hyd yma'n oer a phwyllog, ond wedi mynd dros bopeth, a'i adael yntau ar ei ben ei hun, dechreuodd edifarhau ymyrryd yn yr helbul o gwbl. Ni wyddai ddim am y ffrae, na phwy oedd y ddau. Eto, wrth fynd dros yr helynt drachefn yn ei feddwl, ni welai yn ei fyw pa fodd y gallasai osgoi'r hyn a wnaeth.

Gweithred ryfedd er hynny oedd ei weithred gyntaf yn y lle'r oedd i fod yn weinidog! Os âi'r hanes ar led, pa beth a feddyliai pobl ohono?

Erbyn iddo gyrraedd y dafarn lle'r oedd y bisigl, roedd wrth gwrs yn rhy hwyr iddo feddwl am ddal y trên yng Nghaerafon. Gofynnodd am damaid o fwyd, ac aed ag ef i'r gegin i gael te. Wrth fynd drwy ystafell arall i'r gegin, sylwodd Merfyn ar dri neu bedwar o ddynion oedd yno'n yfed. Safai un dyn ieuanc â'i gefn at y lle tân, gan fygu sigâr yn hamddenol. Ymosodwr y traeth ydoedd. Wrth iddo godi ei law at y sigâr, disgleiriodd y diemwnt oedd yn y fodrwy am ei fys bach.

Edrychodd Merfyn ac yntau y naill ar y llall, ond ni fuasai neb yno'n meddwl eu bod erioed wedi gweld ei gilydd o'r blaen.

Pan gaeodd y tafarnwr ddrws y gegin ar ei ôl, gofynnodd Merfyn:

"Pwy oedd y dyn yna oedd yn mygu sigâr?"

"Creadur go ryfedd," meddai'r hen ŵr, "mab Plas y Coed. Un gwyllt ddychrynllyd. Pan fydd o yn ei dymer dda, mae o'n ddigon caredig. Ond pan fydd o yn i dymer ddrwg, mae o'n beryglus. Mae ar yr hogie i ofn o, a'r merched yn enwedig."

Yfodd Merfyn ei de, ac aeth ymaith heb i'r tafarnwr gael allan ddim o'i hanes. Hanner awr yn hwyrach, safai'r tafarnwr ar garreg y drws, pan y daeth ymosodwr y traeth allan o'r tŷ.

"Huw Dafis," meddai, "pwy oedd y dyn aeth i'r cegin hefo chi?"

"Yn wir, Mistar Charlie, ofynnes i ddim iddo fo," ebe'r hen ŵr. "Gadawodd fisigl yma i'w drwsio'r bore, ac y mae o wedi mynd i ffwrdd ers rhyw hanner awr."

Y noswaith honno, bu raid i Merfyn aros yng Nghaerafon. Ni chysgodd eiliad trwy'r nos. Gyda'r trên cyntaf a gâi, dychwelodd at ei gyfaill i Drelês.

"Wel," meddai hwnnw, ar ôl cael allan ym mha le y buasai Merfyn cyhyd, "wel, wyt ti wedi penderfynu i ba le yr ei di, ynteu?"

"Do."

"Wel?"

"I'r Minfor."

"Da iawn—tydi a ŵyr dy feddwl."

Nid eglurodd Merfyn iddo pam. Ond ar ôl digwyddiad y diwrnod cynt teimlai Merfyn mai i'r Minfor roedd yn rhaid iddo fynd. Buasai gwrthod mynd yno yr un peth a bod yn llwfr ac yn ofnus.

III.
Y Disgwyliad

Roedd sôn ers rhai wythnosau fod y gweinidog Newydd yn dyfod i'r Minfor, a'i fod yn ŵr ieuanc dysgedig dros ben. Teimlai pawb ddiddordeb yn y peth, nid yn unig y Methodistiaid, ond y Wesleyaid a'r Eglwyswyr hefyd, a hyd yn oed rai o'r ychydig iawn oedd heb fod yn perthyn i'r un enwad o gwbl. Y Methodistiaid oedd gryfaf yn yr ardal. Ar y cyfan, roedd teimladau go dda rhwng y tri enwad a'i gilydd. Ambell etholiad yn unig a fyddai'n torri ar gymdogaeth dda, am ennyd. Pan giliai'r gwleidyddion, lliniarai'r gwenwyn, a doi pawb atynt eu hunain drachefn.

"Rydw i'n dallt ych bod chi'n mynd i gael gweinidog newydd," meddai Dafydd Roberts, un o flaenoriaid y Wesleyaid, un diwrnod, wrth Tomos Puw, pen blaenor y Methodistiaid.

"Rydym wedi trawo ar un o'r diwedd," meddai Tomos Puw.

"Gŵr ieuanc dysgedig iawn, rydw i'n deall?" meddai Dafydd Roberts.

"Mi fu'n o lwyddiannus yn hynny o beth, mi gredaf," ebe Tomos Puw.

"Bydd yn o anodd iddo sefyll yn esgidie John Jones, meddai Dafydd Roberts, "ac o'm rhan i fy hun, does gen i fawr o feddwl o'r ysgolheigion mawr yma, fel gweinidogion."

"Gellir dweud rhywbeth ar y tu hwnnw i'r mater, mae'n debyg," meddai Puw, "ond y mae'r bachgen yn bregethwr da, a chawsom air uchel iawn iddo fel dyn. Rydw inne o'm rhan fy hun yn credu mewn cael dyn ag addysg dda, er mwyn y plant a'r bobl ifanc."

"Ni wela i yn fy myw," meddai Risiart Parri, un o'r wardeiniaid Eglwysig, "pam y mae ar bobol gyffredin fel chi eisie dyn dysgedig. Mae'n iawn i berson plwy fod yn ddysgedig, wrth reswm, ond beth a wnewch chi yn y capel acw â dysg? Pwy ohonoch chi fedr ddallt pregethe dyn dysgedig, wedi i chi i gael o?"

"Wel, Risiart Parri," meddai Tomos Puw, â rhyw hanner gwên ar ei wyneb, "yr yden ni'n disgwyl i'n dyn dysgedig ni gyfrannu tipyn o'i wybodaeth i eraill, ac nid i chadw i gyd iddo'i hun, fel na bo neb yn siŵr a fydd hi ganddo ai peidio."

"Ie, ie," ebe Dafydd Roberts, "os ydy'n iawn i berson plwy fod yn ddysgedig, yn siŵr, y mae'n iawn i'r rhai sy'n gofalu am grefydd pobol y plwy fod yn gwybod rhywbeth, onid ê, beth ddaw o alluoedd meddyliol a gwybodaethol y bobol?"

"Ni wn i fawr am ryw eirie diarth fel yna, Dafydd Roberts," meddai Risiart Parri, "ond welais i 'rioed fel y mae'r oes wedi mynd. Rhaid i blant poblach gyffredin gael dysg fel petae nhw'n foneddigion, ac rydech chi'n rhoi dysg i'ch pregethwyr fel petae nhw'n mynd i bregethu i foneddigion. I ble mae'r byd yn mynd?"

"Mae'r oes yn newid, Risiart Parri," meddai Tomos Puw; "mae poblach gyffredin yn cael ychydig siawns bellach, a gobeithio fod pob dyn a ŵyr sut i ymddwyn yn dda a gonest yn ŵr bonheddig, petae o heb geiniog ar 'i helw."

"Dyn heb geiniog ar 'i elw'n ŵr bonheddig!" meddai Risiart Parri. "Felly, wir! Beth nesa, tybed? Ymgroeswch, bobol bach, a dysgwch gydnabod ych meistradoedd!"

A cherddodd Risiart Parri ymaith mewn syndod, os nad digofaint. Chwarddodd Tomos Puw, ac edrychodd Dafydd Roberts fel pe buasai'n barod iawn i gario'r ddadl ymlaen.

Tomos Puw, fel y dywedwyd, a gyfrifid fel pen blaenor y Methodistiaid. Roedd yn ddyn deallus iawn, ac wedi darllen llawer, er nad oedd ond chwarelwr. Bu ei wraig, pan oedd yn ifanc, yn athrawes yn un o ysgolion elfennol y sir, ac roedd ei fab hynaf wedi ennill ysgoloriaeth yn un o'r Colegau Cymreig. Rhwng popeth, roedd Tomos Puw yn gefnogwr cryf i addysg. Dafydd Roberts oedd y dyn mwyaf blaenllaw gyda'r Wesleyaid. Tyddynnwr ydoedd, a dyn cywir iawn, a lled ddiragfarn hefyd. Am Risiart Parri, ef oedd tafarnwr y pentref, dyn hen ffasiwn ei syniadau, â'i ragfarn yn gref, ond roedd yn ddigon gonest. Felly, roedd ymddiddan y tri chymydog yn dangos yn lled gywir pa beth roedd y dosbarth gorau ymhlith trigolion yr ardal yn ei feddwl am ddyfodiad y gweinidog newydd.

Fore'r diwrnod roedd Merfyn i ddyfod yno, pan welwyd dwy drol Maes y Coed yn cychwyn tua Chaerafon i nôl y gweinidog newydd a'i bethau, synnodd pobl yn fawr. Gwyddent mai di-briod oedd Merfyn, a'i fod yn mynd i letya i Faes y Coed. Fferm fawr oedd Maes y Coed, a'r tŷ helaeth a henffasiwn yno wedi ei ddodrefnu'n dda. Peth sicr oedd na fuasai raid i'r gweinidog newydd ddyfod â dodrefn i'w ganlyn. Pa beth a wnâi dyn ieuanc fel fo â dodrefn? Eto, rhaid bod ganddo gryn lawer, a dwy drol wedi mynd i'w cyrchu.

Gyda'r hwyr, pan ddisgwylid y troliau'n ôl, roedd twr o ferched yn y stryd yn disgwyl. Gan eu bod hwythau'n hir iawn yn dyfod i'r golwg, roedd y siarad yn dechrau mynd yn fwy pigog.

"Mae'n siŵr nad oedd dwy drol ddim yn ddigon," meddai benyw arw, aflawen ei golwg, gwraig i arddwr yr offeiriad. "Bydd yn rhaid i chi gael tair neu bedair o wagenni i'w nôl o!"

"Rhaid bod ganddo ormod lawer o ddodrefn i le fel hyn, beth bynnag," meddai gwraig codwr canu'r Wesleyaid.

"Does wybod beth sydd wedi digwydd," meddai gwraig arolygwr Sul y Methodistiaid.

"Hwyrach bod y trên ar ôl 'i amser yng Nghaerafon."

"Gormod o lwyth, mae'n siŵr!" meddai gwraig y garddwr.

"Os oes ganddo lawer o ddodrefn, mae yma ddigon o wenwyn iddo ar eu cyfer, beth bynnag!" meddai gwraig yr arolygwr.

"Y mae arna i ofn," ebe gwraig y garddwr, "na fedrwch chi byth dalu digon o gyflog iddo fo at lanhau 'i ddodrefn!"

"Faint bynnag dalwn ni iddo, byddwn yn talu o'n bodd ac o'n harian ein hunain!" meddai gwraig yr arolygwr.

"Nid ydy balchder mawr yn beth gweddus ar weinidog chwaith," ebe gwraig y codwr canu. "Peth mawr ydy gweld pobol yn weddus, bob amser."

"Mawr iawn," meddai gwraig y garddwr, "Does dim hyllach na gweld pobol yn byw yn uwch na'u stad, yn enwedig os byddant yn dysgu pobol eraill."

"Nid rhaid mynd ymhellach na thŷ'r person i weld hynny!" meddai gwraig yr arolygwr. "Dyma'r troliau!" ebe rhywun, a thawodd y ddadl yn y fan. Aeth pawb yn ddistaw, fel y bydd pobl pan fo claddedigaeth yn agosáu. Yn union deg daeth y drol gyntaf i'r golwg am y tro yn y ffordd. Er syndod i bawb, nid oedd ynddi ond rhyw lond trwmbal go lew o gistiau. Nid oedd garfanau ar y drol, a chruglwyth o ddodrefn, fel y disgwyliwyd. Edrychodd y merched yn siomedig ar ei gilydd. Ond roedd yr ail drol i ddod. Teimlodd pawb yn sicr mai ar honno y byddai'r dodrefn mawr. Aeth y drol gyntaf heibio, ac yn y man, daeth y llall i'r golwg, Nid oedd yn honno mwy na'r llall ond ychydig gistiau, a rhywun yn eistedd ar yr uchaf ohonynt, fel teiliwr ar fwrdd. Sibrydodd rhywun, "Dacw fo!" Daeth y drol ymlaen, a gwelwyd nad oedd ynddi ond rhyw ddwy neu dair cist, ac mai buddai newydd a sachaid neu ddwy o flawd India, neu rywbeth tebyg, oedd gweddill y llwyth.

Eisteddai'r pregethwr ar un o'r cistiau, â golwg annhebyg iawn i berchen llond dwy drol o ddodrefn. Ni fuasai ddigon gofalus hyd yn oed i gadw ei ddillad rhag rhygnu yn y sachau blawd. Fel roedd y drol yn mynd ymlaen, rhwng dwy res o bobl, edrychai pawb ar y gweinidog, yn syn a distaw. Teimlai yntau'n anesmwyth, ac i dorri ychydig ar drwstaneiddiwch y sefyllfa, plygodd ei ben gan wenu ar y bobl yn awr ac eilwaith. Edrychai'r bobl yn berffaith sobr, yn union fel pe buasai gynhebrwng yn mynd heibio. Yn sydyn, gwaeddodd rhywun:

"Hwrê iddo fo!"

Ac yn y fan, cafodd pawb hyd i'w dafod, a rhoddwyd tair hwrê i'r gweinidog, nes bod y creigiau'n diasbedain. Cydnabu Merfyn y croeso hynod hwn drwy dynnu ei het a phlygu ei ben yn foesgar i'r bobl, ac yn fuan wedyn, troes y drol o'r ffordd fawr i'r lôn las oedd yn arwain i fuarth Maes y Coed.

Buwyd yn hir cyn cael gwybod pwy a alwodd am hwrê i'r gweinidog, ond o'r diwedd, cafwyd allan. Cydnabu gwraig y garddwr mai hi a wnaeth hynny.

"Mi leiciais 'i wyneb o," meddai, "a'i ddull di lol o, yn dŵad yn y drol fel rhyw ddyn cyffredin arall; a phan welais i nad oedd gan y creadur ddim ond rhyw ychydig gistie diniwed, ar ôl yr holl siarad, fedrwn ddim peidio â galw am hwrê iddo fo, er mai Eglwyswraig ydw i, fel y gwyddoch chi. Ac roedd golwg mor ddiniwed ar y creadur bach, yn mynd yn y drol drwy'n canol ni, fel petase fo'n methu'n lân a gwybod beth wnâi o. Chware teg i'r bachgen. Rydw i'n 'i leicio fo!"

Roedd y merched i gyd yn cytuno â hi. Dylid cofio hefyd fod Merfyn yn ddyn hardd.

"Bachgen clên ofnadwy," meddai Dic Wirion yn yr *Angor* y noswaith honno, ynghanol cwmpeini cymysg o gefnogwyr, yn hytrach nac aelodau'r gwahanol enwadau. "Cefais swllt ganddo am helpu i gario'r cistie rheiny i'r tŷ. Ac roedden nhw yn drymion gynddeiriog hefyd."

"Beth oedd ynddyn nhw, Dic?" ebe un o'r lleill.

"Llyfre," ebe Dic. "Mi fûm yn siarad hefo Tomos Puw wedyn, ac roedd o'n deud bod gan y gweinidog dair mil o lyfre!"

"Rargian fawr!" meddai Robin Dew, â'i bot chwart yn ei law, "tair mil o lyfre? Fydd o ddim wedi darllen cymaint â hynny cyn dydd y farn! Iechyd da iddo fo, ar f'enaid i, hogie, iechyd da iddo fo!"

"Iechyd da iddo!" meddai pawb yn un llais, ac felly, ynghanol syndod am y tair mil o lyfrau, yr yfwyd iechyd da'r gweinidog newydd yn yr *Angor*.

Gyda'r hwyr y noswaith honno, aeth Merfyn allan am dro. Crwydrodd i'r mynydd, a daeth yn ei ôl hyd lwybr ar draws y caeau. Pasiodd heibio i fwthyn bychan ar gwr y coed, mewn lle dymunol ond unig iawn. Tyfai eiddew hyd y muriau, a blodau o bob lliw yn yr ardd o'i flaen. Safodd Merfyn i edrych ar y bwthyn, ni wyddai pam—roedd mor dawel a thaclus. Nid oedd yno ond rhyw oleuni bychan i'w weld trwy un ffenestr. Suodd awel ysgafn a bwriodd don o aroglau'r gwyddfid o gwmpas Merfyn. Cyfarthodd ci yn yr ardd yn ymyl. Edrychodd Merfyn i'r cyfeiriad hwnnw, ond ni welodd mo'r ddau lygad tanbaid oedd yn craffu arno heibio'r pren afalau a dyfai yn y gwrych.

IV.
Pwy oedd Pwy

Wedi cael ei gyfarfod sefydlu drosodd, a thraddodi ei bregeth gyntaf fel gweinidog Capel y Fron, teimlodd Merfyn ei fod yn dechrau cartrefu yn y Minfor. Cafodd y bobl yn syml a dirodres, a hyd y gallai ef farnu, yn ddidwyll a charedig. Gweithiai'r rhan fwyaf o'r dynion yn chwarelau'r plwyf nesaf, a'r lleill ar y ffermydd yn yr ardal. Roedd yno hefyd ychydig bysgotwyr, ond ni ellid gwneud llawer o fasnach o'r pysgota yn y Minfor, oherwydd diffyg cyfleusterau hwylus i ddanfon y pysgod i'r marchnadoedd rhag blaen. Chwarelwyr a'u teuluoedd yn bennaf oedd aelodau Capel y Fron, ond yno hefyd yr âi'r rhan fwyaf o'r ffermwyr, a rhyw dri neu bedwar ohonynt hwy oedd y bobl fwyaf cefnog yn y gynulleidfa. O'i chymryd at ei gilydd, roedd y gynulleidfa'n un ddeallus, ac roedd ymhlith y gwŷr ieuanc amryw ddynion meddylgar a darllengar.

Roedd yno chwe blaenor, a'u cymeriadau a'u cyraeddiadau yn bur amrywiol. Tomos Puw, fel y dywedwyd eisoes, oedd y pen blaenor, nid yn rhinwedd ei oed na'i foddion, ond ar gyfrif ei ddawn a'i ddoethineb. Ag ystyried ei fanteision, roedd ef yn ddyn nodedig iawn, yn ŵr bonheddig wrth natur, yn hardd o bryd a gwedd a lluniaidd o gorff, â greddf ysgolhaig ynddo. Pe cawsai gyfle ym more oes, gallasai ennill enw iddo'i hun am ddysg, os nad yn wir am ei feddwl hefyd. Nid heb beth gwrthwynebiad y daethpwyd i'w gydnabod ef yn ben blaenor, chwaith: roedd yno un a ddewiswyd i'r swydd yr un adeg ag ef, ac am beth amser, er na fyddai neb yn sôn yn agored am hynny, bu'n ymdrech ddistaw rhwng y ddau am yr oruchafiaeth. Morys Wiliam oedd hwnnw, prif siopwr y pentref, dyn o dymer braidd yn chwyrn, a chyndynrwydd nid bychan. Pwyll a boneddigeiddrwydd Tomos Puw a gariodd y dydd yn y diwedd.

Nid oedd Morys Wiliam ei hun byth wedi llwyr fodloni, a'r peth oedd yn rhyfedd oedd mai o'i du ef roedd y rhan fwyaf o'r blaenoriaid, o ran daliadau. Dylanwad personol oedd dylanwad Tomos Puw.

Y tebycaf i Tomos Puw o'r blaenoriaid eraill oedd Gruffydd Elis. Chwarelwr oedd yntau, dyn o dymer addfwyn ddigon, ond ychydig yn haws i'w gyffroi na Thomos Puw. Yn ei ieuenctid, bu'n gweithio yn Lloegr, a daeth i gysylltiad â dynion rhydd eu syniadau, ac roedd dylanwad hynny'n parhau arno o hyd. Dynion cyffredin eu doniau oedd y tri blaenor arall, ond nid oedd amheuaeth am eu buchedd dda. Ffermwr oedd Owen Huws, dyn na fyddai byth yn darllen dim ond y Beibl, yr almanac, a'r papurau newyddion; dyn tew, bodlon, anodd i'w droi. Tyddynnwr bychan oedd Rhys Dafis, dyn difrifol iawn, a llygad gwyllt ganddo; dyn llawn teimlad, ac yn siarad bob amser yn hynod ddramatig. Llafurwr oedd y chweched, Lewis Morgan, dyn diniwed a hawdd dylanwadu arno. Cydweithiai'r chwech yn dda, ar y cyfan, ond pan ddigwyddai rhyw wahaniaeth barn, byddai Tomos Puw a Gruffydd Elis bob amser gyda'i gilydd ar un tu, a Morys Wiliam, Owen Huws a Rhys Dafis ar y llall. Yn gyffredin, byddai Lewis Morgan ar du Tomos Puw, ond nid oedd rhyw lawer o sefydlogrwydd ynddo ef. Anaml y byddai dadl o bwys rhyngddynt, a hyd yn oed pan fyddai gwahaniaeth barn rhwng Tomos Puw a Morys Wiliam, ni chodai drwg deimlad, a gwyddai Tomos Puw sut i gael ei ffordd, drwy adael i'r lleill feddwl mai eu ffordd hwy fyddai.

Ni fu Merfyn yn hir cyn deall cymaint â hyn, a gwelodd mai dylanwad Tomos Puw a Gruffydd Elis a barodd i'r eglwys roi galwad iddo ef. Roeddynt hwy ill dau wedi'i ddeall, ac er nad oedd Lewis Morgan yn ei ddeall cystal, roedd yntau yn ei hoffi'n fawr. Am y tri arall, gwelodd Merfyn yn fuan bod ennill eu hymddiriedaeth hwy'n orchwyl oedd eto o'i flaen. Ni synnai ddim at hynny. Deallai Tomos Puw a Gruffydd Elis ef am fod eu greddf yr un fath a'i reddf yntau, a hoffai Lewis Morgan ef fel y bydd dyn diniwed bob amser yn hoffi caredigrwydd a chryfder. Nid oedd y lleill heb edmygu ei ddawn, ond roeddynt hwy wrth natur yn amheus o'r dymheredd sy'n gallu bod yn eang. Hyd yr adwaenent Merfyn, roeddynt yn ei barchu ac yn ymddiried ynddo, ond nid oeddynt yn sicr amdano oddi allan i'w canllawiau hwy eu hunain. Amheus oeddynt am ei derfynau ef. Gwyddent eu bod yn rhywle yn y pellter, y tu draw i'w rhai hwy, ac ni allent deimlo'n sicr amdano pan âi oddi ar y llwybrau cynefin. Gwyddai Tomos Puw a Gruffydd Elis fod terfynau Merfyn, o angenrheidrwydd, yn ehangach na'r eiddynt hwy, ond roeddynt hwy'n ei farnu wrth ei ysbryd, ac yn credu bod yn ddiogel iddynt ganiatáu iddo fynd i dir dieithr iddynt hwy heb fynd ar ddisberod ei hun.

Am bythefnos neu dair wythnos, bu Merfyn yn lled brysur, rhwng mynd i edrych am bawb o aelodau ei eglwys, a gosod ei lyfrau mewn trefn. Cafodd le wrth ei fodd i fyw ym Maes y Coed, hen blas, wedi'i wneud o gerrig calch a derw du, yn sefyll ar dipyn o godiad tir, ei gefn at y coed a'i wyneb at y môr, a gardd a pherllan helaeth o'i flaen. Cafodd Merfyn un o'r parlyrau a'r llofft uwch ei ben ef at ei wasanaeth, ystafelloedd helaeth, a'r olwg o'r ffenestri'n un hardd. Cedwid y fferm gan ŵr a gwraig ifanc, pobl gartrefol, garedig, a chanddynt un eneth fach. Meredydd Owen oedd enw'r gŵr, ac roedd ef a'i wraig yn perthyn i Gapel y Fron.

Wedi ymweld â phawb a chael ei lyfrau i'w lle, cafodd Merfyn ei wynt ato, ac un noswaith, cerddodd hyd y llwybr yr aeth hyd-ddo am dro y diwrnod y daeth i'r Minfor. Dringodd i ben y mynydd, a cherddodd hyd y borfa fân, gan dynnu llond ei ysgyfaint o'r awyr iach, a gwrando ar yr ehedydd yn canu yn rhywle yn uchder awyr. Cofiodd am ei ymweliad cynt â'r Minfor, a'r helynt ar y traeth. Yn rhyfedd ddigon, ni ddaethai'r digwyddiad hwnnw i'w feddwl gymaint ag unwaith er pan oedd yn y Minfor yn byw. Pan gofiodd y peth y noswaith hon, ymdaenodd rhywbeth fel cysgod drosto. Roedd meddwl am yr ymladdfa'n faich arno, neu fel rhyw fwlch yn torri ar wastadrwydd ei fywyd a gorffwystra'i feddwl. Weithiau, bron iawn na theimlai ryw ias o edifeirwch am na dderbyniasai'r alwad arall. Aethai felly ymhell ddigon o'r lle y bu'r helynt, a chyn hir, buasai'n anghofio popeth amdani. Eto, peth llwfr fuasai hynny. Os gwnaethai rywbeth o'i le, yno, yn y Minfor, oedd y lle iddo wneud iawn am y cam. Er ei fod bellach yn yr ardal ers agos i fis, ni welsai olwg ar ymosodwr y traeth, na'r eneth ychwaith. Nid oedd arno awydd yn y byd am weld yr ymosodwr, ond am yr eneth, tybed a oedd hi'n byw yn yr ardal, ai ynteu un o'r Sipsiwn neu ryw grwydriaid felly oedd? Rhaid nad aethai hanes yr helynt ar led, a thebyg felly mai digwydd bod yn yr ardal ar ei thro oedd yr eneth. Pe buasai hi'n byw yn y gymdogaeth, buasai'n lled sicr o fod wedi adrodd yr hanes wrth rywun, os oedd hi'n eneth ddiniwed, fel y credai ei bod, a buasai yntau'n debyg o fod wedi clywed rhywbeth am y stori erbyn hyn. Dwedodd wrtho'i hun fod yn rhaid mai un o'r Sipsiwn oedd yr eneth. Cofiodd am ei gwallt a'i llygaid duon, ei gwisg, a'i bod hi'n droednoeth. Tebyg felly na ddeuai'r hanes byth allan. Ni fyddai'r ymosodwr yn debyg o'i adrodd. Teimlodd Merfyn ryw fath o fodlonrwydd wrth feddwl hynny. Ynom ni ein hunain, byddwn yn aml yn fwy llwfr nag y tybiwn, er nad bob amser chwaith. Weithiau, pe canlynai dyn ei reddf, ffoai rhag y perygl lleiaf; y meddwl ymwybodol yn unig fydd yn ei gadw rhag gwneud hynny. Dro arall, wrth ufuddhau i'w reddf, gwnâi'r un dyn orchest na wnâi byth mohoni pe arhosai i feddwl uwch ei phen.

Cerddodd Merfyn ymhell hyd y mynydd, ac yn araf deg, tawelodd ei feddwl drachefn a daeth i'w agwedd gyffredin. Gad natur ryw ddylanwad felly ar feddwl dyn, os bydd ei ysbryd yn ei le. Rhydd dawelwch iddo. Nid edrych dim mor ofnadwy iddo ynghanol natur ag yr edrych pan fo ef ymysg dynion a'i holl gysylltiadau â hwy'n unig yn fyw yn ei feddwl.

Hyd yn oed pan wasgo marwolaeth ei hun arno, tynerir ei ofnau a thynnir y chwerwder o'i dynged pan allo'i ddwyn ei hun i deimlo'i berthynas â natur yn ei chrynswth, yn lle meddwl yn unig am ei berthynas â rhan ohoni, er bod o'r rhan honno yn ddarn sy'n llefaru mewn iaith gwbl dddealladwy iddo yntau.

Roedd tangnefedd ar bopeth, ac ar ysbryd Merfyn yntau bellach, tangnefedd dwfn natur ei hun, sydd yn trigo'n dragywydd yn y mynyddoedd. Cerddodd yntau i lawr drwy'r coed, ac ar hyd yr un llwybr ag a gymerodd y noswaith y daeth i'r Minfor. Cofiai agos i bob pren a maen a welsai'r tro cynt, er na chofiai sylwi arnynt o gwbl y pryd hwnnw, a llanwyd ef gan ryw deimlad ei fod wedi bod yn y lle hwnnw gannoedd o weithiau o'r blaen, a bod popeth yno'n gynefin iddo, yn gynefin ac yn ddieithr ar yr un pryd.

Daeth i lawr i olwg y bwthyn a dynnodd ei sylw y tro cynt. Gwelai oleuni bychan drwy'r ffenestr, fel y tro o'r blaen, ond nid oedd neb i'w ganfod yn agos i'r lle. Drymed oedd cysgod y coed ar y fan nes bwrw rhyw hud ar y llannerch. Gallai unrhyw ddirgelwch fod yn ymguddio yno. Teimlai Merfyn yr un peth yn gafael ynddo ag a fyddai'n effeithio arno pan âi heibio adfeilion hen blas mewn coed, neu weddillion hen eglwys mewn mynwent. Dylanwad dychymyg? Hwyrach. Ond yma, pa beth oedd i'w gyffroi? Bydd rhywbeth yn yr awyr o gwmpas hen adfeilion lle bu bywyd gynt, megis pe bai meddyliau'r meirwon, eu cariad a'u casineb, eu hofnau a'u llawenydd, yn hofran yn yr awyr. Bydd ein hymennydd fel pe bai at wasanaeth eraill am y tro, a theimladau eraill yn rhedeg trwom. Roedd y cysgadrwydd a'r dirgelwch yn ymafael ym Merfyn gerllaw'r bwthyn bach wrth y coed, fel pe buasai yno rywbeth ar wasgar, wedi ymddatod yn yr awyr, a hwnnw'n treiddio i mewn iddo gyda'i anadl, ac yn benthyca'i organau i droi'r chwalfa fud yn atgofion a meddyliau.

Yn sydyn, clywodd sŵn troed y tu cefn iddo.

"Nos dawch, syr, bendith Dduw arnoch chi!"

Llefarwyd y geiriau yn isel, braidd yn ofnus, a llithrodd rhywun yn chwyrn heibio iddo, a throi o'r llwybr drwodd i ardd y bwthyn. Digwyddodd y cwbl megis ar amrantiad, ond adnabu Merfyn yr eneth ieuanc a achubodd ef rhag yr ymosodwr ar y traeth, ryw ddeufis neu dri cyn hynny.

V.
Y Ddewines

Roedd pawb yn y Minfor yn adnabod Lona O'Neil. Cofient hi'n eneth wyth neu naw oed, yn rhedeg o gwmpas yr ardal yn bennoeth, droednoeth. Y pryd hwnnw, gwelent hi bron bob dydd yn rhywle neu'i gilydd, a synasant wrthi. Byddai weithiau yn y môr, ac weithiau yn y mynydd—ni wyddai neb ym mha le i'w chael. Gwelsant hi'n tyfu i fyny felly, yn eneth o'r harddaf a droediodd ddaear erioed, ond yn wyllt fel gwylan y môr neu aderyn y mynydd. Synasant ati i ddechrau, ond cynefinodd pawb â'i phranciau o'r diwedd. Nid oedd gweld Lona yn nofio'n hoyw allan i'r môr, yn nannedd ystorm, neu'n sefyll ar frig clogwyn â'i gwallt yn gwmwl du o gwmpas ei phen, yn rhyfeddod gan un dyn. Nid oedd ei gweld gyda'r wawr, yn hêl blodau gwylltion ar lechweddau'r Foel, yn beth rhyfedd gan unrhyw fugail; ac nid oedd dyfod o hyd iddi'n crwydro drwy ganol Coed y Plas gefn nos yn beth anghyffredin gan herwr na cheidwad helwriaeth. Nid oedd dim a wnâi Lona'n synnu neb o drigolion yr ardal. Pe clywsent ryw fore ddyfod y gŵr drwg ei hun a'i dwyn ymaith i'w ganlyn, ni fuasai'n syn ganddynt. Nac yn ddrwg ganddynt chwaith, hwyrach. Ac eto, yr unig beth a wyddent amdani, heblaw'r pranciau diniwed hyn, oedd mai Lona oedd ei henw, ac mai merch Denis O'Neil oedd hi.

O'u mebyd, dysgwyd y plant i gadw draw oddi wrthi. Nid peth hawdd oedd hynny ar y dechrau, oherwydd mae'r plant yn meddu'r rhyddid di-rodres hwnnw na all ond ewyllys cryf, a blynyddoedd lawer o ymdrech yn erbyn mân ddylanwadau a rheolau cymdeithas, ei adfer i'r dyn mewn oed. Collant y rhyddid hwnnw o'r diwedd, y mae'n wir, drwy effaith y cawdel rydym ni, bobl mewn oed, yn peri iddynt ei hyfed, gan ei alw'n addysg. Gwrthryfelant yn hir yn erbyn y trwyth annaturiol. Deil ambell un i wrthryfela ar hyd ei oes, a dyfeisir pob math ar enwau arno o'r herwydd. Ond o'r diwedd daw'r rhan fwyaf o'r plant yn hoff o'r gymysgedd, ac i gredu yn eu tro cyn gadernid a ninnau mai hi yw'r unig luniaeth gymwys i feddyliau plant.

Felly, ar y dechrau, roedd yr ysbrydion mwyaf beiddgar ymhlith plant y Minfor am chware gyda Lona. Dihangent i'w chanlyn, a magodd ei hesiampl mewn rhai ohonynt hoffter at fôr a mynydd a chasineb at ysgol a chapel, hoffter a chasineb y bu raid wrth ddisgyblaethau llymion iawn i'w cadw mewn terfynau. Ond fel oedd y plant yn mynd yn hŷn, ac yn cynefino â'r trwyth eu hunain, aeth yr awydd am chware a chyfeillachu â Lona'n llai ac yn llai, nes o'r diwedd ei gadael ar ei phen ei hun yn llwyr, oherwydd roedd hithau hefyd yn mynd yn hŷn ac yn fwy, yn rhy hen ac yn rhy fawr i chware â tho ieuengaf y plant, oedd eto heb ddechrau cymryd at y trwyth.

Erbyn ei bod hi'n ddeuddeg oed, roedd yr adwy rhwng Lona a phlant eraill yr ardal wedi mynd mor fawr fel nad oedd lawer o berygl iddi hi na hwythau gynnig ei chroesi. Ni wyddai'r plant, mwy na'u rhieni, ddim ond mai Lona oedd ei henw, ei bod hi "fel peth wyllt, ddi-doriad," ar hyd a lled y wlad, ddydd a nos fel ei gilydd, ac mai merch Denis O'Neil oedd hi.

Roedd bellach ddeng mlynedd er pan ddaeth Lona i'r Minfor gyntaf, i ganlyn ei thad a'i mam. Ni wyddai neb o ba le y daeth y teulu, ond nid oedd yn anodd gweld mai Gwyddel oedd Denis, ac mai Cymraes oedd ei wraig. Pobl ieuanc oeddynt pan ddaethant gyntaf i'r Minfor. Nid oedd Denis ond rhyw saith neu wyth ar hugain a'i wraig tua thair blynedd yn iau nag ef, a barnu wrth eu golwg. Roedd Lona yn rhywle o wyth i naw oed, ac felly rhaid nad oedd y fam ond geneth ieuanc iawn pan anwyd ei phlentyn. Tlodion oeddynt, ond roedd rhywbeth yn foesgar iawn yn Denis a'i wraig, a chredai pobl yn gyffredin eu bod wedi gweld gwell dyddiau rywdro, er na chlywed erioed mo'r naill na'r llall yn dweud hynny, nag yn sôn gair am eu bywyd cyn dyfod ohonynt i'r Minfor. Cawsant fwthyn yn y plwyf, ac yno roeddynt yn byw byth ers hynny. Perthynai i un o'r ystadau mwyaf yn y sir, a chyn i Denis ei gymryd bu'n wag ers blynyddoedd. Roedd sôn yn y gymdogaeth fod y teulu a fu fyw yno ddiwethaf wedi gadael y lle am fod yno rywbeth yn "trwblo". Dywedid straeon rhyfedd am y lle, er nad oedd neb yn y plwyf, hwyrach, yn eu credu yn llwyr. Un chwedl oedd fod merch ieuanc i'w gweld yn crwydro o gwmpas y lle yn y nos. Roedd hi, meddai'r hanes, yn hardd anghyffredin, a byddai'n cerdded yn araf o'r ardd allan i'r llwybr ac yna yn ei blaen i'r coed gerllaw. Rai blynyddoedd cyn i Denis gymryd y lle, dywedid bod mwy nag un o weision y ffermydd uchaf yn y plwyf wedi ei dilyn i'r coed, ac yno wedi'u llusgo drwy ddrain a mieri, a'u gadael ar ddibyn craig yr ochr uchaf i'r coed, mewn cyflwr rhyfeddol iawn. Arferai'r rhan fwyaf o'r bobl ryw chwerthin am ben y straeon hyn bellach.

Ni wyddai neb a glywodd Denis am y straeon ai peidio, ond pa un bynnag, cymerodd y tŷ ac aeth yno i fyw, ac ni chlywodd neb fod unrhyw drwbl wedi aflonyddu ar ei heddwch ef a'i deulu yno. Ar ôl mynd i fyw i'r Llety— oherwydd dyna y gelwid y tŷ—ymroes Denis i gadw ieir a thrin yr ardd, a hyd y gwyddai neb, ar hynny roedd yn byw. Roedd ganddo gerbyd a merlyn bychan, a chludai wyau a llysiau i Gaerafon i'w gwerthu. Ychydig iawn fu rhyngddo a'i gymdogion erioed. Nid ymddygiadau hynod Lona oedd unig achos y dieithrwch.

Y pryd hwnnw, yr hen weinidog, John Jones, oedd bugail Capel y Fron. Hen ŵr rhagorol oedd ar lawer cyfrif. Roedd yn sicr yn ddyn duwiol iawn ac yn garedig a chymwynasgar, wrth addefiad pawb. Ar y cyfan, gallai gyd-ddwyn â phobl o enwadau eraill yn lled dda. Un bwgan mawr John Jones oedd Pabyddiaeth. Ni ddwedwyd erioed ddrygair am y Pabyddion na allai John Jones ei gredu'n hawdd, ac ychwaneg nag a ddwedwyd erioed, o ran hynny. Roedd yn gwbl onest yn y peth. Credai na fuasai rhyddid crefyddol na phersonol yn y wlad pe cawsai'r Pabyddion eu ffordd, ac roedd yn sicr mai cyfraith y wlad yn unig oedd yn eu rhwystro rhag lladd a llosgi pobl o'u cyrrau. Pregethodd ac ysgrifennodd lawer yn eu herbyn, ac roedd ganddo'n ddiamau arswyd cydwybodol rhagddynt. Pa beth bynnag yw'r gwir am y ddadl rhwng Catholig a Phrotestant, a diau fod llawer i'w ddweud o boptu, un ochr yn unig a ddarllenodd John Jones, a chredodd bob gair o'r hyn a ddarllenodd. Nid adnabu gymaint ag un Catholig erioed, ac ni fuasai'n hawdd iddo wneud hynny, gan nad oedd un i'w gael o fewn milltiroedd lawer iddo, ac yntau wedi treulio ei oes i gyd bron yn y Minfor.

Yn ei ffordd arferol, ar ôl clywed bod Denis O'Neil wedi cymryd Y Llety a'i fod bellach yn un o drigolion y Plwyf, galwodd John Jones yno un diwrnod i edrych am y teulu. Clywsai mai Cymraes oedd y wraig, a meddyliodd am ei chymell hi, o leiaf, i fynd i'r capel, a cheisio dwyn ei geneth fach i fyny dipyn yn weddusach. Gwahoddwyd ef i'r tŷ, a chynhigiwyd tamaid o fwyd iddo'n ddigon caredig, ond pan ddaeth neges yr hen weinidog allan, anghytunodd Denis ac yntau. Dechreuodd John Jones ymosod ar y Catholigion yn y fan. Nid oedd Denis yn rhyw selog iawn dros ei grefydd, ond methodd a dioddef dan ymosodiad John Jones, a dwedodd mai'r peth gorau oedd i'r gweinidog adael y tŷ rhag blaen, a chymryd gofal nad âi yno byth mwy.

Nid oedd yr holl helynt yn beth annaturiol dan yr amgylchiadau, ond gwnaeth argraff annileadwy ar feddwl yr hen weinidog. Dyma'r Catholig cyntaf a gyfarfu ef yn ei oes. Nid oedd gan John Jones ronyn o amheuaeth na fuasai

Denis wedi'i ladd, oni bai ofn cyfraith y wlad. Cadarnhawyd holl syniadau'r hen ŵr am y Pabyddion, a chasaodd hwy â châs perffaith hyd ei fedd. A'r digwyddiad hwn a orffennodd dorri'r bwlch rhwng Denis O'Neil a'i gymdogion. Ymledodd yr hanes drwy'r holl ardal, rhoddwyd yr esboniad gwaethaf arno, ac i yrru pethau'n waeth fyth, pregethodd John Jones res o bregethau tanllyd yn erbyn Pabyddiaeth. O hynny allan, ni fu a wnelai neb o bobl yr ardal ddim â theulu Denis O'Neil.

Fel roedd amser yn pasio, aeth y rhwyg yn fwy, yn hytrach nag yn llai, nid am fod unrhyw helynt arall wedi digwydd i gadw'r peth yn fyw, chwaith. Bydd rhwyg o'r fath bron bob amser yn mwyhau ohono'i hun. Tyfodd Lona i fyny'n wyllt, yr un ffunud ag y dechreuodd ar ei dyfodiad i'r ardal, pan fygythiodd ddysgu'r plant i dorri holl draddodiadau magwraeth dda. Byddai Lona'n mynd i'r ysgol ar droeon, ond ni fyddai'r plant yn gyffredin yn chware â hi, ac ni âi hithau i'r ysgol ond yn unig tua digon i gadw ei rhieni allan o drwbl gyda'r awdurdodau. Ar y pryd, nid oedd yr ysgolfeistr ond yn ddyn cyffredin iawn o'r hen do. Nid oedd ganddo ond un syniad am addysg, sef mai gwybod rhyw fath ar Saesneg ydoedd, a hyd y gallai neb farnu, credai'n gydwybodol mai Sais oedd yr Hollalluog. Ni chafodd Lona erioed chware teg ganddo. Edrychai arni gyda rhagfarn os nad diystyrwch, ac roedd yn naturiol iawn yn gas ganddi hithau fynd ar gyfyl yr ysgol, lle nad oedd iddi na pharch na diddordeb na difyrrwch. Byddai ar ei phen ei hun bob amser yno, ac roedd yr athro'n cynnwys y plant yn eu hymddygiad ati yn hytrach na'u dysgu i gymdeithasu â hi fel rhyw blentyn arall. Felly, cyn gynted ag y cyrhaeddodd hi'r oed pryd y gallai beidio â mynd i'r ysgol, peidio â wnaeth Lona, ac o hynny allan, bu'n rhedeg yn wyllt ar hyd y traeth a'r mynydd, fel y mynnai, heb neb ond ei rhieni i ddweud gair wrthi.

Erbyn yr adeg yr ydym yn sôn amdani, roedd Lona o bedair ar bymtheg i ugain oed, ac yn ddiamau'n un o'r genethod harddaf a welodd llygad erioed. Yn yr haf, âi i lawr i'r traeth bob dydd i ymdrochi, a gwelid hi o gwmpas y coed a'r mynyddoedd bob amser o'r dydd a'r nos. Dywedid fod mwy nag un o ddynion ieuanc yr ardal wedi syrthio mewn cariad â hi, er gwaethaf rhagfarn a phopeth, ond ni fynnai hi wneud dim â hwy. Tyfodd straeon rhyfedd o gwmpas ei henw, fel yr aeth y bobl o'r diwedd i'w galw'n Ddewines. Dywedid fod un o geidwaid helwriaeth Plas y Coed wedi ei gweld un noswaith olau leuad ynghanol y coed, yn dawnsio ac yn canu rhyw rigwm annealladwy ac yn siarad â rhywun bob yn ail, er nad oedd yno neb arall i'w weld yn agos ati. Roedd ganddi wialen fechan yn ei llaw, meddai'r ceidwad, ac roedd wedi gollwng ei gwallt i lawr ac yn dawnsio ac yn troi nes bod ei thresi duon yn ymnyddu fel nadroedd amdani. Bu llawer o sôn a siarad am yr hanes hwn, hyd oni ddaeth hanes bod un o'r bugeiliaid wedi ei gweld ar ben clogwyn ar y Foel, yn dawnsio ac yn canu'r un fath ynghanol glaw taranau trwm anghyffredin. Gwelodd digonedd o bobl hi yn y môr, yn dawnsio ac yn ymrolio yn y dŵr, yn chwerthin ac yn canu, ac yna yn nofio pellter mawr oddi wrth y lan. Deuai yn ei hôl, ysgydwai ei gwallt fel mantell drosti, ac eisteddai ar y traeth i sychu yn yr haul.

Nid oedd pobl Y Minfor yn deall pethau fel hyn, a'r unig esboniad arnynt oedd bod yr eneth un ai'n wallgof neu ynteu'n Ddewines. O'r ddau, haws ganddynt gredu mai Dewines ydoedd. A Dewines y galwent hi.

VI.
Rhagfarn

Dyma'r stori a ddwedwyd wrth Merfyn pan holodd pwy oedd yn byw yn y Llety.

Mr. Ifans, yr ysgolfeistr, oedd y dyn y digwyddodd ei holi, a hwnnw, yn ddiamau, oedd yr unig ddyn yn y gymdogaeth a deimlai ddiddordeb di-ragfarn yn nheulu'r Llety.

Roedd Robert Ifan—Mistar Ifans y byddai pawb yn y Minfor yn ei alw—yn ddyn anghyffredin. Dyn ieuanc di-briod ydoedd, tua deunaw ar hugain oed, hwyrach. Roedd ganddo un o'r wynebau mwynaf, ac eto roedd yn wyneb cryf a deallus. Trigai ei fam gydag ef, neu yn hytrach, ei lysfam. Hyhi a'i magodd, ac roedd ganddo yntau gymaint o barch iddi a chariad ati a phe buasai hi'n fam naturiol iddo. Cafodd Mr. Ifans lawer gwell addysg na'r cyffredin o'r ysgolfeistri, ac roedd heblaw hynny'n ddyn o alluoedd llawer cryfach na'r cyffredin. Buasai'n anodd dyfod o hyd i ddyn wedi darllen mwy nag ef. Er ei fod, yn ddiamau, wrth dystiolaeth arolygwyr yr ysgolion a llwyddiant ei ddisgyblion, yn un o'r athrawon gorau yn yr holl wlad, eto, mewn ysgolion bychain gwledig yn gweithio am gyflog bach y bu er pan ddaeth allan o'r coleg. Carai dawelwch bywyd gwlad, a dywedai bob amser fod plant y wlad yn llawer cyflymach a mwy meddylgar na phlant y trefi. Roedd yn ddyn o ddiddordeb eang a dwfn, ac ymhlith pethau eraill a dynnodd ei sylw yn y Minfor roedd teulu'r Llety a'u hanes.

"Beth yw eich meddwl chi o'r eneth yma, ynte?" ebe Merfyn.

"Wn i ddim yn iawn beth i'w feddwl ohoni," ebe Mistar Ifans. "Roedd hi wedi gadael yr ysgol cyn i mi ddŵad yma, ac mi fûm yn gofidio o achos hynny lawer gwaith. Bûm yn siarad â hi droeon, ond nid digon i fedru deall dim arni, wrth reswm. Roeddwn i'n digwydd bod ar y mynydd ryw noswaith cyn i chi ddod yma, ddwy flynedd yn ôl bellach, ac ar ddamwain mi ddois ar 'i thraws hi wrth droed un o'r clogwyni'n ceisio cael gafael ar flodyn gwyllt oedd yn tyfu yno. Roedd y blodyn dipyn o'i chyrraedd hi. Gofynnais iddi a gawn i ei gyrraedd i hi. Edrychodd arnaf am funud neu ddau, ac yna dwedodd y byddai'n ddiolchgar i mi. Fûm i fawr o dro'n dringo ac yn torri'r blodyn. Cymerodd o, a diolchodd amdano. Ceisiais dynnu tipyn o sgwrs â hi, ond ni ddwedodd ond ychydig eirie am y blode sy'n tyfu ar y mynydd, ac yna rhoes dro ar ei sawdl ac aeth i ffwrdd, fel deryn."

"A fuoch chi byth yn siarad hefo hi wedyn?"

"Do, unwaith. Ryw noswaith ym mis Mehefin diwetha oedd hi. Roeddwn i wedi mynd am dro rhwng fy nhŷ a Llan y Coed, a phan oeddwn ar y llwybr sy'n dŵad o'r cyfeiriad hwnnw at y Llety, mi a'i gwelwn hi'n dŵad fel y gwynt. Roedd hi'n droednoeth, fel y bydd hi'n gyffredin wrth fynd i lawr i'r traeth, ac roedd hi'n rhedeg yn ofnadwy i fyny'r cae. Pan oedd hi o fewn rhyw ychydig lathenni i mi, trawodd 'i throed wrth garreg, ac mi syrthiodd. Gwaeddodd, a thybiais ei bod wedi brifo. Helpais hi godi, a dwedodd nad oedd lawer gwaeth o achos y codwm. Roedd hi wedi colli'i gwynt trwy redeg, a rhyw olwg ddychrynedig arni. Gofynnais iddi a allai gerdded—wedi trawo bawd 'i throed mewn carreg roedd hi—a dwedais yr helpwn hi, os na fedrai. Nid anghofiaf byth mo'r gole ddaeth i'w llygaid hi. 'Na, mi allaf gerdded yn iawn,' meddai, 'ond diolch yn fawr i chi'r un pryd, a bendith Dduw arnoch chi, syr.' Ac yna aeth yn ei blaen. Ni welais moni ar ôl hynny."

"Rhyfedd iawn," meddai Merfyn. "Tybed fod yma rywun yn credu o ddifri 'i fod hi'n ddewines? Roeddwn i'n meddwl bod rhyw goelion felly wedi darfod o'r tir erbyn hyn."

"O, na," meddai Mistar Ifans, "mae yma ddigon o goelion felly eto, cofiwch. Mi wn am ddyn fu gyda'r Gŵr Hysbys fis yn ôl, am fod rhywun wedi rheibio'i wartheg o, ac un arall a fu'n ddiweddar iawn gyda'r un dewin, am 'i fod o'n credu bod rhywun wedi'i reibio fo'i hun—hwnnw hefyd yn ddyn digon deallus. Gwn am ferch i ffarmwr, geneth wedi graddio yn y Brifysgol, a fu gyda'r Dyn Hysbys yn cael meddyginiaeth i fuwch oedd wedi'i rheibio."

"Does bosibl!" meddai'r gweinidog.

"Y mae'r peth yn ddigon gwir," ebe'r athro. "Yn y plwy nesaf, mae hen wraig sy'n honni gallu gwella clefyd y galon drwy ddewiniaeth, ac ni choeliech byth gymaint o bobl sy'n mynd ati."

"Mewn difrif?"

"Mewn difrif. Ac nid rhyw greaduriaid tlodion chwaith, ac nid Cymry yn unig. Bu un Sais cyfoethog gyda'r ddewines honno'n ddiweddar iawn, ac y mae mab iddo fo'i hun yn feddyg. Gallwn roi dwsinau o straeon tebyg i chi."

"Rydych chi'n fy synnu i," meddai Merfyn, "prin y gallwn i gredu'r fath beth."

"Bûm innau'n teimlo felly," ebe'r athro, "ond rwyf wedi f'argyhoeddi ers amser maith mai newid eu ffurf, yn hytrach na marw, y mae ofergoelion. Y mae yma rai'n credu'n sicr bod Lona O'Neil yn ddewines, a'i bod hi'n ymhél ag ysbrydion drwg, a phethau felly."

"Tybed?" ebe Merfyn.

"Rhof fy ngair i chi," ebe'r athro, "Meddyliwch. Mae'n debyg bod rhywun wedi 'ngweld i'n estyn y blodyn i'r eneth. Y peth cyntaf a glywais i am y digwyddiad wedyn, sut bynnag, oedd cwestiwn gan yr hen frawd Morys Wiliam."

"O, yn wir," meddai Merfyn, "a ydy ynte'n rhagfarnllyd felly?"

"Ydy. Gofynnodd i mi a oeddwn yn meddwl fy mod yn rhoi esiampl dda i blant a phobl ifainc yr ardal wrth ymddiddan â geneth fel Lona O'Neil, a dringo'r graig i nôl blodyn iddi. Poethais dipyn, a dywedais fy mod yn meddwl mai esiampl dda iawn iddynt oedd ymddwyn ati fel y buaswn yn dymuno iddi hithau ymddwyn ataf innau pe buaswn yn ei lle. Roedd arno flys bod yn gas, ac aeth i ffwrdd gan ddweud y byddai'n well i mi fod yn ofalus."

"Mi wyddwn fod ganddo ragfarnau cryfion," meddai Merfyn, "ond prin y buaswn yn disgwyl iddo fynd mor bell â hynny."

"Y gwir ydy," meddai Mistar Ifans, "y gellwch godi unrhyw fath o deimlad, bron, ond cyffwrdd rhagfarn grefyddol pobl. Y mae Morys Wiliam yn ddyn da, mae'n ddiamau gen i, ac yn onest dros ben, ond y mae'n hawdd cyffroi ei ragfarn, fel llawer eraill."

Roedd y ddau erbyn hyn wedi cyrraedd yn agos i'r pentref, ac aethant un bob ffordd, Mistar Ifans i'w dŷ ei hun, a Merfyn tua Llan y Coed, i edrych am un o aelodau ei eglwys, oedd yn glaf.

VII.
Damwain

Wrth gerdded ymlaen tua Llan y Coed, meddyliai Merfyn am stori Mistar Ifans. Beth a ddwedasai pobl pe clywsent hanes yr helynt ar y traeth? Os byth y dôi'r hanes hwnnw allan, byddai ei yrfa ef yn y Minfor cystal a bod ar ben. Nid ofn hynny oedd arno, ond rhyw fath o ddigalondid, rhyw hanner cywilydd o'i anwybodaeth ef ei hun. Wedi ei holl addysg, roedd yn amlwg na wyddai ef ond ychydig iawn am y pethau oedd o dan yr wyneb yn hanes ei wlad a'i bobl ef ei hun. Sôn am ofergoeledd oesau a fu, ac am "yr oes olau hon," a phethau felly—roedd rhywbeth o'i le yn y ffordd hon—a'i ffordd yntau, hwyrach—o edrych ar y byd—pob camp yn ein cae bach ni ein hunain, a rhemp ym mhob man arall; sôn am fod yn oleuedig, a hanner credu rhyw hen goelion cyntefig wedi'r cwbl—newid termau, ychydig iawn tros ben hynny.

Yn sydyn, cyn ei fod wedi cerdded deg llath o waelod yr allt ger llaw Llan y Coed, clywodd gloch bisigl yn canu'n wyllt. Cododd ei olwg, a gwelodd ferch yn dyfod i lawr yr allt ar fisigl, fel ergyd o wn. Deuai hyd ganol y ffordd, ac os gallai gadw rheol arni ei hun am dipyn, dihangai. Ond roedd yn amlwg ei bod wedi dychryn, oherwydd gwaeddodd unwaith neu ddwy. Ysgubodd heibio i Merfyn fel mellten. Methodd droi am y penelin yn y ffordd, ychydig yn is i lawr, ac aeth ar ei phen i'r gwrych.

Pan gyrhaeddodd Merfyn ati, roedd y ferch yn ymrwyfo ynghanol y drain a'r banadl ar wâr y clawdd. Torasai'r rheiny beth ar ei chodwm. Cynorthwyodd Merfyn hi i ddyfod i fyny i'r ffordd. Roedd gwaed hyd ei hwyneb a'i dwylo, a golwg cynhyrfus arni.

"Rwyf yn gobeithio, ma'm, nad ydych chi ddim llawer gwaeth," meddai, gan ei chynorthwyo i eistedd ar ochr y clawdd.

"O, diolch yn fawr i chi, syr," meddai hithau. "Na, nid llawer gwaeth. Y drain wedi gwaedu fi. Ond oedd yn lwcus i fi syrthio i'r drain. Daru nhw dal fi i fyny, tipyn."

"Do, a thorri rhywfaint ar y codwm," meddai Merfyn, gan geisio cofio ym mha le y clywsai lediaith tebyg o'r blaen. "Gobeithio na bu dim gwaeth na'r cripio i chi."

"O, naddo," ebe'r ferch. "Wedi ysgwyd tipyn, dyna'r cwbl. Medrwn i ddim—ddim rhoi—"

"Ddim rhoi clo ar yr olwyn, mae'n debyg," meddai Merfyn.

"Ie, dim rhoi clo ar yr olwyn," meddai hithau, "ac y mae lle peryglus yma."

"Oes," meddai Merfyn. "Mae'r bisigl wedi torri. Daethoch drwyddi'n rhyfedd. Beth sydd y gallwn i ei wneud? A fynnwch chi lymed o ddŵr, neu a gaf i fynd i alw ar rywun? Llymed o ddŵr?"

Plygodd y ferch ei phen, a golwg go welw ar ei hwyneb. Rhedodd Merfyn at y tŷ oedd ym mhen uchaf yr allt. Daeth yn ei ôl yn union deg a chwpanaid o ddŵr glân i'w ganlyn, a rhedodd gwraig y tŷ ar ei ôl i edrych pa beth oedd yr helynt.

"O, Miss Vaughan bach, ydech chi wedi brifo'n arw?" meddai'r wraig, gan edrych yn ofnus arni.

"O, naddo, fi," ebe hithau, "syrthio i'r drain, a'r gŵr bonheddig caredig yma tynnu fi allan."

"Hwyrach y byddai'n well i chi fynd i'r tŷ i orffwyso 'chydig," meddai Merfyn, "ac os oes rhywbeth arall y gallwn i ei wneud, rwyf at eich galwad."

"O, medra fi gerdded gartref yn iawn," meddai hithau, "dim gwaeth, ond cripio tipyn," ac edrychodd ar y gwaed hyd ei dwylo.

"Gwell i chi ddŵad acw i orffwyso, Miss Vaughan," meddai'r wraig. "Mae'n siŵr gen i yr âi'r gŵr bonheddig cyn belled â'r Plas i beri iddyn nhw yrru rhywbeth i'ch cario chi adre. Fydd dim rheswm i chi gerdded yr holl ffordd ar ôl y fath godwm."

Glynodd y gair "Plas" ym meddwl Merfyn, ond atebodd rhag blaen: "Ie, dyna fyddai orau. Mi af â chroeso i beri i— i gyfeillion Miss Vaughan ddyfod i'w nôl hi."

"Na, gwell i mi cerdded," meddai Miss Vaughan. "Does arna fi ddim eisie iddyn nhw cael braw. Medra fi cerdded yn iawn, diolch i chi, syr."

"Chi ŵyr, Miss Vaughan," meddai'r wraig, "ond y mae i chi groeso ddŵad acw."

"Diolch i chi. Gwybod hynny," ebe Miss Vaughan, "ond medra fi cerdded yn iawn eto."

Cododd ar ei thraed a cherddodd i ganol y ffordd, ond cyn ei bod wedi cymryd mwy na cham neu ddau, llefodd gan boen, ac ymollyngodd ei throed de tani. Cafodd Merfyn afael ynddi mewn pryd i'w chadw rhag syrthio. Roedd yn amlwg ei bod wedi troi ei throed, neu roi straen ar ryw ewyn.

"O, diolch i chi, syr," meddai hi, yn wannaidd, "rhaid bod fi wedi troi troed. Mae o'n brifo'n arw iawn, yn wir. Medra fi ddim cerdded, mi welaf."

"Gwell i chi ddŵad i'r tŷ, yn wir, Miss Vaughan," ebe'r wraig, "tra bo'r gŵr bonheddig yn mynd i ddeud wrthyn nhw yn y Plas."

"Medraf fi ddim cerdded i'r tŷ," meddai hithau, braidd yn dorcalonnus.

"A fynnech i mi 'ch helpu?" ebe Merfyn.

"Na," meddai hithau, "medra fi eistedd ar y garreg yma, os byddwch chi mor caredig a mynd i nôl y cerbyd. Nid ydy'r troed yn brifo'n arw heb roi pwyse arno. Drwg iawn gen i rhoi trafferth i chi, syr."

"Peidiwch â sôn, os gwelwch yn dda," ebe Merfyn. "Mae'n debyg gennyf mai Plas y Coed yw'r Plas—"

"Ie," ebe Miss Vaughan." Mae mam fi yn wael 'i hiechyd, ac y mae arna fi ofn iddi gael braw. Os gwelwch chi hi—gwraig â gwallt gwyn—peidiwch â deud wrthi hi, syr—deud wrth rai o'r dynion, os gwelwch yn dda."

"O'r gorau," ebe Merfyn, "ni byddaf fawr o dro, a chymeraf ofal. Gadewch i mi 'ch helpu at y garreg."

Gosododd hi i eistedd ar garreg fwsoglyd yn ochr y ffordd, ac yna rhedodd tua Phlas y Coed.

"Pwy ydy'r gŵr bonheddig?" ebe Miss Vaughan wrth y wraig, ar ôl iddo fynd o'r golwg.

"Yn wir, Miss Vaughan, nid wyf yn siŵr," ebe hithau. "Gwelais o'n pasio heibio unwaith neu ddwy o'r blaen. Rydw i'n meddwl mai gweinidog newydd y Methodistiaid yn y Minfor acw ydy o."

"Gweinidog y Methodistiaid!" ebe Miss Vaughan. "Y fô? Na, does dim posib, dim posib!"

"Fel y deudais i, dydw i ddim yn siŵr," meddai'r wraig, "ond mi glywais sut un ydy'r gweinidog newydd, ac y mae hwn yn debyg iawn iddo."

"Gweinidog y Methodistiaid yn y Minfor!" ebe Miss Vaughan, braidd wrthi ei hun yn hytrach nac wrth y llall. "Na, does dim posib!"

"Chi ŵyr ore, wrth gwrs, Miss Vaughan," ebe'r wraig "ond pam rydech chi'n meddwl nad oes dim posib?"

"O, mae fo'n ŵr bonheddig," meddai Miss Vaughan. "Does gen pobol y capeli ddim dynion fel fo!"

John Jones, yr hen weinidog, oedd yr unig bregethwr y buasai Miss Vaughan yn siarad ag ef erioed o'r blaen. Hen gymeriad oedd yntau, tebyg dros ben i daid Miss Vaughan ei hun, pe gwybuasai hi. Ond tybiodd hi mai anfoneddigeiddrwydd oedd diffyg rhodres John Jones, a chredodd fod pob gweinidog yr un fath, o angenrheidrwydd. Oni chlywsai hi ddifyrru'r cwmpeini wrth y bwrdd lawer gwaith drwy adrodd straeon digrif am eu diffyg moes a'u gerwinder?

"Chi ŵyr ore, Miss Vaughan," ebe'r wraig, "ond mae pobol yn deud bod y gweinidog newydd yma'n ŵr bonheddig, ac yn ysgolhaig mawr, wedi bod i ffwrdd mewn ysgolion yn y gwledydd pell."

"O, yn wir?" ebe Miss Vaughan. "Wel, os ydy fo Methodist, mae piti garw. Ond newydd ddŵad adre i'r Plas yr yden ni, a heb clywed sôn am pethe yna."

"Wrth reswm," meddai'r llall. "Ond mae pobol yn deud 'i fod o'n ddyn clyfar dros ben. Wedi bod mewn rhyw wlad bell yn yr ysgol, Jermi, neu rywbeth felly."

"*Germany*, mae'n debyg," meddai Miss Vaughan, â rhyw hanner gwên ar ei hwyneb.

"Ie, siŵr, dyna fo, Jermi," ebe'r wraig. "Pan ddaeth o yma, mi gafodd groeso mawr. Aeth llawer o bobol eraill i'r cyfarfod i'w glywed o, hyd yn oed rai o bobol yr eglwys, ac y maen nhw'n i ganmol o i gyd."

"Beth ydy henw fo?" meddai Miss Vaughan.

"Owen—rhywbeth Owen, rhyw henw Saesneg go ryfedd— Mer—Mer—Merfi Owen, neu rywbeth felly."

"Merfyn Owen, hwyrach," meddai Miss Vaughan, "henw Cymraeg iawn, Marged Roberts."

"Dyna fo," ebe Marged Roberts, "Merfi Owen, ie, dyna fo. Ond wyddwn i ddim mai enw Cymraeg oedd o chwaith—dydy o ddim yn swnio'r un fath a John a Rhobet, ac enwe Cymraeg iawn."

"Nag ydy," meddai Miss Vaughan, "ond rydw fi wedi gweld yr henw yn—yn *pedigrees*—beth ydy hynny yn y Cymraeg?—yn *pedigrees* yr hen deuluoedd."

"Petigriw ydech chi'n feddwl?" ebe Marged Roberts, "mi glywais fod gen darw Maes y Coed betigriw, ond wn i ddim beth ydy hynny chwaith, os nad 'i fod o'n un gwyllt iawn a garw am ymladd."

"Na, ydech chi'n gwybod," meddai Miss Vaughan, "*pedigree* ydy ych bod chi'n gwybod pwy oedd ych taid chi, a'ch hen daid chi, a hen daid hwnnw, ac felly ymlaen—neu'n ôl."

"O," meddai Marged Roberts, "rydw i'n dallt—ache, hêl ache fyddwn ni'n ddeud. Ond wn i f'ache fy hun am bum cenhedlaeth, o ran hynny. Un garw am bethe felly oedd fy nhad, wyddoch."

"O, yn wir?" ebe Miss Vaughan, mewn syndod. "Wyddwn i ddim bod pobol cyffredin yn—yn hêl ache."

"O, ydym," meddai Marged Roberts, "roedd fy nhad yn gwybod ache pob teulu yn y wlad yma o'r dechre, o ran hynny, ac mi fedrai ddeud i'r dim pwy oedd eu gwragedd nhw a faint o blant oedd ganddynt, a sut y cawson nhw eu tiroedd, a phethe felly."

"Wel, dyna beth rhyfedd," meddai Miss Vaughan. "Ond, am y gweinidog yma, a oes gynno fo wraig?"

"Nag oes, fel y clywais i," meddai Marged Roberts. "Ym Maes y Coed y mae o'n byw, mi glywais, ac y mae pobol yn deud bod ganddo dair mil o lyfre yno."

"Tair mil o lyfre!" meddai Miss Vaughan. Bu'n ddistaw am ennyd. Yna, dwedodd, megis wrthi ei hun "Medra fi ddim dallt!"

"Ddim dallt beth, Miss Vaughan bach?" meddai Marged Roberts, â chydymdeimlad yn ei llais.

"Dallt bod dyn ieuanc fel yna yn weinidog," meddai Miss Vaughan. "Base fo'n cael llawer iawn gwell lle yn yr Eglwys, ac yn cael parch gan pobol fawr, Marged Roberts."

"Base, mae'n siŵr, Miss Vaughan," meddai'r llall.

Go bŵl oedd meddwl Marged Roberts, a synnai fod Miss Vaughan yn teimlo cymaint o ddiddordeb yn y dyn ieuanc dieithr hwn. Eto, gwyddai'n dda mai teulu hynod oedd Fychaniaid Plas y Coed, rhai'n cymryd pethau rhyfedd yn eu pennau. Cofiai'n dda am dad Miss Vaughan, yn ddyn ifanc, yn rhedeg i ffwrdd gyda merch tafarn gyffredin o Gaerafon, ac yn ei phriodi er gwaetha'r teulu. Clywsai am fwy nag un helynt y buasai brawd Miss Vaughan ynddi, am nad oedd ganddo syniadau priodol, yn enwedig ym marn ei fam, oedd wedi dysgu pethau erbyn hynny, am y ffordd y dylai gŵr bonheddig ei chymryd i chwilio am wraig. Nid oedd Miss Vaughan yn un o'r merched harddaf, ac ni chlywodd Marged Roberts am ddim anghyffredin yn ei hanes hi, ond ni fuasai'n syn gan neb ddeall bod ynddi hithau dipyn o natur y Fychaniaid. Ac eto, roedd Marged Roberts yn synnu at gwestiynau Miss Vaughan

VIII.
Gelynion

Yn y cyfamser, roedd Merfyn yn prysuro tua Phlas y Coed. Gwyddai bellach mai chwaer i'r dyn a drechodd ef ar y traeth oedd y ferch ieuanc a daflwyd oddi ar ei bisigl. Pe cawsai ei ddewis, nid aethai i Blas y Coed o gwbl. Nid oedd arno awydd mynd o'i ffordd i gyfarfod eto â'i wrthwynebydd. Eto, dan yr amgylchiadau, nid oedd dim i'w wneud ond mynd i'r Plas.

Wrth gerdded i fyny'r parc, ni allai Merfyn beidio â meddwl am Miss Vaughan, ac edmygu'r plwc a'r gofal a ddangosodd hi am ei mam yn enwedig. Y tu allan i'r pethau hynny, nid oedd dim yn ddymunol ynddi, hyd y gwelodd ef tra bu yn ei chwmpeini. Merch blaen iawn ydoedd yn wir, hagr o bryd a gwedd, er ei bod yn ddigon lluniaidd o gorff. Bu natur yn grintach wrthi yn y pethau a ystyrir yn addurn ar ferched.

Cyrhaeddodd Merfyn o'r diwedd i ymyl y Plas. Dechreuodd edrych o'i gwmpas, gan obeithio gweld rhywun tua'r ardd neu'r ystablau, ond nid oedd yno un dyn byw yn y golwg. Hen dŷ oedd y Plas, wedi ei adeiladu yn yr unfed ganrif ar bymtheg. Roedd yr ardd ar y chwith iddo a lawnt wastad o'i flaen, a'r ystablau a'r adeiladau eraill ar y dde. Cerddodd Merfyn i gyfeiriad yr ardd ac edrychodd o'i gwmpas yn fanwl. Nid oedd yno neb i'w ganfod yn un man. Aeth draw tuag at yr ystablau, ar draws y parc, gyda'r wal oedd rhwng y lawnt a'r maes agored. Tyfai rhes o goed gyda'r wal, ac ni allasai neb weld Merfyn o'r tŷ.

Yn sydyn, clywodd leisiau yn ei ymyl. Roedd rhywrai ar y lawnt, bron am y wal ag ef, yn siarad â'i gilydd. Siaradent yn

Saesneg, a gwybu Merfyn oddi wrth y lleisiau mai mab a merch oedd yno. Roedd llais y dyn yn hynod debyg i lais Miss Vaughan, ond roedd llais y ferch yn feddal ac yn beraidd iawn, a braidd yn wannaidd. Meddyliodd am droi yn ei ôl a mynd heibio'r ardd y tu cefn i'r tŷ. Hwyrach y deuai o hyd i rai o'r gwasanaethyddion yno, ac y gallai ddweud ei neges a mynd ymaith heb unrhyw ddigwyddiad annymunol. Tybiai y byddai'n lled debyg o gyfarfod Charlie Vaughan ryw dro, ac y gallai helynt arall ddigwydd, ond ar hyn o bryd roedd yn awyddus am osgoi helynt. Os oedd yn rhaid iddi fynd yn ddrwg rhyngddynt, buasai'n well ganddo ei gyfarfod lle na fyddai eraill yn debyg o fod o gwmpas.

Roedd Merfyn ar droi yn ei ôl pryd yr agorwyd drws yn y wal, ac y daeth cerbyd bychan drwodd i'r parc. Eisteddai hen wraig yn y cerbyd, ei gwallt yn wyn fel yr eira, ond ei hwyneb yn dlws er y cwbl. Charlie Vaughan oedd yn gwylio'r cerbyd.

Er nad oedd yr un o'r ddau eto wedi'i weld, drwy ei fod ef yn ymyl y wal a hwythau'n edrych i lawr y parc, roedd yn rhy hwyr i feddwl am fynd ymaith bellach. Beiodd Merfyn ef ei hun yn ei feddwl am na fuasai wedi mynd cyn gynted ag y clywodd y lleisiau, ond safodd yn llonydd lle'r oedd, gan edrych ar y ddau yn mynd yn araf i lawr y parc. Hwyrach wedi'r cwbl yr aent ymlaen heb ei weld.

Taflai coed y lawnt gysgod lled hir ar y parc. Y tu draw i'r cysgod hwnnw, roedd yr heulwen felen yn troi popeth yn aur, ac roedd y gwres yn fawr. Aeth Charlie Vaughan a'i fam ymlaen nes mynd allan o gysgod y coed i'r heulwen, ac roedd Merfyn yn dechrau gobeithio y gallai yntau fynd ymaith heb iddynt ei weld bellach, pryd y canfu Charlie yn plygu ei ben i lawr at yr hen wraig, fel pe buasai hi yn dweud rhywbeth wrtho. Ni chlywodd Merfyn mo'i llais hi, ond clywodd Charlie'n dweud rhywbeth, fel pe buasai'n ei hateb, ac yna gwelodd ef yn troi'r cerbyd. Roedd yn amlwg fod yr haul yn rhy gryf gan yr hen wraig, a'i bod hi wedi gofyn i'w mab droi'r cerbyd yn ei ôl i'r cysgod.

Hwyliodd Charlie'r cerbyd ymlaen yn araf, gan syllu ar y llawr o'i flaen. Roedd yn amlwg nad oedd ef eto wedi gweld Merfyn, ac roedd yn ddrwg ganddo yntau erbyn hyn na fuasai wedi troi a mynd ymaith rhag blaen pan oedd y ddau a'u cefnau tuag ato. Deuent yn nes, nes, a Merfyn yn sefyll wrth y wal ac yn edrych arnynt yn dyfod. Pan oeddynt o fewn ychydig lathenni i'r lle y safai Merfyn, dwedodd yr hen wraig rywbeth a phlygodd y mab ei ben i lawr ati fel y tro o'r blaen.

Y munud nesaf, cododd Charlie Vaughan ei olwg. Gwelodd Merfyn yn sefyll o fewn llai na phum llath iddo. Safodd yn sydyn. Aeth ei wyneb yn wyn ac yna'n fflamgoch. Agorodd ei wefusau, ond caeodd hwy drachefn a thaflodd olwg ar ei fam.

"Syr," meddai wedyn yn bwyllog, "a wyddoch chi bod chi yn tresbasu yma?"

"Roeddwn yn meddwl y gallai fy mod," ebe Merfyn, "ond ni wyddwn mo'r ffordd at y tŷ. Mae'n debyg mai Mr. Vaughan ydych chwi?"

"Ie," ebe'r llall, "chi eisio fi?"

Safai Charlie Vaughan y tu cefn i'r cerbyd o hyd, ac roedd rhyw fath o wên hanner ddirmygus ar ei wyneb wrth lefaru'r geiriau olaf.

"Os gwelwch yn dda," ebe Merfyn, "dymunwn siarad gair neu dda â chwi."

Cochodd wyneb Charlie Vaughan drachefn, ac megis wrth reddf, hwyliodd y cerbyd i'r cysgod ychydig o'r neilltu, gosododd y glustog yn fwy cysurus y tu cefn i'w fam, a dwedodd wrthi,

"Gwell i chi yn y cysgod yma, mam, tra byddaf fi yn siarad â'r dyn yma."

Yna aeth yn ei flaen at Merfyn, a golwg guchiog ar ei wyneb. Safodd gyferbyn â Merfyn, ei gefn at ei fam, ac edrychodd arno'n graff. Craffodd Merfyn arno yntau.

"Wel," ebe Charlie Vaughan, "chi eisio fi, yntê?"

"Chwi neu rywun arall," ebe Merfyn, "ond hwyrach mai gwell i'r wraig oedrannus acw beidio â chlywed yr hyn sydd gennyf i'w ddweud."

"O, ie, gwell, gwell," ebe Charlie Vaughan, "pam daru chi ddŵad ganol dydd yma?"

"Am fod yn rhaid i mi ddyfod ar unwaith," ebe Merfyn, "does dim amser i'w golli—"

"O, chi ar frys, ynte? Mynd i ffwrdd heno? O'r gore. Y lle a'r amser fynnoch chi, ond nid yma—o flaen mam."

"Nid wyf yn deall yn iawn pa beth yw'ch meddwl," ebe Merfyn, "ond gadewch i mi ddweud fy neges. Ryw hanner awr yn ôl, ar yr allt tua hanner ffordd rhwng y Minfor a Llan y Coed, bu damwain i ferch ieuanc ar ei bisigl. Tynnais hi'n rhydd o'r drain. Dwedodd y gallai gerdded adref yn iawn, ond pan aeth i geisio, methodd. Mae arnaf ofn ei bod wedi troi ei throed, neu rywbeth felly. Mae hi yno'n eistedd ar ochr y ffordd, a'r wraig sydd yn byw yn y tŷ ar yr allt yno gyda hi. Rhaid cael cerbyd i'w dwyn hi oddi yno. Dwedodd mai dyma'i chartref hi. Dyna fy neges i, a dim arall."

Am eiliad, edrychodd Charlie Vaughan yn syn mewn distawrwydd ar Merfyn. Yna, dwedodd,

"Fy chwaer, hi ydy hi."

"Mae'n debyg mai e," ebe Merfyn.

"Wel, gyrra fi cerbyd i'w nôl hi rŵan," ebe Charlie Vaughan, gan droi ar ei sawdl a chychwyn ymaith.

Roedd Merfyn yntau yn troi i gychwyn i lawr y parc, pryd y clywodd alw, "Hai! 'Rhoswch!" Safodd yntau a throes ei ben. Roedd Charlie Vaughan yn rhedeg ar ei ôl.

"Chi madde i mi am anghofio," meddai wrth Merfyn. "Diolch i chi am ddŵad i ddeud. Rydan ni yn elynion, a mae mater i'w setlo, ond diolch i chi 'run fath!"

"Peidiwch â sôn!" ebe Merfyn, ac ymaith ag ef. Cyn ei fod wedi mynd ymhell, gwelodd gerbyd yn mynd yn gyflym hyd y ffordd drwy'r parc, ac yn gyrru hyd y briffordd tua Llan y Coed.

Ni thybiodd fod mwy o alw am ei wasanaeth ef, ac nid oedd arno yntau eisiau meithrin y gydnabyddiaeth mewn modd yn y byd. Felly, yn hytrach na mynd yn ei flaen hyd y ffordd a'u cyfarfod drachefn, troes Merfyn ar draws y parc tua Maes y Coed.

Wedi cael cwpanaid o de a darllen ychydig, aeth allan drachefn, a dringodd i fyny i'r mynydd, heibio i'r Llety. Roedd yr un cysgadrwydd trwm o gwmpas y lle hwnnw o hyd. Nid oedd eto wedi gorffen ei bregeth, a meddyliodd am fynd i fyny i'r mynydd i gael tawelwch a hwyl i hêl ei feddyliau at ei gilydd. Gorffwysai tawelwch dwfn ar bopeth. Diamau nad yw'r noson honno dawelach na rhyw noswaith arall, ac eto, gŵyr pawb cynefin a bywyd Cymru yn dda am dawelwch nos Sadwrn. Tawelwch y dychymyg ydyw, hwyrach, ac eto, cymer afael ar popeth hyd yn oed ar natur ei hun. Roedd popeth fel pe buasai'n dodi diweddnod ar un o frawddegau natur, y brawddegau hynny yn y rhai y mae'r oriau yn eiriau a'r dyddiau yn rhannau a chymalau.

Cerddodd Merfyn ymlaen yn araf nes dyfod at droed un o'r clogwyni, ac yno, ar lannerch las, lle'r oedd y borfa fân a'r mwsogl fel carped esmwyth, eisteddodd i lawr a thynnodd Destament o'i boced, a dechreuodd ddarllen Pregeth y Pregethau. Darllenodd a myfyriodd yn hir, ac yna gorweddodd ar ei hyd ar lawr i feddwl. Yn araf, araf, ymlusgodd syrthni arno. Caeodd ei lygaid, disgynnodd ei fraich i lawr, a syrthiodd y Testament o'i law.

Roedd y meddyliwr yn cysgu'n drwm.

IX.
Rhyfeddodau

Gyda hynny, daeth Lona i'r golwg heibio'r clogwyn. Safodd yn betrusgar i ddechrau, ac yna edrychodd yn graff arno, ac yn hir. Roedd hi'n droednoeth a phennoeth. Gwisgai hugan gwyrdd llac, yn cyrraedd at hanner ei choes. Noethion hefyd oedd ei breichiau o'r penelin i lawr. Ei gwallt a ddisgynnai'n dorchau gloywddu hyd waelod ei chefn, ac ynghanol pleth ohono ar ymyl ei thalcen roedd rhosyn coch wedi'i osod, fel marworyn mewn huddygl. Disgleiriai ei chnawd gwyn, iachus yn yr haul, a'r gwrid oedd ar ei deurudd fel eiliw'r rhosyn oedd yn ei gwallt. Safodd yn llonydd am ysbaid, gan edrych ar Merfyn o hyd. Yna cododd ei breichiau i fyny a thaflodd dorchau ei gwallt ysblennydd yn ôl dros ei hysgwyddau. Symudodd gam neu ddau'n nes ato, fel y bydd aderyn yn nesu at ddyn, heb fod yn sicr ai diogel iddo hynny ai peidio, a chryndod rhyw led awydd a hanner amheuaeth yn ymdaenu drwy bob gewyn iddi. Safodd drachefn ac edrychodd ar y cysgwr am rai eiliadau, heb ysgogi. Yna, llithrodd ymlaen, gyda'r symudiad chwyrn, ystwyth, na pherthyn ond i bobloedd anwar ac anifeiliaid gosgeiddig. Llithrodd felly i ymyl Merfyn, plygodd uwch ei ben, a gwelodd ei fod yn cysgu'n drwm. Sythodd, ac edrychodd o'i chwmpas, â gwên ar ei hwyneb, gwên mor ddiniwed a gwên plentyn bach. Plygodd drachefn a chododd y Testament, oedd ar lawr yn ymyl y cysgwr. Eisteddodd ar y ddaear heb fod ymhell oddi wrth Merfyn, a dechreuodd chwilio ac edrych yn y llyfr. Roedd y llythrennau mân, tlysion, yn ddieithr iddi. Testament

Groeg ydoedd. Cododd ei golwg ac edrychodd ar Merfyn, ei thalcen braidd yn crychu. Troes i syllu eilwaith ar y llyfr. Daliodd ef i ddechrau â'i ben i lawr, ac wedyn â'i ben i fyny. Troes y dalennau'n chwyrn o'r dechrau ymlaen tua'r diwedd ac o'r terfyn yn ôl at y cychwyn. Er y cwbl, nid oedd fymryn haws. Crychodd ei haeliau, gwnaeth geg gron, caeodd y llyfr, rhoes ochenaid fechan, gosododd y llyfr ar lawr lle'r oedd o'r blaen, a throes i edrych ar y cysgwr drachefn.

Yn sydyn, rhoes yntau dro, rhwbiodd ei lygaid â'i figyrnau, ac yn ebrwydd, neidiodd Lona ar ei thraed, ciliodd lathen neu ddwy draw, a safodd yng nghysgod y clogwyn, ei holl gorff yn rhyw wingo megis rhwng ofn a pheidio, fel o'r blaen. Cododd Merfyn ar ei eistedd, rhwbiodd ei lygaid eilwaith ac edrychodd o'i gwmpas yn hurt. Disgynnodd ei lygad ar Lona yn sefyll yno yn ymyl y clogwyn, â'i thoreth o wallt ardderchog yn ymnyddu o'i chwmpas fel pe buasai'n rywbeth byw. Cyfarfu ei drem ef â'i golygon hithau, ac edrychodd y naill ym myw llygad y llall mewn distawrwydd. O! Roedd gan Lona lygaid ysblennydd, llygaid mawrion, duon, disglair, di-niwed, fel llygaid plentyn, a rhywbeth yn syllu allan o'u dyfnder, rhywbeth dieithr, gwyllt, syn, hoffus. Ni allai Merfyn droi ei olwg oddi arnynt, ac ni allai hithau ychwaith dynnu ei threm oddi arno yntau. Aeth ei hwyneb yn wynnach, ac yna dyfnhaodd y gwrid ar ei gruddiau, ond ni ddwedodd hi air. Nac yntau mwy na hithau. Daeth y gair "Dewines" i feddwl Merfyn, ond yr un funud, cofiodd hefyd am ddywediad Mistar Ifans, "pranciau plentyn." A'r plentyn a orfu. Nid dewines mohoni, ond bod pob plentyn yn ddewin. O ran ei ffurf odidog, ei breichiau crynion, ei hysgwyddau llydain, ei gwddf llyfn a'i gwefusau aeddfed, roedd hi'n wraig; ond o'i llygaid disglair syllai enaid plentyn yn ei ddiniweidrwydd noeth. Pwy fyth allasai fod yn gas wrthi? Ac eto roedd pawb yn yr ardal yn ei dirmygu ac yn ei galw'n ddewines!

"Wel, ryden ni wedi cyfarfod o'r blaen, ond do?" meddai Merfyn o'r diwedd.

"Do, syr, a bendith Dduw arnoch chi!" ebe hithau, gan ryw osgoi'n nes ato ac eto heb symud o'r lle'r oedd.

"Ar lan y môr?"

"Ie, syr, ar lan y môr."

"Wel, mae'n dda gen i'ch gweld chi eto. Y noswaith honno, aethoch i ffwrdd cyn i mi gael gofyn i chi a gawsoch eich brifo yn arw."

"O, naddo, syr, ddim yn arw. Mi ges fraw mawr pan drawodd y ffon fi yn fy mhen. Ond ddaru o mo 'mrifo i chwaith."

"Mae'n dda gen i glywed. Gawsoch chi lonydd ganddo wedyn?"

"Do, syr. Welais i mono fo wedyn. Roedd o wedi ceisio 'nal i ddwywaith cyn hynny ac wedi methu, ond y noswaith honno, daeth i gyfarfod â mi ger y llwybr lle na fedrwn i redeg rhagddo ar unwaith. A dwedodd na chawn i ddim pasio os na rown i gusan iddo."

"Do, mi a'i glywais yn deud hynny," ebe Merfyn. "Wel, mae'n dda gen i eich bod wedi cael llonydd ganddo ar ôl hynny. Ydech chi'n byw yn y gymdogaeth yma?"

"Ydw, syr. Yn y Llety. Ac rydech chithe wedi dŵad yma i fyw?"

"Ydw siŵr. Rydw i yn byw ym Maes y Coed rŵan."

"Mi wyddwn, ac o! Mae'n dda gen i!"

"Diolch! Pam y mae'n dda gynnoch chi am hynny?"

"O, am ych bod chi wedi bod yn garedig wrtha i, ac am ych bod chi'n siarad hefo mi heb edrach yn ddig arna i! Mi'ch gwelais chi'n dŵad yn y drol, ac yn mynd i lawr heibio'r Llety y noswaith honno!"

"O, do'n wir?"

"Do. Ac mi'ch gwelais chi wedyn, un noswaith, yn ymyl y Llety, a siarad hefo chi—"

"O, ie, rydw i'n cofio," ebe Merfyn. "Chi aeth heibio i mi ar y llwybr a deud 'nos dawch' wrtha i?"

"Ie, syr, y fi! Roedd arna'i ofn deud dim arall wrthoch, y noswaith honno."

"Ofn? Pam?" ebe Merfyn.

"Rhag i chithe edrach yn ddig arna i fel y lleill!"

"O! Pam y baswn i'n edrych yn ddig arnoch?"

"Wn i ddim. Ond felly y mae pawb, syr, ond dyn yr ysgol. Mi fydd o'n gwenu arna i."

"Wir? Ac mae pawb yn edrych yn ddig arnoch?"

"Ydyn, syr, pawb."

"Pam, tybed?"

"Wn i ddim pam. Ni wnes i erioed ddim drwg iddyn nhw, ond fyddan nhw byth yn deud gair wrtha i er pan oeddwn i'n eneth fach. A fyddan nhw byth yn pasio heb edrach yn ddig arna i chwaith."

"Mae'n ddrwg gen i glywed. Mae'n rhaid 'i bod hi'n annifyr iawn arnoch yma?" ebe Merfyn, yn dosturiol.

"O, na, ddim ond weithie," ebe'r eneth. "Mae yma ddigon o bethe clws, y cregyn ar lan y môr, a'r blode yn y mynydd, a'r adar bach a'r coed a'r defaid. Byddaf yn mynd i edrach am y môr bob dydd. Fedra i ddim byw heb y môr. Mae'r tonne'n dŵad ac yn dŵad i'r lan, fel 'tae nhw'n rhedeg atoch ac yn cusanu'ch traed, ac wedyn yn rhedeg yn eu hole i edrych arnoch a chware hefo chi. Ac wedyn, pan fyddwch wedi tynnu oddi amdanoch a mynd i'r dŵr, mae o'n dŵad ac yn chware o'ch cwmpas, ac yn taflu'r tonne'n uwch o hyd nes byddwch chithe'n gweiddi ac yn chwerthin, ac na fedrwch ddim peidio â neidio i'w ganol, a rholio ynddo, a'i glywed yn cau ac yn lapio amdanoch ac yn suo ac yn rhuo yn ych clustie! O, fedra i ddim byw heb y môr! A phan fydd y gwynt yn 'i chwythu nes bydd 'i donne fo'n berwi, a'r trochion yn neidio arno ac yn disgyn arnoch yn glytie tewion, fel rhywbeth yn gafael ynoch, o, mi fyddaf wrth fy modd ynddo'r adeg honno hefyd. Dydy'r trochion ddim 'run fath â'r dŵr, yn enwedig os bydd hi wedi bod yn storm fawr ac wedi'i gorddi fo nes bydd fel burum tew ar y tonne. Bydd y dŵr yn lapio amdanoch ac yn llifo i ffwrdd, ond bydd y trochion yn gafael ynoch fel llaw nes bydd ias yn mynd drwyddoch a'ch croen yn crynu!"

Tawodd yr eneth yn sydyn a gwridodd nes bod ei chroen gwyn yn goch fel y gwin. Cuddiodd ei hwyneb â'i dwylo, fel pe buasai wedi swilio, ond safodd yn llonydd yn ei hunfan o hyd. Cymerodd ei disgrifiad byw o'r môr y fath afael yn nychymyg Merfyn fel na allodd yntau ddweud dim am funud neu ddau. Rhyfeddai ati, ac edrychai arni fel pe buasai hi'r taeog a welwyd gynt yn cyfodi o ewyn yr eigion.

"Y môr," meddai yn y man, "y môr! Rydw inne'n hoff iawn o'r môr, ond na, fedra i ddim 'i ddisgrifio fo fel y medrwch chi chwaith,"

"O! Ydy, mae'r môr yn ardderchog!" ebe hi, dan dorri i chwerthin, "a'r mynydd a'r coed hefyd! Pan fydd y gwynt yn rhuo drwy Goed y Plas, ac yn chwibanu dros y mynydd yma! Yr amser hwnnw, fydda i ddim yn gwybod p'run ai'r môr ai'r mynydd ydy'r gore gen i."

"Rydech chi'n hoff iawn o'r mynydd a'r coed, felly?" ebe Merfyn, gan gofio am y stori fod rhywun wedi gweld Lona yn dawnsio yn y coed ganol nos.

"O, ydw!" ebe hithau. "Mi fyddaf wrth fy modd yn dringo i ben y creigie yma pan fydd hi'n chwythu'n arw, ne' redeg hyd y rhos, a chlywed y gwynt yn chwythu drwy fy ngwallt i, ac yn llifo fel y dŵr rhwng fy nillad a'm croen! Byddwch yn medru pwyso yn 'i erbyn o, 'run fath ag yn erbyn y dŵr, ne redeg i'w ganlyn nes bo chi wedi anghofio pob peth. Fydda i ddim yn hidio'r amser hwnnw fod pobol yn edrach yn ddig arna i, ac mi fyddaf yn meddwl 'mod i'n chwaer i'r grug a'r eithin a'r rhedyn a'r cwbl, a fyddan nhw byth yn hidio, a bydd y blode bach ar y grug a'r eithin ym chwerthin arnoch bob amser!"

Y tro hwn, ni swiliodd Lona, ond roedd goleuni disglair yn ei llygaid, a'i holl gorff yn un ysfa, fel aderyn ar fin ehedeg. Chwaer i'r grug a'r eithin? Y mae'r rheiny â'u gwraidd yn y ddaear. Nid felly Lona. Chwaer i'r adar, nith yr ehedydd, cymhares yr wylan: roedd ar Merfyn ofn ei gweld yn ehedeg ymaith fel aderyn.

"A'r coed hefyd?" meddai yntau, er mwyn ei thynnu i siarad, a chlywed ei llais, a'i chadw rhag ehedeg i ffwrdd.

"O, ie, a'r coed," meddai hithau. "Mae'n dda gen i'r coed hefyd. Edrychwch arnyn nhw o'r fan yma. Mae'r dail fel tonne'r môr. Fasech chi ddim wrth eich bodd yn neidio i'w canol nhw, nes eu bod i gyd yn ych llyfu a chithe'n rholio ynddyn nhw? Ac o dan y dail, ynghanol y coed, lle bydd y mwsog yn gwasgu am ych traed, fel petaech yn cerdded ar wlân ne blu! A bydd y coed mor ddistaw yn y nos. A phan fydd hi'n olau leuad, bydd popeth yn edrych mor ryfedd! Fel tai mawr, a miloedd o ddryse o'ch cwmpas ymhob man. A'r awel weithie'n chwythu drwy'r dail. Yr amser hwnnw, mi glywch sŵn, fel petae rywbeth yn canu o'ch cwmpas, a byddwch yn dychmygu gweld brige'r coed yn dawnsio i ganlyn y canu! Mi fûm yn y coed yn y nos lawer gwaith, ac yn dawnsio i'w canlyn, nes bod fy ngwallt i'n troi ac yn troi amdanaf, a finne fel petawn i'n dawnsio yn yr awyr, yr un fath a'r brige!"

Wrth orffen siarad, rhoes Lona ddau dro neu dri, a rhyw hanner dawns, nes bod ei gwallt llaes a'i dillad yn troi ac yn torchi amdani. Yna safodd yn sydyn, fel pe buasai wedi swilio drachefn, a dododd ei dwylo ar ei hwyneb, gan sefyll yn llonydd yng nghysgod y graig. Roedd Merfyn o hyd yn eistedd ar y ddaear, ac yn edrych arni mewn syndod mud. Plentyn? Hwyrach. Ond dewines hefyd. Cryf yn wir oedd y rhagfarn a allai sefyll yn ei herbyn hi, ac edrych yn ddig arni ar hyd y blynyddoedd!

Roedd yr haul eisoes wedi machludo, a'r mynydd a'r môr yn araf dywyllu, a chilfachau'r coed is law yn duo fel roedd y nos yn nythu yn eu brigau.

"O, wel," ebe Merfyn, fel pe buasai yn siarad drwy ei hun, "ni wn i pam maen nhw'n edrych yn ddig arnoch! Ond pa waeth? Peidiwch â phoeni am hynny. Rydych chi'n ddiniwed ac yn hapus."

"Rydw i yn hapus," ebe hithau, "pan fydda i yn y môr ac ar y mynydd ac yn y coed. A dyma fi wedi deud! Ni ddwedais erioed wrth neb o'r blaen. Ac roedd arnaf eisie deud wrth rywun, ers talwm iawn, iawn. Ac rydech chithe'n caru'r môr a'r mynydd a'r coed, ond ydech, syr?"

"O, ydw, rydw i'n hoff iawn ohonyn nhw i gyd," ebe Merfyn, "ond rydech chi'n eu nabod yn well na mi—yn well na neb."

Goleuodd llygaid yr eneth, a chofiodd Merfyn y peth a ddwedodd Mistar Ifans wrtho. Nid anghofiai yntau, mwy na hwnnw, byth mo'r llewyrch a ddaeth i lygaid Lona,

Aethai oriau heibio er pan ddringodd Merfyn i ben y mynydd, ond teimlai ef fel pe buasai yno ers blynyddoedd, ac fel pe buasai Lona ac yntau wedi crwydro'r mynydd, cerdded y coed, a nofio'r môr gyda'i gilydd ers amser maith. Ar draws ei feddyliau cymysg, daeth i'w gof ei bod yn Sul drannoeth, ac yntau heb wneud ei bregeth. Roedd hi bellach yn hwyr, a byddai pobl Maes y Coed yn methu a deall ym mha le oedd. Cododd ar ei draed.

"Mae hi'n mynd yn hwyr," meddai, "rhaid i mi fynd adre. Ydech chithe'n dŵad i lawr? "

"Ydw," ebe Lona, "gaf i ddŵad i lawr hefo chi?"

"O, cewch, wrth reswm. Bydd yn dda iawn gen i gael eich cwmpeini, os byddwch chi cystal â dŵad ar unwaith â mi."

Goleuodd llygaid Lona eto, a rhedodd ymlaen at Merfyn, fel aderyn dof erbyn hyn. Cychwynasant i lawr gyda'i gilydd, ond cyn eu mynd ymhell, troes Lona yn ei hôl heb ddweud gair, a rhedodd ymaith fel yr ewig tua'r clogwyn. Aeth ias oer o siomedigaeth drwy galon Merfyn. Ar hyd yr amser y bu'n siarad â hi, roedd ynddo ryw fud ddisgwyliad o hyd am ei gweld yn ysgubo ymaith fel drychiolaeth o flaen ei lygaid. Roedd rhywbeth mor wyllt ac anghyffwrdd o'i chwmpas fel na theimlodd unwaith ei bod hi fel rhyw fod dynol arall. Dewines, duwies, drychiolaeth, pa beth? Rhywbeth ond geneth gyffredin o gig a gwaed. Bwriodd ei hud drosto hyd na wyddai ef pa beth i'w feddwl amdani. Agorodd ffenestr ei henaid iddo, a dangosodd beth o'r trysor ysblennydd oedd yno, heb yn wybod i neb ond iddi hi ei hun, a heb ei bod hithau hefyd, o ran hynny, yn gwybod fod ynddo ddim oedd mor brin a rhyfeddol. Cynhesodd ei waed pan ddaeth hi ato a cherdded yn ei ochr, fel pe buasai ferch gyffredin. Ac eto, bellach, cyn iddynt gyd gerdded hanner can llath, diflannodd hithau, ac aeth rhyw ias oer drwy galon Merfyn.

Safodd i edrych yn ôl tua'r clogwyn, y ffordd yr aethai Lona, a theimlodd fel y byddid yn teimlo pan ddel cwmwl dros yr haul a phan wywo'r heulwen a fu'n sirioli rhyw ystafell unig ac oer. Tywynnodd Lona ar ei feddwl fel yr heulwen ar bared; daeth mor sydyn ac aeth cyn ebrwydded â'r goleuni; yr un modd, dug sirioldeb i'w chanlyn, ac yn gyffelyb gadawodd siomedigaeth ar ei hôl.

Troes Merfyn a chychwynnodd drachefn i lawr y llethr, ond cyn ei fod wedi cerdded hanner dwsin o lathenni, roedd Lona'n llithro i lawr ar ei ôl, ac yn ei ochr cyn iddo glywed ei sŵn. Edrychodd arni. A thywynnodd yr heulwen ar y pared eilwaith, yn ddisgleiriach nag o'r blaen.

"O," meddai ef, "roeddwn i yn meddwl nad oeddech am ddŵad i lawr ar unwaith â mi wedi'r cwbl."

Cododd hithau ei llaw tuag ato.

"Cofio ddaru mi," meddai, "ych bod wedi gadael hwn ar lawr yn ymyl y graig lle buon ni'n siarad."

Ac yn ei llaw roedd y Testament Groeg.

Gwridodd Merfyn, wrth feddwl fod Lona wedi mynd â'i fryd mor llwyr nes peri iddo anghofio'r Testament, ond aeth hynny o'i feddwl hefyd wrth ystyried mor ofalus fu hi.

"O, diolch yn fawr i chi," meddai. "Mae'n ddrwg gen i eich bod wedi rhedeg i'w nôl o—mi faswn yn mynd fy hun."

"O, roedd yn dda gên i gael mynd," ebe hithau. "Beth ydy'r llyfr? Mi fûm yn edrach arno pan oeddech yn cysgu. Fedrwn i mo'i ddarllen. Beth ydy o?"

"Llyfr Groeg," ebe Merfyn.

"Groeg?" ebe Lona. "Dydw i ddim yn dallt. Beth ydy Groeg?"

"Hen iaith ardderchog ydy Groeg," ebe Merfyn, "iaith pobol oedd yn byw ers talwm, y bobol glyfra fu ar y ddaear yma erioed."

"O," ebe'r eneth, "ac rydech chi yn medrud 'i darllen hi—y llythrenne bach closion, rhyfedd yna?"

"Medraf," ebe Merfyn. "Mi fedrwch chithe ddarllen, mae'n siŵr?"

"Medraf," ebe Lona, "ond nid llyfre fel yna chwaith. Mi fedraf ddarllen Saesneg a thipyn o Gymraeg, ond does acw ddim ond ychydig o lyfre yn y tŷ, ac rydw i wedi darllen rheiny i gyd lawer gwaith trosodd, er bod llawer o eirie ynddyn nhw na wn i mo'u meddwl."

"Rydech chi yn hoff o ddarllen?" ebe Merfyn.

"O, ydw, pe tawn i'n cael digon o lyfre ac yn medrud dallt y geirie i gyd," ebe Lona, "ond maen nhw'n anodd, a finne heb neb i ddeud wrtha i beth ydy meddwl y geirie mawr i gyd."

"Fasech chi'n hoffi cael benthyg llyfre? Mae gen i gryn lawer, ac y mae i chi groeso fenthyg faint fynnoch."

"O, diolch i chi, syr, rydech chi'n garedig iawn wrtha i," ebe'r eneth, "fuo neb mor garedig wrtha i o'r blaen!"

"Sut lyfre fyddwch chi'n leicio?" ebe Merfyn, "i gael i mi chwilio am rai, os oes gen i rai wrth ych bodd yn digwydd bod."

"Llyfre hanes pethe rhyfedd ers talwm," ebe Lona, "pan oedd y wlad yn llawn o goed mawr a phethe rhyfedd iawn ynddyn nhw, a'r castelli lle'r oedd merched hardd a dynion dewr."

"O, mi wn i," ebe Merfyn, "byddaf inne'n leicio darllen llyfre felly hefyd, ac y mae gen ychydig ohonynt. Cewch eu benthyg â chroeso."

"Ac mi fydda i," meddai Lona yn y man, "yn leicio darllen—darllen penillion—be fyddwch chi yn galw peth felly?—barddoniaeth? Dyna fo, byddaf yn leicio darllen barddoniaeth hefyd, yn enwedig barddoniaeth yn sôn am y môr a'r gwynt a'r mynydd a'r coed, a phethe felly."

"Mae gen i lyfre felly hefyd," ebe Merfyn, cewch eu benthyg, os mynnwch."

"O, diolch i chi!" meddai Lona, gan droi ei phen tuag ato, ei llygaid yn gloywi nes goleuo ei holl wyneb yn rhyfeddol. "Mae gynnoch chi lawer o lyfre?"

"Oes, gryn lawer, o bob math," ebe Merfyn.

"Mae hi'n braf iawn arnoch, fod gynnoch lawer o lyfre, a'ch bod yn medrud eu darllen i gyd, a dallt yr holl eirie mawr. A medrud darllen y llythrenne mân, clysion, sydd yn y llyfr yna oedd ar lawr yn ych ymyl. O na fedrwn inne fod yr un fath, ac wedyn, gwnawn i ddim ond mynd i'r môr ac i'r mynydd a darllen, ac edrach ar ôl y blode yn yr ardd, a'r gwenyn hefyd, maen nhw yn bethe bach mor ryfedd!"

"O, rydech chi yn siŵr o ddysgu, gan fod arnoch awydd darllen," ebe Merfyn, "ac y mae ichi groeso o bob llyfr sydd ar fy elw i."

Daethant at y gamfa ar y llwybr, rhwng y mynydd agored a'r coed. Roedd hi'n lled dywyll ac yn drymllyd fel arfer yng nghysgod y coed. Dringodd Merfyn dros y gamfa, a safodd yr ochr isaf iddi, gan ddal ei law i helpu Lona drosodd. Dringodd hithau i ben y gamfa, a dododd ei llaw yn ei law yntau a neidiodd i lawr yn hoyw, nes bod holl gnwd ysblennydd ei gwallt yn disgyn fel cawod am ben ei law ef a'i llaw hithau. Aeth rhyw ias drwy Merfyn, wrth gyffyrddiad ei llaw feddal, esmwyth â'r gwallt ardderchog hwnnw. Am funud, teimlodd rhyw awydd dieithr am ei gwasgu ato, ymgolli yn nhorchau ei gwallt, a thynnu ei ddwylo drwyddo. Cododd yr awydd gwyllt hwnnw i'w ben fel ergyd, ond treiodd yn ebrwydd. Onid fel y cerid sant y cerid yr eneth hon? Yn ei gyfaredd, safodd Merfyn yno eiliad neu ddau, a safodd yr eneth hithau â'i llaw yn ei law yntau, â'i gwallt yn dorchau dros ei fraich. Dychrynodd Merfyn braidd rhagddo'i hun. Ni chafodd erioed o'r blaen brofiad tebyg. Roedd terfysg yn ei galon, hyd yn oed ar ôl i'r ias anghynefin honno redeg trwyddo a darfod. Teimlodd fod ynddo ryw nerthoedd dieithr iddo ef ei hun. Roedd hithau yno yn ei ymyl, yn llonydd ac yn llawn ymddiried plentynnaidd, diniwed, pa beth bynnag oedd yn rhedeg drwy ei meddwl anaeddfed. Gollyngodd Merfyn ei llaw a thynnodd ei law ei hun o ganol ei gwallt.

"Mae hi'n dywyll yn y coed yma," meddai, "rhaid i ni fynd, mae hi'n hwyrhau."

"Ydy," ebe Lona, gan godi ei breichiau a bwrw'r gwallt yn gawod dros ei hysgwyddau ar ei chefn. "Mae hi bob amser yn drymllyd yn y coed yma. Pan oeddwn i'n eneth bach, mi fyddwn yn meddwl mai i'r coed y byddai pobol yn dŵad ar ôl marw."

Sgrechiodd tylluan heb fod ymhell oddi wrthynt; ac aeth rhyw ias drwy Merfyn, er y gwyddai'n iawn pa beth oedd y sŵn. Ond chwarddodd Lona fel plentyn.

"Dyna'r hen dylluan wrthi!" meddai. "Mae hi yn y coed yma er pan ydw i yn cofio, fel petai hi yma erioed, a bydd yn sgrechian bob amser pan ddaw rhywun drwodd wedi bo nos fel hyn. Pan oeddwn yn eneth fach, ac yn 'i chlywed hi wrth ddŵad i lawr o'r mynydd, byddwn yn meddwl mai ysbryd rhywun wedi marw fyddai'n gweiddi!"

Cerddodd y ddau i lawr drwy'r coed yn araf, Lona ym mlaenaf a Merfyn ar ei hôl, oherwydd bod y llwybr yn rhy gul iddynt gerdded ochr yn ochr fel o'r blaen. Daethant i'r cae agored yr ochr isaf i'r coed a chroesasant i lawr at y Llety. Roedd popeth yn ddistaw iawn, a cherddasant hwythau ymlaen heb siarad â'i gilydd bellach. Daethant at y

Llety, a sefyll gyferbyn â'r drws oedd yno i fynd drwodd i'r ardd. Roedd y goleuni bychan i'w weld drwy un o'r ffenestri fel y gwelodd Merfyn ef y troeon o'r blaen y bu'n mynd heibio.

"Wel," meddai ef, gan siarad braidd yn is nag arfer, er na wyddai pam, "rhaid i mi fynd. Diolch i chwi am eich cwmpeini ac am nôl y llyfr."

Daeth llawer o bethau eraill i'w feddwl, ond rywfodd, ni allai eu llefaru.

"O, diolch i chi, syr," ebe'r eneth, yn isel fel yntau, "diolch i chi. Fu neb erioed mor garedig wrtha i. Diolch i chi, syr, a bendith Dduw arnoch."

Ysgydwasant ddwylo, cododd Merfyn ei het iddi, a cherddodd ymaith.

Safodd Lona yn llonydd ac yn fud lle'r ydoedd, gan edrych ar ei ôl nes ei fynd o'i golwg. Yna, rhoes ochenaid fechan, ac aeth tua chartref.

Erbyn i Merfyn gyrraedd i'r tŷ, roedd nodyn wedi dyfod o Blas y Coed, yn dweud bod Mr. a Mrs. Vaughan yn ddiolchgar iawn i'r Parchedig Mr. Owen am ei garedigrwydd tuag at eu merch. Roedd yn dda ganddynt hysbysu Mr. Owen hefyd fod y meddyg yn dweud y byddai Miss Vaughan ymhen ychydig ddyddiau'n abl i gerdded yn iawn fel arfer.

Daeth y llythyr a digwyddiad y prynhawn i'w feddwl, ond ar ôl yr ymddiddan â Lona, roedd yr antur honno eisoes yn edrych mor bell oddi wrtho fel yr anghofiodd hi'n fuan, a dechreuodd fwyta ei swper gan fyfyrio am yr hyn a ddigwyddodd ar y mynydd ac yn y coed.

Yn sydyn, cofiodd am ei bregeth.

Roedd i bregethu ddwywaith yng nghapel y Fron drannoeth, ac nid oedd ganddo ond un bregeth yn barod. Roedd ganddo amryw hen rai at ei alwad, ond un o'i benderfyniadau pan ddaeth gyntaf i'r Minfor ydoedd y gwnâi o leiaf un bregeth newydd ar gyfer pob Sul. Am unwaith, meddai ei feddwl wrtho, gallai dorri'r penderfyniad, ond y munud nesaf, roedd yr un meddwl yn edliw iddo mai peth sâl oedd torri adduned. Eisteddodd Merfyn i lawr i gadw ei adduned.

X.
Goleuni a Chysgod

Wedi mynd drwodd i'r ardd ar ôl colli golwg ar Merfyn, safodd Lona yno, dan gysgod pren eirin canghennog, ac edrychodd yn hir i lawr tua'r pentref a'r môr. Ni allai gofio ei bod hi erioed wedi teimlo yr un fath o'r blaen. Roedd rhyw anesmwythder yn ei chalon, a hiraeth dieithr, ni wyddai hi am ba beth. Pwysai weithiau ar ei hanadl.

Gwyddai pa beth oedd hiraeth am y môr neu'r mynydd. Deuai hwnnw ati'n sydyn ar brydiau, fel y byddai raid iddi fynd allan a rhedeg un ai i lawr i'r traeth neu ynteu i fyny i'r rhos, fel peth o'i chof. Pan fyddai tonnau'r môr yn chware o'i chwmpas ac yn ei chofleidio a'i chusanu, neu ddail y grug yn lapio amdani ac yn ei hanwylo, tawelai ei chalon, darfyddai hiraeth, ac anadlai hithau'n rhwydd.

Heno, nid am y môr oedd ei hiraeth, nid am y mynydd oedd ei hawydd, ac nid oedd Lona yn ei deall ei hun mwy.

Eisteddodd ar y fainc dan gysgod y pren eirin yn yr ardd, a dechreuodd feddwl am yr hyn a ddigwyddodd ar y mynydd, ac a ddigwyddodd cyn hynny ers pan gyfarfu hi gyntaf â Merfyn. Amdano ef roedd hi'n meddwl o hyd, yn wir; ond rywfodd, nid oedd yn gallu ei gysylltu ef a'r anesmwythder a ddaethai drosti. Pan welodd hi ef gyntaf ar y traeth, y noswaith yr achubodd ef hi rhag Charlie Vaughan, synnodd fod neb yn y byd yn barod i wneud cymaint â hynny erddi, a hwnnw hefyd yn un na welodd hi erioed o'r blaen. Bu'n meddwl llawer am y peth ar ôl hynny, a thybiodd mai am na wyddai ef pwy oedd hi, na pha beth oedd ei hanes, y bu Merfyn mor garedig wrthi. Pe buasai ef yn ei hadnabod, buasai yntau, hwyrach, yn edrych yn ddig arni, fel pawb arall yn yr ardal, ac ni chymerasai sylw o'i thrybini, heb sôn am ei hamddiffyn rhag Charlie Vaughan. Roedd arni ofn Charlie Vaughan hefyd. Cofiai ef er pan oedd yn blentyn, er na bu erioed yn siarad ag ef hyd yn ddiweddar. Nid oedd Charlie yn edrych yn ddig arni, fel pobl eraill. Yn wir, roedd ers rhai misoedd yn gwenu arni bob tro y gwelai hi, ac yn awyddus am siarad â hi. Ar y dechrau, byddai hithau'n siarad ag ef, ond yn fuan, rywsut, dechreuodd ei osgoi a dianc rhagddo, pa le bynnag y gwelai ef. Gwell ganddi'r bobl oedd yn edrych yn ddig arni nag ef. Ond roedd yntau'n canlyn ar ei hôl. Er mai anaml y byddai neb yn siarad â hi, nid oedd heb glywed am dymer wyllt Charlie Vaughan, ac arswydodd lawer gwaith wrth feddwl pa beth a allasai fod wedi digwydd y noswaith honno ar y traeth, oni bai am Merfyn.

Ni wyddai hi ar y ddaear pwy oedd Merfyn y pryd hwnnw. Dychmygodd lawer, ond yn ofer, wrth gwrs. Tybiodd mai rhywun ar dro yn yr ardal ydoedd, ac na welai hi byth mono mwy. Trist oedd hynny hefyd, ond cynefinodd â'r meddwl cyn hir. Gan na fyddai neb byth yn ymddiddan â hi, dim ond gair cwta pan fyddai raid, ni wyddai Lona ond y nesaf peth i ddim am ddigwyddiadau ac amgylchiadau'r Minfor. Ni chlywsai sôn fod gweinidog newydd yn dyfod yno, ond y diwrnod y daeth Merfyn, digwyddodd ei bod hithau'n dyfod i fyny o'r traeth gyda'r hwyr, pryd roedd troliau ar y ffordd. Pe buasai hi ar delerau da â'r trigolion, buasai'n gwybod am ddyfodiad y gweinidog newydd ers dyddiau, ond pan ddigwyddodd iddi edrych drwy'r gwrych, a gweld Merfyn yn eistedd am ben y llwyth yn un o'r ddwy drol, synnodd. I ba le roedd yntau'n mynd, tybed?

Rhoes ei chalon dro gan lawenydd o'i weld eilwaith ond cadwodd Lona ei hun o'r golwg. Cerddodd yn llechwraidd gyda'r gwrych cyhyd ag y gallai, i weld i ba le yr âi, a synnodd fwy fyth pan welodd y dyrfa oedd yn ei ddisgwyl yn y pentref, ac yn rhoi cymeradwyaeth iddo. Rhaid bod y bobl yn ei adnabod, a'i fod yntau wedi gwneud rhywbeth i'w plesio. Tybed eu bod yn gwybod pa beth a wnaeth ef ar y traeth y noswaith honno? Na—prin y buasent yn ei gymeradwyo am hynny! Roedd Lona mewn penbleth, ond cyn y nos, gwybu ei fod ef ym Maes y Coed, a thrwy holi yn fwy hy nag arfer wedi hynny, cafodd allan mai gweinidog Capel y Fron ydoedd, wedi dyfod yn lle'r hen weinidog, hwnnw y bu'r helynt rhyngddo ef a'i thad.

Y noswaith honno, fel y dywedwyd eisoes, gwelodd Lona ef yn pasio heibio'r Llety, ond roedd arni ofn siarad ag ef, nac yn wir hyd yn oed gadael iddo'i gweld. Gan ei fod yn weinidog yn yr un capel a'r hen John Jones, byddai'n sicr o edrych yn ddig arni hi, fel hwnnw, ac fel pawb arall o'r bobl o ran hynny, ond yr ysgolfeistr. Credodd Lona yn sicr bellach mai am na wyddai ddim amdani y cadwodd Merfyn chware teg iddi ar y traeth. Gwelodd ef amryw weithiau ar ôl hynny, heb iddo ef ei chanfod hi, ac un noswaith, cyfarfu ag ef yn sydyn, a dymunodd fendith Dduw iddo, ond roedd arni ofn hyd yn oed ar ôl hynny mai edrych yn ddig arni a wnâi.

Ond bellach, roedd hi wedi cyfarfod ag ef ar y mynydd, a siarad yn hir ag ef! Dywedasai ei chyfrinach wrtho, peth nas dwedodd wrth neb erioed o'r blaen. Dywedasai wrtho fod pawb yn edrych yn ddig arni bob amser, ac roedd yn ddrwg ganddo hynny. Ychwaneg fyth, addawodd fenthyg ei lyfrau iddi, a mwy na'r cwbl, gafaelodd yn ei llaw i'w helpu dros y gamfa, ysgydwodd law â hi a chodi ei het iddi wrth ymadael! Nid ysgydwodd neb erioed ei llaw o'r blaen, ac ni chododd un dyn byw ei het iddi gynt. Nid oedd ef fel y bobl eraill, ac roedd Lona'n hapus iawn wrth feddwl amdano, ac eto'r un pryd yn anesmwyth yn ei chalon, ac yn hiraethu am rywbeth o hyd, er na wyddai ar y ddaear pa beth.

Cododd oddi ar y fainc, edrychodd i lawr tua'r môr drachefn, ac yna cerddodd yn araf at y tŷ. Roedd y drws yn agored, fel y byddai bob amser pan fyddai hi allan. Gwelid goleuni bychan gwelw drwy un o'r ffenestri, goleuni'r lamp oedd ar y bwrdd. Roedd y pren rhosyn a dyfai hyd bared y tŷ yn hanner cuddio rhai o'r ffenestri, a'i frigau wedi eu plethu yn gapan uwch ben y drws, nes bod y bwthyn yn edrych fel deildy. Aeth Lona i mewn.

Roedd y tân bron wedi diffodd, dim ond marwydos coch i'w gweld drwy ludw gwyn y tanwydd, fel gwrid drwy gnawd clir. Gorweddai'r ci a'r gath yn dro yn ymyl ei gilydd ar yr aelwyd. Cododd y ci ei ben wrth ei chlywed hi'n dyfod i mewn, agorodd ei lygaid, ac ysgydwodd ei gynffon yn ddioglyd, heb godi ar ei draed. Ticiai'r cloc yn araf ac yn gyson yn y gornel gyferbyn â'r drws. Rhwng y cloc a'r drws, â'i chefn ar y pared a'i hwyneb at y tân, roedd math o ddresel fechan a silffoedd arni, a llestri ar y rheiny. Ar un ochr i'r aelwyd roedd bwrdd crwn bychan, ac wrth y ffenestr fwrdd bychan arall, ysgwâr. Un ochr i'r tân—yr ochr bellaf oddi wrth y drws—roedd mainc a chefn uchel iddi, a phedair neu bump o gadeiriau yma ac acw. Dyna'r dodrefn i gyd. Er mai tlodaidd ydoedd, roedd y gegin yn lanwaith a thaclus.

Gorweddodd Lona ar y fainc, gan droi ei gwallt yn obennydd iddi, a phlygu ei gliniau er mwyn medru cael ei thraed ar y sedd. Cyn ei bod yn gorwedd yno ddeng munud, clywodd ryw sŵn yn y llofft uwchben. Cododd ei phen a gwrandawodd.

Roedd un ai ei thad neu ei mam wedi codi, ac yn cerdded hyd lawr y llofft. Tybiodd Lona glywed sŵn tebyg i riddfan, a gwrandawodd yn fwy astud. Oedd, roedd rhywun yn cwyno yn y llofft. Cafodd Lona fraw. Cododd ar ei heistedd, a'r un funud, clywodd sŵn rhywun yn dyfod i lawr y grisiau. Nid oedd Lona'n ofnus, ond roedd rhywbeth yn anghyffredin yn y sŵn cwyno, a bod ei thad neu ei mam yn dyfod i lawr yr adeg honno o'r nos, ac aeth braw i galon yr eneth.

Ei mam oedd yno. Gwyddai Lona wrth sŵn ei throed. Clywodd y cwynfan drachefn unwaith neu ddwy, a chododd ar ei thraed, ond roedd ei mam yng ngwaelod y grisiau erbyn hynny.

"Lona," ebe llais gwan, poenus.

"Ie, mam," ebe'r eneth.

"O, rydw i'n sâl, 'ngeneth i!"

Neidiodd Lona ati, gafaelodd yn ei braich, a helpodd hi'n dyner ar draws y llawr at y fainc.

Nid oedd Mrs. O'Neil ond tua phymtheg ar hugain oed, ond roedd yn edrych yn llawer hŷn, yn enwedig y noswaith honno. Roedd ei hwyneb yn welw iawn yng ngoleuni gwan y lamp fach, ond hawdd gweld ei bod hi gynt yn ferch hardd, ac mai ati hi y tynnai Lona, yn arbennig gyda'i gwallt gloywddu llathraidd.

"Eisteddwch, mam bach," ebe Lona.

Eisteddodd hithau ar y fainc, a chwynfanodd drachefn yn boenus.

"Be sydd arnoch chi, mam bach?" ebe Lona, gan sefyll yn ei hymyl ac edrych arni yn bryderus.

"O, wn i ddim, 'ngeneth bach i," ebe'r fam, "poen fawr yn y fan yma."

A dododd Mrs. O'Neil ei llaw ar ei chalon, a griddfanodd wedyn. Aeth Lona drwodd i'r cefn yn ddistaw, a dug lymed o ddŵr oer mewn cwpan.

"Yfwch hwn, mam bach, hwyrach y dowch chi'n well wedyn," meddai.

Cymerodd ei mam y cwpan, ac yfodd y dŵr yn awchus, ond ni ddaeth yn well. Cwynai fod y boen yn mynd yn waeth, a gwingai'n barhaus.

"O, rydw i'n sâl, Lona bach!" ebe hi.

Daeth y dagrau poethion i lygaid Lona, a llifasant i lawr dros ei gruddiau. Ni wyddai hi pa beth i'w wneud, a chyn iddi allu ystyried yn iawn pa beth oedd orau, clywodd sŵn ei thad yn codi ac yn dyfod i lawr. Daeth i ganol y gegin ac edrychodd ar ei wraig a'i ferch yn hurt. Roedd ef yn ddyn cadarn a golygus, ond roedd ei wallt yn berffaith wyn.

"Elin bach, be sydd arnoch chi?" meddai, gan edrych yn syn o hyd ar ei wraig.

"O, rydw i'n sâl iawn!" ebe hithau, gan blygu yn ei dwbl bron gan y boen. "Rydw i'n marw, Denis!"

"Marw!" ebe Denis, gan dynnu ei law'n wyllt drwy ei wallt gwyn. "Marw! Nag ydach, Elin. O, nag ydach!"

Griddfanodd Mrs. O'Neil unwaith neu ddwy eto, ac edrychodd Denis o'i gwmpas yn hurt ac yn boenus.

"Dadi," meddai Lona wrtho'n ddistaw, "well i mi fynd i nôl y doctor?"

"Doctor? Ie, doctor!" ebe Denis yn sydyn. "Ie, rhed i nôl y doctor, Lona!"

"Doctor?" ebe Mrs. O'Neil, "na, peidiwch. Hwyrach y dof yn well yn union deg."

"Nage, rhed Lona!" ebe Denis, gan edrych ar ei wraig ac ar ei ferch bob yn ail, mewn ofn a phryder mawr.

Cyn pen eiliad, roedd Lona wedi trawo esgidiau am ei thraed, ac yna, heb ddim am ei phen, a heb aros i godi ei gwallt, rhedodd allan o'r tŷ, ac ar draws y caeau tua thŷ'r doctor.

Roedd Dr. Gruffydd yn byw mewn plasty bychan ryw chwarter milltir y tu draw i'r Minfor, a gwyddai Lona i'r dim pa ffordd i gyrraedd yno gyntaf. Rhedodd fel yr ewig yr holl ffordd i Lys Meddyg, fel y gelwid tŷ'r doctor, a chyrhaeddodd yno ryw chwarter awr wedi i'r meddyg fynd i'w wely. Ar ôl diwrnod hir a blin, roedd y doctor yn dechrau cysgu pan glywodd gnocio gwyllt ar y drws.

"A gipio'r bobol yma!" meddai, gan roi tro a chodi ar ei eistedd yn anfoddog, "pwy sydd yna rŵan, tybed? Chaiff dyn ddim llonydd i gysgu'r nos yn y fan yma!"

Roedd y curo gwyllt yn parhau, a'r meddyg yn grwgnach ynddo'i hun wrth daro ei yslipanau am ei draed. Agorodd y ffenestr, a gwaeddodd:

"Pwy sydd yna?"

"Y fi—Lona O'Neil. Mae mam yn sâl iawn, doctor. O, dowch acw rŵan, y munud yma, syr!"

"Be gebyst sydd arni hi?" ebe'r doctor. "Pam aflwydd na fase hi'n mynd yn sâl yn y dydd? Dyma fi, ar fy nhraed ers pump o'r gloch y bore, a châ i ddim cymaint â chau fy llygaid! Pam gebyst nad edrychwch chi be 'dach chi yn 'i fyta? D'wn i ddim be sydd ar y bobol! Mewn lle iach fel hyn hefyd. Be sydd ar dy fam, dywed? Tipyn o gnoi, ddyliwn? Llymed o de slecyn wnâi'r tro, yn lle codi dyn o'i wely gefn nos fel hyn."

"O, na, doctor, mae hi'n sâl iawn. O, dowch yn wir!"

"O'r gore!" ebe'r doctor, "mi fyddaf acw gynted ag y meder dyn ddŵad ag ynte bron â marw eisio cysgu. Cebyst! Pam es i'n ddoctor? Bron nad awn i 'ngwely yn f'ôl!"

Cyn bod y meddyg wedi gorffen, roedd Lona yn rhedeg yn ei hôl nerth ei thraed ar draws y caeau. Gwisgodd Dr. Gruffydd amdano tan rwgnach yn arw o hyd.

"Does dim heddwch i'w gael," meddai, "Fynnan nhw ddim bod yn ofalus. Te, te, te, yn dragywydd. Porc. Teisenne. Pob math o sothach. Cau'r ffenestri. Fel tase goleuni ac awyr yn wenwyn pur. Y ffyliaid! Y cnafon! Y lladron—y llofruddion, waeth i mi ddeud! Maen nhw'n eu lladd eu hunain, gan feddwl eu bod nhw'n gwybod mwy na phawb! Dyna wraig Siôn Wyn â drwg ar 'i 'sgyfaint. Mi agoris y ffenestri'n llydan ddoe, a deud bod yn rhaid eu gadael yn agored. Ac erbyn i mi fynd yno fore heddiw, myn cebyst! Os nad oedden nhw wedi cau pob ffenest, a drws a thwll a rhigol oedd yno! A chanddyn nhw'r wyneb i ddeud wrtha i fod y drafft yn siŵr o'i lladd hi! Y sothach, pwy ydyn nhw i fynd i ddysgu dyn? Mi feddyliech mai'r doctoriaid ydy'r ffyliaid mwya anwybodus yn y wlad am bethe o'r fath. I be felltith y maen nhw'n gyrru am y doctor pan fo nhw'n sâl? Pam na fydd y ffyliaid farw i'w tagu heb godi dyn o'i wely'r nos nag aflonyddu arno o'r naill ben o'r flwyddyn i'r llall? O, y ffyliaid, y cnafon! Ddysgan nhw byth. Waeth heb ddeud wrthyn nhw. Y ffŵl oeddwn i, i fynd yn ddoctor!"

Gan rwgnach fel hyn, rhuthrodd y meddyg allan o'r tŷ, ac ar draws y caeau tua'r Llety, gan redeg â'i holl egni er y cwbl.

XI.
Sôn a Siarad

Dydd Sul, pregethodd Merfyn ddwy bregeth, ac roedd pawb yn cydnabod eu bod yn bregethau rhagorol, yn enwedig pregeth y nos—pregeth ar y geiriau, "Oddieithr eich troi chwi a'ch gwneud fel y bachgennyn hwn, nid ewch chwi ddim i mewn i Deyrnas Nefoedd." Bychan a wyddai'r bobl mai drwy ymdrech anghyffredin y gorffennwyd y bregeth. Ni fu Merfyn yn ei wely o gwbl y noswaith honno. Gwnaeth y bregeth argraff fawr ar feddyliau'r gwrandawyr, ond eto, roedd rhywbeth rhyfedd yn ymledu'n araf ond yn sicr drwy'r ardal, ac roedd y rhywbeth hwnnw yn peri syndod a phenbleth i bobl.

Roedd yr hanes ar led fod Merfyn Owen, gweinidog eglwys y Fron, wedi ei weld yng nghwmpeini Lona O'Neil, y Ddewines, y nos Sadwrn cynt!

Peth rhyfedd, ar ryw gyfrif, na fuasai'r hanes wedi ymledu fel tân gwyllt drwy'r ardal, ond y gwir oedd mai un o'r bugeiliaid ar y mynydd a ddaeth â'r stori i lawr i'r Minfor nos Sul. Digwyddodd y bugail hwnnw fod yn Eglwyswr, ac felly wrth Risiart Parri y warden y dwedodd yr hanes i ddechrau. Dwedodd Risiart wrth amryw eraill o'i gyfeillion, ac o'r diwedd, cyrhaeddodd y stori glustiau Morys Wiliam. Roedd hwnnw wedi mynd allan am dro bach a mygyn ar ôl swper. Ni byddai Morys Wiliam byth yn mynd am dro ar y Sul, tan ar ôl swper. Pan fyddai gwasanaeth yn y capel, byddai Morys Wiliam yno yn ffyddlon a defosiynol iawn. Rhwng y moddion, arhosai yn y tŷ i ddarllen, neu ymddiddan, os byddai ganddo gwmpeini. Cymerai fygyn yn y tŷ ar y Sul, ond nid âi byth allan rhwng y moddion. Ond, ar ôl swper, âi Morys Wiliam allan am dro a mygyn ar nos Sul. Tebyg ei fod yn ystyried fod y Saboth drosodd erbyn hynny.

"Wel, Morys Wiliam, sut ydech chi heno?" ebe Mistar Ifans, pan oedd Morys ar ei dro nos Sul.

"Yn o lew, diolch," ebe Morys Wiliam, "sut ydech chithe? Beth oeddech chi yn'i feddwl o'r pregethe heddiw?"

"Campus, goelia i," ebe Mistar Ifans, "yn enwedig y bregeth heno. Roedd hi'n ardderchog, yn fy marn i."

"Oedd," ebe Morys Wiliam, "rhaid cydnabod yn wir 'i fod hi yn bregeth ragorol iawn, er y base'n well gen i fy hun pe base 'i diwinyddiaeth hi'n fwy amlwg ac yn sicrach. Fedrech chi ddim bod yn sicr iawn oddi wrth y bregeth ym mhle mae'r pregethwr yn sefyll, wyddoch."

"Hwyrach," ebe Mistar Ifans, "er nad ydy hynny fawr o bwys gen i fy hun ychwaith, gan fod ysbryd y bregeth yn iawn."

"Dydw i ddim yn ame," ebe Morys Wiliam, "dydw i ddim yn ame nad oedd o, ond mae perygl oddi wrth yr ansicrwydd yna ynghylch athrawiaethe hanfodol crefydd. Dydw i ddim yn deud, wrth reswm, nad ydy syniade Mistar Owen yn iawn ac yn sicr ar y pyncie hyn. Yr unig beth rydw i yn 'i deimlo ydy y base'n dda gen i gael tipyn mwy o sicrwydd yn 'i bregeth o."

"Wel, mae rhywbeth yn trawo pawb ohonom yn well neu yn waeth," ebe Mistar Ifans.

Ar hynny, pwy ddaeth heibio ond Risiart Parri, newydd glywed stori'r bugail am Merfyn a Lona, ac wedi ei dweud wrth bawb a gyfarfu ar ôl ei chlywed.

"Nos dawch," meddai, "sut rydech chi heno? Mae hi'n noson braf, ydy. Sôn am y bregeth roeddech chi'ch dau, 'ddyliwn?

"Ie siŵr," ebe Morys Wiliam, "wrth lwc, mi gawsom bregeth werth sôn amdani—peth na fydd o ddim yn digwydd ymhob man bob amser, wyddoch."

"Ie, ie," ebe Risiart Parri, gan sylwi ar gyfeiriad cudd Morys Wiliam at y gred mai pregethwr go gyffredin oedd yr offeiriad, "ie, ie. Mae'n wir fod ambell un yn medru pregethu'n dda ar y Sul nad ydy ddim llawer o bwys gynno fo pwy fydd 'i gwmpeini fo nos Sadwrn."

"Ho, beth ydy'ch meddwl chi, Risiart Parri, rydech chi yn siarad braidd yn ddamhegol," ebe Morys Wiliam.

"Wel, mi siarada i'n blaen os leiciwch chi," ebe Risiart Parri, yn sychlyd.

"Dydw i yn ame dim na ellwch chi wneud ych meddwl yn fwy dealladwy, Risiart Parri," ebe Morys Wiliam. "Nid pawb feder lefaru ar ddamhegion i bwrpas, wyddoch."

"Nage, hwyrach," ebe Risiart Parri, "ond os ydech chi'n tawlu cerrig at rai sy heb fod yn bregethwyr da, mae'n iawn i chi gofio nad ydy pregethu'n dda ddim yn bopeth hefyd."

"Rydw i'n gwybod ac yn cofio hynny cystal â chithe, Risiart Parri," ebe Morys Wiliam. "Ond roeddech chi'n sôn am rai na waeth gynnyn nhw pwy fydd eu cwmpeini nos Sadwrn. Mae eisio esboniad ar ryw ddywediad fel yna, Risiart Parri."

"Oes," ebe Risiart, "a dyma fo i chi. Beth ydy meddwl ych gweinidog chi? Waeth gynno fo pwy i'w ganlyn, ddyliwn i, ar hyd a lled y wlad?"

"Be?" ebe Morys Wiliam, fel pe buasai rhywun wedi ei drawo yn ei wegil.

"Beth ydy meddwl ych gweinidog chi?" ebe Risiart Parri. "Rydech chi wedi sôn llawer iawn am 'i ddysg, a'i ddawn o, a'i grefydd o hefyd, o ran hynny. Ond a barnu oddi wrth y cwmpeini y mae o yn 'i ddewis ar ôl dwad yma, wela i yn fy myw fod gynno fo lawer o grefydd, beth bynnag am ddysg a dawn."

"Beth ydy'ch meddwl chi, Risiart Parri, dwedwch yn blaen?" ebe Mistar Ifans.

"Ie," ebe Morys Wiliam, "waeth heb ryw guro o gwmpas y twmpath fel yna, allan â fo."

"Wel," ebe Risiart Parri, "mae'n rhyfedd iawn na fase chi wedi clywed fod ych gweinidog chi neithiwr ar ben y mynydd yna am orie hefo Lona O'Neil, a'i fod o yn 'i helpu hi dros y gamfa fel pe tase hi'n wraig iddo."

"O," ebe Morys Wiliam, "pwy ddeudodd hynny wrthoch chi, Risiart Parri?"

"O, mae'r hanes yn ddigon gwir, rhaid i chi ddim ofni," ebe Risiart Parri. "Welis i 'monyn nhw fy hun, ond mi ddwedwyd wrtha i gan un a'u gwelodd, ac un na fase byth yn deud celwydd amdanyn nhw chwaith. Mi ellwch fod yn o siŵr fod ych gweinidog chi, hefo'i holl grefydd a'i ddysg a'i ddawn, wedi gwirioni ac wedi colli 'i ben yn lân hefo'r Ddewines yna!

"Ydech chi'n siŵr fod y stori'n wir, Risiart Parri?" ebe Morys Wiliam.

"O, ydw, rydw i yn berffaith siŵr," ebe Risiart.

"Wel," ebe Mistar Ifans, "deudwch 'i fod hi yn wir, pa beth sydd o'i le yn hynny?"

"Dydy o ddim yn rhywbeth cymwys iawn i ddyn sy'n cymryd arno fod yn weinidog yr Efengyl fod yn cerdded o gwmpas hefo geneth fel yna," ebe Risiart Parri.

"Pam?" ebe Mistar Ifans. "Be sydd o'i le yn yr eneth?"

"Wel," ebe Morys Wiliam, "mae hi'n Babyddes, hyd yn oed os nad ydy hi yn rhywbeth gwaeth na hynny."

"Mae'r eneth yn berffaith ddiniwed, yn fy marn i," ebe Mistar Ifans, "ac mae'n gywilydd i bobol yr ardal yma fod wedi ymddwyn fel y gwnaethon ati hi. Wn i ddim byd am y stori y mae Risiart Parri yn 'i deud, ond gan fod Mr. Owen yn Gristion ac yn ŵr bonheddig, fase ddim yn rhyfedd gen i pe bai o'n siarad â Lona O'Neil, fel y base Iesu Grist 'i hun yn siŵr o wneud!"

"Hylô!" ebe Risiart Parri, "ydech chithe hefyd o'i phlaid hi?"

"Gobeithio 'mod i o blaid pawb sy'n cael cam," ebe Mistar Ifans.

"Cam?" ebe Morys Wiliam, "pwy sy'n cael cam?"

"Mae Lona O'Neil yn cael cam," ebe Mistar Ifans. "Fûm i ddim yn siarad llawer â hi, ond rydw i yn siŵr fod yr eneth yn berffaith ddiniwed. Sôn y mae pobl am Ddewines, a rhyw lol gibddall felly—"

"Ydech chi yn meddwl deud nad ydy hi ddim yn ddewines?" ebe Risiart Parri.

"Wrth gwrs fy mod i," ebe Mistar Ifans, "i beth ydech chi'n sôn am ryw ofergoelion felly? Pwy yn 'i bwyll sy'n credu mewn dewiniaeth na dim o'r fath ffwlbri?"

"Gwarchod ni!" ebe Risiart Parri, "clywch ar y dyn! Does ryfedd fod pobol yn mynd o'u lle, â'r plant yn dysgu pethe fel hyn. Ond ydy'r Beibl yn sôn am ddewiniaid?"

"Ond hyd yn oed os ydy'r hogen yn ddiniwed," ebe Morys Wiliam wrth Mistar Ifans, heb sylwi ar eiriau Risiart Parri, "eto, rhaid i chi gydnabod nad ydy hi ddim yn ymddwyn mor weddus ag y dyle hi, ac felly, mi ddyle gweinidog yr Efengyl fod yn ofalus beth y bo'n 'i wneud."

"Ddylen ni ddim condemnio neb ar bwys rhyw stori fel yna," ebe Mistar Ifans. "Gellwch drystio fod Mr. Owen yn gwybod sut i ymddwyn, gobeithio, ac na fase fo'n gwneud dim anheilwng o'i swydd. Pa waeth os ydy 'i ymddygiad o'n edrach yn rhyfedd i bobol sy'n credu mewn dewiniaeth a rhyw ofergoelion plentynnaidd felly?"

"Ydech chi'n fy ngalw i yn blentynnaidd, ŵr ifanc?" ebe Risiart Parri, ei wyneb yn cochi'n sydyn.

"Fel y mynnoch am hynny," ebe Mistar Ifans, "os ydy'r cap yn ffitio, wel, does ond 'i wisgo fo! Nos dawch, rydw i'n mynd. Fydde well i chithe'ch dau fynd tan do, rhag ofn i chi weld y bwgan!"

A cherddodd Mistar Ifans ymaith, gan adael Risiart Parri a Morys Wiliam gyda'i gilydd ar y ffordd.

XII.
Profedigaeth

Ar ôl y gwasanaeth nos Sul, eisteddai Merfyn yn ei ystafell yn ddigalon, â chur mawr yn ei ben. Curwyd yn ysgafn ar y drws, a daeth Mistar Ifans i mewn.

"Synfyfyrio, mi welaf?" meddai.

"Ie," meddai Merfyn, "mi fyddaf felly'n aml ar nos Sul."

"Digon naturiol," meddai Mistar Ifans. "Mae hi'n noswaith hyfryd. Dowch allan am dro."

"Dof, yn wir."

Aeth y ddau allan, a chymerasant y llwybr tua'r mynydd. Soniasant am y tywydd a thawelwch yr hwyr, yna tawsant. Ymhen ennyd, rhoesant gynnig arall arni, gan sôn cyn hardded oedd y coed. Darfu'r sgwrs honno drachefn yn fuan. Nid oes dim mor anhyfryd â methu â thrawo ar bwnc ymddiddan. Cychwyn a chychwyn, ond ni ddaw hi ddim. Rhywbeth o'i le. Pa beth a ddigwyddodd rhyngoch chwi a'ch cyfaill? A godwyd mur rhyngoch? Byddai i chwi ryw bethau'n gyffredin. Treuliasoch ambell awr ddifyr gyda'ch gilydd. Pa fodd yr aethoch yn fud eich dau? Ai chwi sydd yn celu rhyw ran o'ch meddwl? Neu ai ef sy'n cuddio rhyw ddarn o'i fyfyrdod? Rhed pethau fel hyn drwy'ch meddwl; byddwch yn anesmwyth; ceisio bod yn agored ac union, a methu torri drwy'r mur. Teimlo y byddwch fel pe bai rywbeth yn cau'r drws yn eich erbyn. A'r un ffunud y bydd eich cyfaill yntau.

Felly'n union y teimlai Merfyn a Mistar Ifans. Daethant i olwg y Llety, a chafodd Mistar Ifans ben y llinyn yn sydyn.

"Welsoch chi Lona O'Neil wedyn?" meddai, gan grymu ei ben at y Llety.

"Do," meddai Merfyn, "gwelais hi neithiwr ar y mynydd."

"Fuoch chi'n siarad â hi?"

"Do. Yn wir, bûm yn siarad yn hir â hi, a daeth i lawr ar unwaith â mi."

"Beth yw'ch meddwl ohoni?"

"Anodd gwybod, yn union. Ni welais i neb tebyg iddi erioed. Cyn neithiwr, ni fuaswn yn credu bod y fath ferch i'w chael."

"Nid llawer sydd, mae'n siŵr."

"Nage. A dweud y gwir, dyma'r hanes i chwi. Euthum i fyny i'r mynydd i geisio gwneud pregeth. Rhaid addef fy mod wedi cysgu wrth droed un o'r clogwyni. Erbyn i mi ddeffro, pwy welwn i ond hyhi. Aethom i siarad. Dwedodd bethau rhyfeddol wrthyf. Roedd ei sôn am y môr a'r mynydd yn farddoniaeth bur. Ei galw'n ddewines y maent. Bychan a wyddant mor wir mewn un ystyr yw hynny!"

"Ie, onid e? Ac eto, y mae hi'n berffaith ddiniwed, onid yw?"

"Yn berffaith. Ni fu erioed ar wyneb daear ddim diniweitiach. Yn wir, mae rhywbeth yn blentynnaidd ynddi, hynny yw, rhyw ddiniweidrwydd hoffus. Mae'n anhygoel bod neb yn medru edrych yn ddig arni, chwedl hithau."

"Rhagfarn, rhagfarn! Nid oes dim na all rhagfarn ei wneud," meddai Mistar Ifans, "dyna'r unig beth hollalluog!"

"Pe bai pobl yn ei hadnabod hi, byddai'n amhosibl iddynt beidio â'i hoffi."

"Ond nid ydynt yn ei hadnabod, ac ni fynnant," meddai Mistar Ifans.

"Tybed na fynnent?"

"Na fynnant. Ydech chi'n cofio i mi ddweud wrthych beth a ddwedwyd wrthyf i am estyn y blodyn hwnnw iddi?"

"Ydw," ebe Merfyn.

"Ydech chi'n cofio hefyd i mi ddweud y clywech am y peth pe gwnaethech chwithau ryw gymwynas â hi?"

"Yr wyf yn cofio hynny hefyd."

"Wel," meddai Mistar Ifans, wedi cael pen ei lwybr o'r diwedd, "y mae'r stori ar led eisoes eich bod yn ei chwmpeini neithiwr ar y mynydd, am oriau, a'ch bod wedi ei helpu dros y gamfa, fel petasai hi'n wraig i chi—"

"O!" ebe Merfyn, mewn syndod, "pwy ledodd yr hanes hwnnw, tybed?"

"Wn i ddim pwy ddechreuodd, ond Risiart Parri a glywais i'n dweud y stori wrth Morys Wiliam, ar ôl y gwasanaeth heno. Roeddwn i'n meddwl bod hi'n ddyled arnaf roi gwybod i chi. Bydd pobl yn rhoi darn at stori o'r fath, wyddoch."

"Byddant," meddai Merfyn, "er na waeth gen i, o'm rhan fy hun, faint o ddarnau a roddant ati, ond mai ar eu perygl y dywedant ormod o gelwydd. Bûm yn siarad â'r eneth ar y mynydd, mae'n wir, er nad am oriau. Helpais hi dros y gamfa hefyd, ond hwyrach nad yw ond mater o opiniwn sut roeddwn yn gwneud hynny. Pob croeso iddynt adrodd y stori, cyhyd ag y cadwont at y gwir. Ar yr un pryd rwyf yn ddiolchgar iawn i chi am roi gwybod i mi."

Roedd Mistar Ifans braidd yn disgwyl y buasai Merfyn yn holi pa beth a ddwedodd Morys Wiliam gyda golwg ar y stori, ond ni ofynnodd y gweinidog.

"Dylech gael gwybod," meddai'r athro, "y gellwch ddisgwyl tipyn o ragfarn ym meddwl Morys Wiliam. Rhyw dueddu i'ch beio oedd, pan glywodd yr hanes."

"Ie, mae'n debyg," meddai Merfyn. "Roeddwn wedi casglu nad yw'n barod iawn i feddwl y gorau am ddyn. Nid oes gennyf le i gwyno am ei fod yn amheus ohonof i, a minnau'n gymharol ddieithr iddo, ac yntau fel y mae, o dduedd dipyn yn amheus. Os na all o gydnabod mai myfi sydd i farnu sut y dylwn ymddwyn, does mo'r help,"

Erbyn hyn, roedd y ddau yn ymyl y Llety. Roedd goleuni bychan i'w weld yn ffenestr y llofft, yn ogystal ag yn y gegin. Safodd y ddau gyfaill, megis ohonynt eu hunain, i edrych ar y tŷ.

Yn sydyn, clywsant waedd groch yn dyfod o'r tŷ, a'r munud nesaf, rhuthrodd rhywun allan o'r ardd, a daeth wyneb yn wyneb â hwy. Lona ydoedd. Safodd pan welodd hwy. Yna rhoes waedd arall, ac ymaith â hi i lawr tua'r môr â'i holl egni. Gyda hynny, daeth rhywun arall o'r ardd, a phan welodd y ddau ddyn yn sefyll ar y llwybr, safodd yntau. Dr. Gruffydd ydoedd.

"Nos dawch, foneddigion," meddai, "Hylô, Mistar Ifans, ai chi sydd yna? O, ie, a Mr. Owen hefyd. Welsoch chi'r eneth yn pasio?"

"Do," meddai Mistar Ifans, "rhedodd â'i holl egni i lawr tua'r môr, fel petasai mewn braw."

"Ie, druan bach," meddai'r meddyg, "mae hi wedi cymryd ati'n arw, arw. Ac mae rhywbeth yn sydyn ac yn nerfus anghyffredin ynddi. Mi fase'n dda gen i petae modd cael hyd iddi, rhag ofn i rywbeth ddigwydd."

"Beth sydd, doctor? Rhywbeth o'i le?" meddai Merfyn, yn anesmwyth.

"O, ie, ddwedais i ddim, ai do?" meddai'r meddyg. "Wel, y mae ei mam newydd farw. Clefyd y galon. Welais i neb erioed cyn waethed ag oedd hi heno, am wn i, tra bu hi. A chafodd yr eneth druan fraw, gwaeddodd a rhedodd allan fel ergyd."

"Well i ni fynd ar ei hôl hi," meddai Merfyn.

"Fe allai y bydd hi'n iawn yn union deg," meddai'r meddyg, "ond fedrwch chi byth fod yn sicr. Ddwedodd hi rywbeth wrthych?"

"Ddim gair," ebe'r athro, "ond rhoi gwaedd a rhedeg i ffwrdd fel y gwynt."

"Well i ni fynd ar ei hol hi," meddai Merfyn.

"Tro caredig fyddai hynny," meddai'r meddyg, "peth bach hoffus, i'w ryfeddu. Byddai'n drueni i rywbeth ddigwydd iddi,"

Cerddodd y ddau ymaith rhag blaen.

"Tebyca peth mai i'r traeth yr aeth hi, a hithau mor hoff o'r môr," meddai Mistar Ifans.

"Ie," meddai'r llall, a cherddasant yn gyflym i lawr i'r traeth.

XIII.
Yr Ymchwil

Noswaith yn niwedd Awst ydoedd, ac nid oedd eto'n dywyll, er ei bod hi'n lled hwyr bellach. Nid oedd neb i'w weld ar y traeth. Tybiodd y ddau mai gwell iddynt droi un bob ffordd i edrych a welent yr eneth. Aeth Mistar Ifans i'r chwith, a'r gweinidog i'r dde. Rhedai craig allan i'r môr am gryn bellter ar y chwith, o flaen Mistar Ifans, ac wrth odre honno, mewn cilfach gysgodol, roedd hynny o harbwr oedd yn y Minfor. Tua'r dde, y ffordd yr âi'r gweinidog, roedd traeth agored, am filltir neu ddwy, ac yna craig arall yn ymwthio allan i'r môr, a mân glogwyni rhwng tir a thraeth ar hyd y ffordd. Ychydig nes i'r Minfor na'r hafn lle bu'r helynt rhwng Merfyn a Charlie Vaughan, sut bynnag, roedd rhimyn o graig isel a thraeth bychan ar un tu iddo'n rhedeg allan am gryn bellter i'r môr. Pan fyddai'n drai, byddai'r graig hon yn sych, ond pan ddôi'r llanw, cuddid hi gan y dŵr, ac ni welid yno ond megis gwrym o ewyn i ddechrau, ac yna collid hwnnw.

Pan gerddai Merfyn draw i'r dde, roedd y graig hon yn sych, a chyfeiriodd yntau tuag ati, heb weld neb na dim yn y môr hyd y cerddai ei olwg. Cyn iddo fynd ymhell, daeth ofn ei neges dros Merfyn. Chwilio am un ar goll, heb wybod yn y byd i ble aeth, a hwyrach y gallai ddyfod o hyd iddi unrhyw funud, wedi boddi... Na ddôi. Os oedd hi wedi boddi, ni ddôi o hyd iddi mor rhwydd. Roedd hi'n caru'r môr, ac wedi rhedeg ato'r noswaith hon am gydymdeimlad, yn ôl pob tebyg. Roedd yntau, ond odid, wedi ei chymryd i'w fynwes lydan, wedi lapio'i ddyfroedd amdani, fel yr hoffai hi iddo wneud gan ei thynnu i lawr ac i lawr i'w ganol lle na ddeuai gofid o hyd iddi byth mwy! Bradwrus y môr, er maint y carai hi ef. Ar ôl ei llyncu i'w fynwes oer, oni fynnai ef chwarae â'i chorff lluniaidd a'i gwallt ardderchog am ddyddiau cyn y bwriai hi ar y lan yn rhywle, fel tegan toredig? Yn ei diniweidrwydd, carodd Lona'r môr, ac ymddiriedodd ynddo, a bellach, roedd yntau hwyrach wedi rhoi diben ar ei holl harddwch, wedi rhedeg ei ddyfroedd oerion, llyfnion, dros ei bywyd ifanc, fel na welid mohoni mwy'n chwarae yn ei donnau nac yn rhedeg yn wyllt ar hyd y rhosydd.

Ni allai Merfyn gadw mo'r pethau hyn o'i feddwl, fel y cerddai'r traeth gan wylio'r môr o hyd. Prin y gwyddai ef hynny ar y pryd, ond y gwir oedd bod dirgelwch bywyd yn cynhyrfu ei ddyfnderoedd o'i gwmpas, megis môr arall, creulonach a mwy bradwrus na môr natur. Nid oedd môr natur, wedi'r cwbl, ond megis gwas i fôr dirgelwch bywyd, yn boddio Lona ddoe ac yn ei boddi heddiw, wrth orchymyn ysbryd y môr arall, oedd yn chwarae â bywydau dynion, gan eu lluchio yma ac acw, fel y mynnai. Ac os oedd Lona wedi marw, roedd rhywbeth o'i le yn nhrefn pethau!

Cadwai Merfyn ei olwg ar y môr o hyd, fel mai prin y gwelai tan ei draed. Yn sydyn sathrodd ar rywbeth amgen na thywod. Safodd ac edrychodd. Ac yno, lle'r oedd y terfyn rhwng y cerrig a'r tywod, roedd swp o ddillad. Dillad Lona. Rhaid ei bod hi wedi dyfod i lawr i'r traeth ar hyd yr hafn, wedi tynnu amdani yn y fan honno, a mynd i'r môr. Bellach, nid oedd amheuaeth nad i'r môr yr aethai. Craffodd Merfyn ar y môr o'i flaen. Nid oedd dim tebyg iddi yn y golwg,

Neidiodd gwaed Merfyn i'w ben a'i ffroenau fel ergyd, nes llosgi fel tân. Er maint ei feistrolaeth arno'i hun, collodd hi. Rhedeg yn ei ôl a ddylasai, galw ar Mistar Ifans, ac ymofyn cwch i fynd allan i chwilio amdani, cyn i'r goleuni, oedd yn prysur wanhau, fynd yn ddim ond gwyll. Yn lle hynny, gwelodd y graig yn ymestyn yn rhimyn ymhell i'r môr, a heb ystyried ai doeth ai peidio oedd hynny, llamodd ymlaen, a rhedodd ar hyd y gro, fel pe buasai Lona yno ar drwyn y graig yn disgwyl am ei help.

Duai'r môr yn y pellter, a neidiai awel droellog, anynad, yn yr awyr, fel yr âi ef ymhellach allan i'r môr, er na sylwodd Merfyn ar y pethau hynny. Rhedodd nes cyrraedd blaen y graig, lle torrai'r tonnau'n drochion gwyn. Yno, safodd, mewn dŵr, at ben ei lin, ac yna dringodd ar delpyn o'r graig oedd uwchlaw wyneb y dŵr.

Tra'r oedd hyn yn digwydd, roedd Mistar Ifans, yn fwy pwyllog, wedi cerdded cyn belled â'r harbwr, heb weld dim tebyg i Lona. Yna, troes yn ei ôl, gan fwriadu dilyn Merfyn i'r cyfeiriad arall. Pan oedd yn cychwyn y ffordd honno, sylwodd ef fod y môr yn duo a'r awel yn codi. Prysurodd ymlaen â'i holl egni, gan ddisgwyl gweld Merfyn yn rhywle ar y traeth. Nid oedd golwg arno. Pan oedd Mistar Ifans o fewn rhyw ddau gant o lathenni i'r lle y gwelsai Merfyn ddillad Lona, torrodd ton gryfach na'r lleill ar y traeth, a gwelai yntau rywun yn neidio'n hoyw allan o'r dŵr ychydig bellter o'i flaen, ac yn rhedeg, fel gwylan ar hyd y tywod, ac yna'n sefyll ar fin y cerrig, a gwasgu'r dŵr o'i gwallt. Lona oedd hi, yn ddiamau. Galwodd arni. Troes hithau, gwelodd ef, ac fel ergyd, ymaith â hi i'r môr yn ei hôl. Yr un eiliad, wrth edrych ar ei hôl, yn y goleuni gwan, tybiodd Mistar Ifans weld rhywbeth du yn agos i drwyn y graig. Roedd y rhimyn i gyd erbyn hyn tan ddŵr, oddieithr un darn bach ychydig uwch na'r gweddill. Craffodd Mistar Ifans, ac yno â'r trochion i gyd o'i gwmpas safai dyn gan chwifio ei law, a thybiodd Mistar Ifans iddo glywed llef hefyd o'r môr. Deallodd—yno roedd Merfyn wedi mynd, a'i ddal gan y llanw, a thebyg na fedrai nofio.

Safai Lona yn y dŵr at ei chanol, gan wylio Mistar Ifans a heb wybod pwy ydoedd na pha beth a wnâi yno. Roedd yn eglur mai er mwyn diogelwch y rhedasai i'r môr. Cododd Mistar Ifans ei lais, a gwaeddodd:

"Lona O'Neil, dowch yn nes. Dyn yr ysgol sydd yma, a mae ffrind i chi mewn peryg!"

Yn araf, daeth Lona yn nes i'r lan. Gwelodd mai Mistar Ifans oedd yno.

"Beth sy?" meddai hi.

Mewn ychydig eiriau, dwedodd yntau eu bod wedi ei chanlyn hi, rhag ofn i ryw anffawd ddigwydd iddi, a'i fod ef yn ofni bod Merfyn allan ar y graig ynghanol y tonnau.

Troes Lona ac edrychodd allan i'r môr. Ac yno, yn agos i drwyn y graig, ar ddarn o faen a safai'n uwch na'r gweddill—"Carreg yr Wylan" y gelwid—ond a oedd yntau bellach bron â mynd o'r golwg yn y dŵr, gwelai rywbeth du rhyngddi a'r awyr, pan lonyddai'r trochion ychydig. Torrodd cri dros ei gwefusau. Ymollyngodd i'r dŵr, a nofiodd allan yn union am drwyn y graig. Collodd Mistar Ifans olwg arni'n fuan, ym merw'r tonnau.

Roedd y goleuni'n mynd yn llai yn gyflym, ac ni welai Mistar Ifans mo'r ffurf ddu ar y graig mwy. Safodd lle'r oedd i ddisgwyl. Craffai ar y graig, ond roedd yn rhy aneglur iddo weld dim yno bellach. Tybiai fod awr wedi mynd heibio er pan ymollyngodd Lona i'r dŵr a dechrau nofio allan, ac ofnai fod Merfyn a hithau wedi boddi—wedi'u curo gan y tonnau ar y graig, hwyrach. Cerddodd yn ei flaen yn nes at fôn y graig. Troes yn ei ôl, ac yno ar y traeth, yn cerdded tuag ato, gwelai Merfyn. Rhedodd i'w gyfarfod.

"Diolch i Dduw!" meddai, "Dyma chi! Ond ble mae hi?"

"Wedi rhedeg i ymwisgo," meddai Merfyn, fel dyn yn siarad trwy ei hun. "O!" meddai wedyn, gan edrych ar y môr, oedd erbyn hyn bron yn dywyll, "a ni oedd yn mynd i'w hachub hi, ai ê?"

Gyda hynny, clywsant Lona'n galw. Roedd wedi ymwisgo, a safai ar ymyl y cerrig. Aeth y tri i fyny o'r traeth gyda'i gilydd, mewn distawrwydd. Wedi hynny y clywsant stori Merfyn. Pan gyrhaeddodd ef drwyn y graig, tybiodd weld Lona'n nofio tua'r lan, ryw ganllath oddi wrtho. Yr un pryd, sylwodd fod y graig rhyngddo a'r lan wedi diflannu dan ddŵr, a'i fod yn sefyll ei hun ar yr unig ddarn craig oedd eto allan o'r dŵr. Oddi ar hwnnw yr achubodd Lona ef, pan oedd y tonnau bron a'i hyrddio i lawr, oherwydd na fedrai Merfyn nofio.

Wedi i Mistar Ifans eu gadael a throi at ei dŷ ei hun, cerddodd Merfyn a Lona tua'r Llety, ar hyd y llwybr, ochr yn ochr, heb ddweud gair. Teimlai Merfyn fod arno eisiau diolch iddi, a dweud llawer o bethau wrthi. Meddyliai am ei ryfyg, yn mynd i geisio ei hachub Hi, nad oedd dim byd naturiol a safai ar ei ffordd, a hithau'n ei achub yntau yn y diwedd. Roedd rhywbeth yn ardderchog ynddi—merch Natur, a fedrai ymladd â'r tonnau yn ei gofid, a meddwl am rywun arall yng nghanol ei galar ei hun. Mynasai ddiolch iddi mewn geiriau, a dweud wrthi na chai hi adael mohono byth mwy. Ond cofiodd am ei phrofedigaeth, a thawodd. Wrth ymadael â hi, cusanodd ei llaw. Edrychodd hithau arno, fel plentyn bach, â gwên yn goleuo'r dagrau oedd yn llenwi ei llygaid. Ymadawsant heb lefaru gair.

XIV.
"Rebel"

Merch hagr ei hwyneb, fel y dywedwyd eisoes, oedd Miss Vaughan. Gallasai rhywun gymryd yn ei herbyn yn unig oherwydd ei golwg, heb gymryd mo'r amser i ymofyn dim ynghylch ei chymeriad a'i meddwl. Ac eto, o ran cymeriad a meddwl, roedd hi yn ferch go nodedig. Roedd yn benderfynol iawn, a bywiog ei theimladau, yn hawdd i'w chynhyrfu i garu neu i gasáu. Rhagfarnllyd iawn ydoedd. Edrychai gyda gradd o ddirmyg ar Ymneilltuwyr a phobl gyffredin. Nid oedd llawer o fai arni am hynny, oherwydd felly y dysgwyd hi o'i mebyd. Ni chymerodd hithau mo'r drafferth i farnu drosti ei hun yn hynny o beth chwaith. Ychydig iawn ohonom a all fforddio ei beio. Y mae'r rhan fwyaf ohonom yn synio fel ein tadau, a'r lleill bron i gyd yn cymryd arnynt feddwl fel rhywrai y tybir eu bod yn flaenllaw a meddylgar.

Medrai Miss Vaughan ryw fath ar Gymraeg, fel y medrai ei thad a'i brawd. Medrai ei mam fwy o Gymraeg na dim arall, a threuliodd y rhan fwyaf o'i hoes, druan, i geisio rhoi ar ddeall i bobl mai fel arall oedd hi. Prin, hwyrach, y gellid disgwyl dim amgen oddi wrth ferch tafarn wedi priodi "gŵr bonheddig" yng Nghymru. Felly, oddi wrth y gwasanaethyddion a phobl o'r un dosbarth y dysgodd Miss Vaughan hynny o Gymraeg a fedrai. Dosbarth go bwysig, mewn ystyr ieithyddol, yw'r gwasanaethyddion yng Nghymru. Eu Cymraeg hwy sydd gan blant y "bobl fawr," a'u Saesneg hwy sydd gan blant llawer iawn o'r dosbarth canol, a fynnant cael eu cyfrif yn "bobl fawr".

Roedd rhyw ias o ramant wyllt yng ngwaed y Fychaniaid, a mwy nag un stori go hynod yn eu hanes. Yng ngwaed

Miss Vaughan roedd y rhamant yn gryfach nag arfer. Pe buasai iddi wyneb hardd, nid oes wybod pa beth a ddigwyddasai iddi. Gallasai dynnu sylw brenin, neu redeg i ffwrdd gyda chardotyn. Rhoes natur iddi ormod o ramant, fe allai, ac i gyfartalu, rhoes iddi wyneb hyll. Ac yn y rhamant y cai Miss Vaughan iawn am y peth a wrthodwyd iddi gan natur. Yn nychymyg Miss Vaughan, nid oedd dim yn annichonadwy.

O ran meddwl a chymeriad, roedd hi'n ferch ddiddorol iawn. Cawsai ambell un hi'n gydymaith difyr pe gallasai anghofio'r wyneb ddigon o hyd i adnabod yr hyn oedd y tu ôl iddo. Meistr caeth yw'r llygad. Ni ro nemor siawns i'r synhwyrau eraill.

Pan ddwedodd Miss Vaughan wrth ei rhieni fod Merfyn Owen yn ŵr bonheddig, go brin roeddynt yn barod i'w chredu, ond roedd rhamant yn y syniad, a gallai Miss Vaughan redeg ymhell yn erbyn pethau cyffredin, parchus, fel syniadau pobl fawr. Y mae'r fath beth yn bosibl ag awydd am ddial ar amgylchiadau drwy wneud pethau croes. Felly, daliodd Miss Vaughan i ddweud yn groyw fod Merfyn yn ŵr bonheddig. Danfonodd ei thad a'i mam lythyr i ddiolch iddo am ei garedigrwydd, ond nid oedd hynny'n ddigon gan Miss Vaughan. Rhaid iddi gael mynd ei hun i ddiolch iddo am ei gymwynas. Felly, o leiaf, y dywedai wrthi ei hun.

Y prynhawn ar ôl yr helynt yn y môr, roedd Merfyn ar gychwyn tua'r Llety i edrych am Lona ac i gynnig gwneud rhywbeth a allai i'w thad a hithau yn eu profedigaeth, pryd yr hysbyswyd ef fod Miss Vaughan am ei weld. Teimlodd Merfyn yn siomedig, os nad yn ddig, ond prin y gallai wrthod yr ymweliad. Dygwyd Miss Vaughan i mewn.

"P'nawn da, Mr. Owen," meddai, "dyma fi wedi dŵad fy hun i ddiolch i chi am fod mor caredig ata fi."

Wedi dweud y pethau arferol, eisteddodd y ddau. Edrychodd hi ar lyfrau Merfyn, ac yntau ar ei gwisg hithau, oedd wedi'i dewis a'i gwneud mor ofalus nes tyneru cryn lawer ar hagrwch ei hwyneb. Miss Vaughan a siaradodd gyntaf. Dwedodd fod ganddo lawer o lyfrau. Addefodd yntau fod yn wir. Tipyn o ddistawrwydd wedyn. Cofiodd Miss Vaughan fod y tywydd yn braf. Roedd Merfyn o'r un farn. Daeth i gof Miss Vaughan ei bod hi braidd yn hy iddi ddyfod i edrych amdano felly heb ei gwahodd, ond y gwir oedd bod ei dyled iddo mor fawr. Ni fynnai Merfyn glywed sôn am ddyled yn y byd—ni wnaeth ddim ond y peth a wnaethai pob dyn. Soniwyd ychydig am y ddamwain, ac wrth geisio egluro sut y digwyddodd y peth, petrusodd Miss Vaughan am air Cymraeg.

"Roedd rywbeth allan o le ar y— ar y—y—"

"Ar y clo," meddai Merfyn.

"Ie, ar y clo," meddai Miss Vaughan.

Bu'n ddistaw eiliad neu ddau, yna gloywodd ei llygaid ac aeth rhagddi.

"O," meddai, "buaswn inne'n leicio medru siarad Cymraeg yn iawn, fel chi. Mae Cymraeg chi yn glws iawn, Mr, Owen."

"Tybed?" meddai yntau.

"O, ydy wir," meddai Miss Vaughan, gan ei wylio wrth siarad, "Y drwg ydy bod pobl—pobl o'n *class* ni—yn meddwl nad ydy Cymraeg ddim gwerth dysgu o gwbl."

"Ie," ebe Merfyn, "trueni mawr ydy hynny, mae'n ddiamau."

Gloywodd llygaid Miss Vaughan eto.

"Ie," meddai, "mae'n siŵr. Ac eto, base gwell i bawb siarad un iaith, hwyrach. Beth ydech chi'n meddwl, Mr. Owen?"

"Meddwl yr wyf i y dylai pawb fedru dwy iaith o leiaf," meddai Merfyn, "ac y dylai pawb fedru iaith y bobl y bo'n byw yn eu plith, os na fydd ganddo rywfaint o barch i'w hynafiaid ei hun. Meddyliwch y lle fyddai yng Nghymru pe bai'r Gymraeg yn marw—pobl ail law—"

"Ail law?—*second hand*, ai e?"

"Ie. Pobl ail law, na wyddant hyd yn oed sut i seinio eu henwau eu hunain, nac ystyr un enw lle yn y wlad, heb sôn am hanes y wlad a'r bobl, a'u llenyddiaeth."

"A! Ie, ie, yn siŵr," meddai Miss Vaughan, ei llygaid yn dal i oleuo, "felly mae'n pobl ni—pobol o'n *class* ni. Mae hynny'n wir, Mr. Owen."

"Ydy, am y rhan fwyaf o lawer," meddai Merfyn. "A dweud y gwir, nid wyf yn meddwl bod y dosbarth roeddech yn sôn amdano cystal o lawer â'r hen foneddigion Cymreig uniaith gynt."

"Uniaith?" ebe Miss Vaughan, gan grychu ei thalcen. "Dim yn dallt. I am sorry!"

"Pobl uniaith," meddai Merfyn, "yw pobl yn medru dim ond un iaith."

"O, rydw fi'n gweld. Felly rydech chi yn meddwl bod pobl fawr Cym—Cymreig—ydy hynny yn iawn?—yn well pan oedden nhw'n medru dim ond Cymraeg na—nag ydyn nhw rŵan, heb medru dim ond Saesneg?"

"Dyna fy marn i," meddai Merfyn. "Roedd yr hen foneddigion gynt yn hoff o lyfrau, o farddoniaeth a cherddoriaeth, ac yn cefnogi dysg eu gwlad eu hunain. Am eu disgynyddion, maent fel estroniaid yn eu gwlad eu hunain, yn eu cartrefi eu hunain—sut na fyddai arnynt gywilydd?"

"Wel, ie, mae hynny'n wir," ebe Miss Vaughan, "yn wir, beth bynnag, am llawer iawn ohonyn nhw. Ond nid am pawb, Mr. Owen. Rydw fi yn hoff—is that fond?—ie, diolch—rydw fi yn hoff iawn o lyfre, os caf fi deud hynny fy hun wrthoch chi, ac y mae arna i cywilydd."

"O, debyg iawn," meddai Merfyn, "nid oeddwn yn meddwl dweud eu bod i gyd wedi colli eu diddordeb mewn llenyddiaeth—sôn roeddwn am lenyddiaeth eu gwlad eu hunain."

"*Diddordeb*—let me see—interest? Yes. And *llenyddiaeth*?—literature? Yes. Thanks. O, ie, gadewch i fi dysgu fel yna!"

"Fyddwch chi'n darllen Cymraeg?" meddai Merfyn.

"O, dim llawer, yn wir," meddai Miss Vaughan, "tipyn bach, weithie. Ond, nid ydw fi'n leicio pregethe a—a sôn am pethe felly o hyd, rhaid i chi madde i mi am hynny, Mr. Owen—they must be very good, of course—ond, ydech chi'n gweld, ddaru neb erioed dysgu fi diwinyddiaeth—is that right?—ac y mae'n anodd dallt y geirie mawr! Ond rydw fi am dysgu. *Rebel* ydw fi, chi'n dallt. Conventions, ugh! I hate them! Maddeuwch i fi troi i Saesneg weithie. Oes dim *rebels* wedi sgrifennu yn Cymraeg? Rydw fi wedi blino ar— beth ydech chi'n galw nhw?—you know, conventionalities—"

"Arferion cymdeithas—rhodres—ffasiwn fyddwn ni'n eu galw yn gyffredin."

"Ie. O, wel, rydw fi wedi blino arnyn nhw i gyd. Byddaf i weithie eisie gwneud rhywbeth—rhywbeth i—i—i rhoi *shock* i pobol—you know, something desperate!"

"Mi wn beth yw teimlo felly fy hun, weithiau," ebe Merfyn.

"O, yn wir! Chi yn teimlo felly hefyd?

"Byddaf. Mae'n anodd peidio â blino ar wneud popeth yr un fath a phawb arall."

"O, ie, felly byddaf inne," ebe Miss Vaughan, â'i dychymyg yn dechrau bywiogi a chware wrth gael cefnogaeth lle na ddisgwyliodd. "Does neb o'n pobol ni yn dallt fi. Maen nhw'n dychrynu—is that right?—wrth clywed fi'n siarad, weithie. *Rebel* maen nhw yn galw fi. Rebel! O, it is a fine thing to be a rebel! Have all the confounded pack against you! Be sy' mwy hawdd na bod fel pobol erill—meddwl 'run fath â nhw, darllen yr un peth â nhw, gwneud pob peth yr un fath â nhw, chwerthin ar ben yr un *jokes* â nhw—dim—dim—dim—O, ie—dim gwahaniaeth ryngoch chi a nhw i gyd! Isn't it sickening? O, bydda fi'n blino ar peth felly, ac yn roi *shocks* i pawb. And then—*rebel.* Ydech chi'n dallt, Mr. Owen?"

"Ydw, yn burion, mi gredaf," ebe Merfyn.

"O! I am glad!" meddai Miss Vaughan, â'i llygaid yn gloywi nes bod ei holl wyneb yn newid. Ar y pryd, roedd hi bron a bod yn hardd, rhyw harddwch chwithig, gwyllt, fel harddwch ystorm o fellt a tharanau. Diflannodd plaendra'r wyneb. Y llygaid oedd popeth. Pa beth a barodd y newid? Rhywbeth oedd yn llechu mewn dirgelwch yn y dyfnder, ac yn dyfod i'r ffenestr i edrych allan ar brydiau, pan gynhyrfid ef o'i gwsg. A rhaid bod y peth hwnnw ei hun yn hardd.

"O, I am glad!" meddai Miss Vaughan, a Merfyn yn edrych arni mewn syndod, "doeddwn i ddim yn coelio bod neb 'run fath â fi chwaith. I used to think myself solitary, you know. Ar ben fy hun, ie?—O, ar fy mhen fy hun, diolch! How wonderful it must be to know those little differences by instinct!—Wel, roedd yn lwcus i fi redeg ar y *bicycle* wedi'r cwbl, er mwyn i fi wybod bod rwfun arall 'run fath â fi."

Hanner gwenodd Merfyn, ond roedd Miss Vaughan yn berffaith sobr.

"Mr. Owen," meddai, "maddeuwch i fi, ond o! Mae bywyd yn *class* ni yn beth—yn beth—dreary, you know— blin? Ie, yn beth blin. Troi mewn lle bach—cul?—ie, cul, yr un fath o hyd, o hyd. O, na, ddim gwaeth yma nag yn rhywle arall—Llunden, for example. Yn wir, dim mor waeth—no, that's wrong—dim mor ddrwg, ie, dyna fo, dim mor ddrwg â Llunden. O, I hate London! Dim byd yn—dim byd yn—how do you say?—dim byd o ddifri, that's it—dim byd o ddifri yno. Siarad yn neis hefo pobol gas gynnoch chi. Mor neis. Ac mor gas! Mynd i'r *theatre* i weld ryw chware, a deud bod hwnnw'n dda a clyfar, a fynte bron â'ch lladd chi. Ond ma pawb yn deud da, a raid i chi deud yr un fath. Mynd i dawnsio. Dawnsio hefo pobol, a deud un peth wrthyn nhw, a meddwl peth arall. Merched yn deud 'my dear' wrthoch chi, a chithe'n gwbod y base nhw'n leicio torri'ch gwddw chi. Pawb yn gwbod yn iawn ma felly mae hi, ac eto, fydd neb byth yn deud y peth byddan nhw'n meddwl."

"Digon gwir, mi allwn dybio," meddai Merfyn.

"Gwir pob gair," meddai Miss Vaughan, ei llygaid yn disgleirio. "Sôn am *patriotism* a *loyalty*—beth ydy'r geirie Cymraeg?—gwladgarwch a theyrngarwch, ie. Wel, ond fyddwch chi byth yn meddwl dim wrth gwneud hynny. Blasted cant! Ond mae pawb yn sôn am pethe felly, ac os bydd rwfun yn deud ma' *humbug* ydy'r cwbl, raid i chithe deud pob peth cas amdano, er bod chi'n gwbod bod fo'n deud y gwir! That's London. Smart set. I hate it. Dŵad adre. Troi yn canol ryw hanner dwsin o pobol. Gwrando arnyn nhw'n deud yr un peth pob dydd o'r flwyddyn. Dim un *idea* newydd er pan ydw fi'n cofio. Ddim yn meddwl o gwbl, nhw. Mae meddwl yn pechod. Pechod mawr. A hwnnw ydy'r unig pechod maen nhw ddim yn gwneud! Pawb, ond fi. Rydw fi'n pechadur. I think for myself. Rydw fi'n meddwl am fy hun—no, trosof fy hun, on te? Wedyn, be sydd i'w gael? Dim. Neb i siarad hefo fo. Dim ond darllen a—ffansïo pethe. O, I build castles in the air, you know. Sut y byddwch chi'n deud hynny—castelli yn yr awyr? Ie. Wel, rydw fi'n codi rhai. Rhai ryfedd, ryfedd iawn, ond bod—*romance*, beth ydy hynny, ramant?—ie, ond bod ramant ynddyn nhw. Mae'n nhw'n dŵad i lawr am pen fi weithie, ond waeth am hynny. Gwell codi nhw'n ôl na gwneud dim byd. A gellwch codi nhw pob amser. Meder neb rhwystro chi. Fydda i wrthi'n codi rai o hyd, ac yn byw ynddyn nhw, hefo pobol ryfedd, ac yn gwneud pethe ryfedd. Digon i ddychryn pobol fawr, neis, sydd o cwmpas. O, basen nhw'n gwbod sut rydw fi'n byw yn y castelli! Dim o'u—o'u—o'u ffasiwn nhw yno. O, baswn i'n leicio byw yno wastad, ac nid fel rydw fi'n byw mewn—mewn gwirionedd. Dyna chi lle. O, I could tell you how fearfully, how damnably small—but—.”

Tawodd Miss Vaughan yn sydyn, ac yna ymddiheurodd am ei phregeth. Dwedodd Merfyn, yn gwbl onest, nad oedd rhaid, am na chlywodd gystal pregeth ers llawer o amser.

“O, diolch i chi,” meddai hithau, “ond rydw fi’n siŵr bod fi’n hy iawn, yn deud y meddwl fel hyn wrthoch chi. Ond dyna’r drwg, welwch chi, Mr, Owen—*rebel* ydw fi! Rydw fi fel deryn mewn—mewn——cawell, thank you. Meder o ddim hedeg yn y cawell. A hedeg sydd arno fo eisie. Digon o lle tu allan. Ond mae’r cawell yn rhwystro fo mynd allan. Cawell aur, hwyrach. Ond cawell, ’run fath. Fase waeth iddo fo cawell haearn ’run dim.”

“Y mae pawb ohonom mewn cawell o ryw fath, yn wir,” meddai Merfyn. “Ond ni fedr neb ddodi’r meddwl mewn cawell, fel y dywedech. Drwy drugaredd, mae’r meddwl yn rhydd—os myn fod yn rhydd.”

“A! Wel,” meddai Miss Vaughan, “rhaid i fi mynd. Rydw fi wedi’ch cadw chi yn rhy hir. Ond dyma fi wedi cael dŵad o’r cawell am dro, ac rydw fi’n well. Diolch yn fawr i chi.”

Cyn mynd ymaith, roedd Miss Vaughan wedi trefnu i fynd at Merfyn ddwywaith yn yr wythnos i gael gwersi Cymraeg.

XV.
Gwe'r Gau a'r Gwir

Dechreuodd pethau symud dipyn yn gyflym yn y Minfor. Ymledodd yr hanes am farwolaeth Mrs. O'Neil, a chwarae teg i'r bobl, roedd tosturi ar y cyfan yn gryfach na rhagfarn, yn enwedig ymhlith y bobl dlotaf yno. Ar ei ffordd adref o Faes y Coed, galwodd Miss Vaughan heibio'r Llety, peth na wnaethai erioed o'r blaen. Synnodd hithau at Lona, synnodd, ac eiddigeddodd hefyd, efallai, er na chlywsai hi eto mo'r straeon oedd ar led bod Merfyn yn caru Lona. Am y straeon hynny, roeddynt yn tyfu bob dydd, a'u twf yn debyg iawn i dwf rhywbeth arall. Ni fuasai fodd ei olrhain i un tarddiad, ac ni allasai neb dyngu ar ei lw o ba le y deuai'r llun a'r lliw, y manylion oedd yn troi rhyw ddigwyddiad moel, damweiniol, yn ddarn bach o stori brydferth, a hwnnw'n ymgysylltu'n naturiol â darnau eraill. Roedd y cwbl mor debyg i wirionedd syml, neu i gelwydd wedi ei ddyfeisio'n ofalus, ac eto, nid oedd na'r naill na'r llall, yn union. Roedd adrodd straeon yn hen grefft yn yr ardal, a'u gwrando yn hen ddifyrrwch. Felly roedd yn nyddiau'r Cyfarwydd a'r Clerwr gynt. Rhoed cyfraith estron a chrefydd newydd ar y wlad ers y dyddiau hynny, ond ni ddarfu am yr hen adroddwyr straeon. Cawsant "dro", ac aethant yn bregethwyr. A phregethent fel yr adroddent straeon gynt, gwnaent esgyrn pob stori'n fyw drwy anadl einioes manylion ac ymddiddanion. Felly am ddwy ganrif, bu'r Cyfarwydd Cymreig yn gwneud straeon yr Iddewon yn fyw i dyrfaoedd o Gymry.

Hynny oll, hwyrach, a gyfrifai am dwf naturiol stori Merfyn a Lona—roedd cymuned o storïwyr yn ei llunio, megis, heb yn wybod iddynt eu hunain. Pan glywid am ddigwyddiad newydd, byddai raid iddo redeg yng ngwely'r ffrwd, mynd trwy'r *fold* oedd yno'n barod iddo. Ysbryd y bobl oedd yn gweu bron yn ddifwriad, wrth ei batrwm ei hun, cymysg o wir a chelwydd, fel popeth tan haul.

Rywfodd—ni wyddai neb yn iawn pa fodd nac o ba le, os oedd undyn yn chwilio—daeth digwyddiad y môr yn hysbys. Hyd y gwyddai'r tri oedd yn yr helynt, ni welodd neb mohonynt. Ni fuasai un ohonynt hwy'n debyg o adrodd y stori, ond roedd hi'n rhan o'r deunydd cyn nos drannoeth er hynny. Ac nid yn unig stori'r môr chwaith. O leiaf un cyffyrddiad rhyfeddol a nyddwyd allan o ddychymyg pur. Roedd Dafydd Guto—y dyn a ddygodd y stori gyntaf i lawr o'r mynydd—yn cerdded trwy'r coed i lawr i'r pentref. Pan agosaodd at y gamfa, lle gwelodd Merfyn yn helpu Lona drosodd, "fel petase hi'n wraig iddo," pwy a welai Dafydd y tro hwn eto, yn cyfeirio at y gamfa o'i flaen, ond Lona ei hun. Safodd yntau wrth lwyn celyn i wylio. Saif Lona ar y gamfa, gan edrych o'i chwmpas.

Pa beth y mae hi'n ei wneud? Nid oes neb arall yno, dim ond hi ei hun. Dacw hi'n estyn ei llaw allan, fel pe bai yno rywun arall yr ochr draw i'r gamfa i'w derbyn. Dacw hi i lawr, ac yn plygu ei phen wrth ddisgyn nes bod ei gwallt yn dymchwel yn gawod tros ei braich a'i llaw. Saif hithau yno felly, yn union fel y gwelodd Dafydd Guto hi y tro o'r blaen. Ond ni wel ef mo Merfyn y tro hwn. Dynesa Dafydd yn llechwraidd tuag at y gamfa. Na, nid oes yno ond Lona ei hun. Ac eto, roedd rhywun wedi ei derbyn i lawr.

Yna, rhedodd Lona ymaith. Dewines! Aeth Dafydd yn ei flaen, a chyn pen ugain munud, roedd yn yr *Angor* yn adrodd fel y gwelsai'r Ddewines wrth y gamfa "yn mynd trwy'r ystumiau rhyfeddaf welsoch chi 'rioed, fel petase'r gweinidog yno'n 'i derbyn hi trosodd, yr un fath a'r noswaith o'r blaen. Rhaid 'i fod yno hefyd, achos roedd hi'n pwyso'i phen ar 'i ysgwydd o!"

Ac ni wyddai Dafydd Guto mor gelwyddog oedd ei stori, nac ychwaith mor agos i'r gwir oedd hi! Onid ymbalfalu fel gŵr dall yn ymyl un o'r pethau prydferthaf a wybu'r ysbryd erioed oedd Dafydd Guto?

A thra'r oedd Dafydd Guto yn difyrru'r cwmpeini yn yr *Angor* gyda'i stori, a rhamant Merfyn a Lona yn tyfu ac yn ymffurfio rhwng meddwl a meddwl, roedd Merfyn yn cerdded i fyny tua'r Llety i gysuro Lona yn ei galar. Cyfarfu'r ddau wrth lidiart yr ardd, a buont yn sefyll yn hir yno heb ddweud un gair, a'r eneth yn wylo'n ddistaw. Sgrechiodd tylluan yn y coed.

"Lona," meddai Merfyn. "Peidiwch â chrio fel yna."

"O," meddai hithau, "fedra i ddim anghofio. Mi fûm mor hapus. Ond y mae mam wedi marw, mae 'nghalon i'n brifo, ac ni fedra i byth fod yr un fath eto!"

Roedd calon Merfyn yn brifo hefyd.

"O," meddai, "mi ddowch yn well eto. Mae'ch mam yn well rŵan. Ŵyr hi ddim beth ydy poen, bellach, ac y mae hi'n ieuanc am byth, mwy."

"O, ydy hi? Ble mae hi?"

"Mae hi wedi mynd i'r byd arall, lle mae pawb yn ieuanc ac yn hapus."

"Ydy hi? Ond feder hi ddim gweld y môr a'r mynydd a'r coed eto, na chlywed sŵn y gwynt, ac ni feder hi byth ddeud dim byd wrthon ni eto. Sut y meder hi fod yn hapus felly?"

"O, mae hi'n gweld ac yn clywed y cwbl rŵan, a llawer o bethe na fedrwn ni na'u gweld na'u clywed; ac mae hi'n gwybod mwy na ni bellach ac yn deall mwy, a dyna pam mae hi'n hapus."

"O, a ydy hi'n wir?" ebe'r eneth, a bu'n ddistaw yn hir.

Roedd ei diniweidrwydd yn rhyfeddol. Tynerai calon Merfyn, a thrôi ei fryd ati fel y try blodyn at yr haul. Ni ddychmygodd erioed gael hyd i neb tebyg iddi, â'i henaid mor syml a'i chalon mor lân. Ni wyddai hi ddim am yr ystrywiau a'r anghywirdeb sy'n difwyno cymaint ar feddyliau a theimladau pobl wedi dyfod i gysylltiad ag amgylchiadau'r byd, ac wedi meithrin rhyw fath ar glyfrwch arwynebol, dirmygus a salw.

"Lona," meddai, "well i chi fynd i'r tŷ, hwyrach; mae hi'n mynd yn hwyr ac yn oeri."

"O, ydy hi'n hwyr?" meddai'r eneth. "Ydy, mae hi. Ond mi ddof hefo chi."

"I ble y dowch chi hefo fi, Lona?" meddai yntau, â'i llwyr ymddiried yn dwyn dagrau i'w lygaid.

"O, i rywle," meddai hithau, "waeth i ble. Rhaid i mi fynd i rywle. Fedra i ddim bod yn llonydd. Mi ddaeth Miss Vaughan yma'r prynhawn. Fu hi 'rioed yn siarad â mi o'r blaen. Roedd hi'n garedig iawn. Ond y mae arnaf 'i hofn hi."

"'I hofn hi? Pam, Lona bach?"

"Wn i ddim. Roedd hi'n garedig. Ond mae arna i ofn iddi hi fynd yn gas ataf, a gwneud rhyw ddrwg i mi."

"O," meddai Merfyn, yn anesmwyth, "fydd hi ddim yn gas wrthych, ac ni chaiff hi wneud dim drwg i chi, Lona."

"Ond y mae rhywbeth yn 'i llygaid hi," meddai Lona. "Mae hi'n hyll iawn, ond ydy hi? Ac eto, fedrwch chi ddim peidio ag edrych ar 'i llygaid hi."

Ceisiodd Merfyn chwalu'r ofn o'i meddwl. Gofynnodd a allai ef wneud rhywbeth i'w helpu gyda'r gladdedigaeth. Na, roedd y person yn garedig, ac wedi addo gwneud popeth oedd rhaid. Ond os byddai ar Lona eisiau rhywbeth, roedd hi i fynd at Merfyn, ac ar ôl y gladdedigaeth, roeddynt i sôn pa beth fyddai orau wedyn.

XVI.
Yr Hen Gartref

Pan aeth Merfyn i lawr i'w frecwast drannoeth, roedd llythyr ar y bwrdd yn ei ddisgwyl, llythyr oddi wrth y cyfreithiwr oedd yn gosod ei hen gartref, y Ceulwyn, ac yn derbyn y rhent trosto. Bu hen gapten llong, cyfaill i Gruffydd Owen, yn byw yn y tŷ ar ôl marw Gruffydd, ond bu yntau farw, ac yna, gosododd y cyfreithiwr y tŷ i deulu o Saeson. Nid oeddynt yn denantiaid wrth fodd y cyfreithiwr, a'r diwedd fu iddynt redeg i ffwrdd o'r ardal heb dalu hanner blwyddyn o rent, gadael y lle'n anhrefn, a chymryd rhai pethau i'w canlyn, hwyrach. Yn wyneb y pethau hyn, dymunai'r cyfreithiwr weld Merfyn yn arbennig, am fod ganddo gynnig neilltuol i'w osod ger ei fron. A fyddai ef cystal, os gallai sut yn y byd, a mynd i Laneigion y diwrnod hwnnw. Dyna gynnwys y llythyr.

Teimlodd Merfyn yn siomedig, wrth feddwl am Lona, ond cafodd y llythyr gymaint â hyn o effaith dda arno—parodd iddo feddwl am rywbeth heblaw'r pethau oedd yn gweu o'i gwmpas yn y Minfor! Os cychwynnai rhag blaen, gallai gyrraedd Llaneigion erbyn canol dydd, a dyfod yn ei ôl erbyn yr hwyr. Digwyddodd fod Meredydd Owen yn mynd i Gaerafon, ac ar gychwyn. Felly, bron heb orffen ei frecwast, cychwynnodd Merfyn i'w ganlyn. Pan gyrhaeddodd Laneigion, roedd gŵr bonheddig gyda'r cyfreithiwr eisoes yn disgwyl. Roedd yn barod i brynu'r Ceulwyn, os gwerthai Merfyn, a thalu pris da amdano. Os na werthai, dewisai'r gŵr bonheddig gael amser i ystyried a gymerai ef y tŷ am rent. Fflachiodd helynt y Minfor drwy feddwl Merfyn. Ni wyddai ef fod Morys Wiliam ar y pryd yn darparu cerydd iddo, ond nid oedd heb feddwl bod yn bosibl na allai ef aros yn y Minfor yn hir. Gwell cadw'r Ceulwyn yn ei feddiant.

Dwedodd mai gwell fyddai ganddo osod y tŷ na'i werthu ar hynny o bryd, ac addawodd y gŵr bonheddig roi gwybod i'r cyfreithiwr cyn pen ychydig ddyddiau a gymerai ef y tŷ ai peidio.

Ar ôl cinio, teimlodd Merfyn awydd mynd cyn belled â'r hen gartref. Cafodd yr agoriad, a chychwynnodd ar hyd y llwybr ar draws y caeau a gerddodd gymaint o weithiau'n hogyn. Cofiodd am ei ddyddiau ysgol, am ei gyfoedion, am ei dad a'i fam, a daeth hiraeth mawr arno.

Roedd llyn y Felin yng nghwr uchaf y pentref, yr un fath o hyd. Cawsai Merfyn y braw mwyaf a gafodd erioed wrth y llyn hwnnw unwaith, pan oedd yn hogyn bach yn yr ysgol. Roedd twr o hogiau'n gwthio planciau ar y llyn ac yn ceisio mynd arnynt. Gorweddai Merfyn a hogyn bychan arall ar lan y llyn i'w gwylio. Clywodd Merfyn sŵn, cododd ei ben, a gwelodd Wil Wirion, creadur hurt a fyddai hyd y pentref, yn dynesu. Cydiodd Wil yn nhraed yr hogyn arall, gan ei ddal â'i ben i lawr uwchlaw'r llyn. Rhedodd Merfyn am ei hoedl. Pan ddaeth yn ei ôl ymhen rhyw hanner awr, nid oedd yr hogyn ddim gwaeth, ond ei fod yntau wedi cael tipyn o fraw. Daeth y digwyddiad yn fyw i gof Merfyn, tra edrychai ar y llyn. Pesychodd rhywun y tu cefn iddo. Wil Wirion ydoedd, yr un fath o hyd.

"Mae hi'n braf, syr," meddai Wil.

"Ydy," meddai Merfyn. "Wyt ti'n fy nghofio, Wiliam?"

"Ydw, syr," meddai Wil, â'i law wrth ei gap.

"Pwy ydw i?"

Crafodd Wil ei ben, gan edrych weithiau ar Merfyn ac weithiau ar lawr.

"Wel, syr," meddai, "wn i ddim pwy ydech chi, ond rydw i'n ych cofio chi'n iawn."

"Ai e? Wyt ti'n cofio ble'r oeddwn i'n byw ers talwm?"

"Ydw, syr," meddai Wil, gan gyffwrdd ei gap eilwaith.

"Ym mhle?"

"Wel, syr," meddai Wil, gan grafu ei ben drachefn, "rydw i'n gwbod yn iawn, ond fedra i yn fy myw gofio chwaith."

Chwarddodd Merfyn, a chychwynnodd ymaith, ond safodd drachefn.

"Hwda, Wiliam," meddai, "wyt ti'n cofio cydio yng nghoese rhyw hogyn bach yn y fan yma ers talwm, a'i ddal o â'i ben i lawr uwchlaw'r llyn?"

"Nag ydw, syr," ebe Wil. "Ddaru mi erioed."

"O, do," ebe Merfyn, "roeddwn i'n dy weld di'n gwneud."

"Wel, doeddwn i ddim, ynte!" ebe Wil, ac yn ei flaen ag ef gan edrych ar lawr, yn union fel pe buasai'n chwilio am rywbeth colledig.

Roedd Wil druan yr un fath o hyd. Aeth Merfyn dros y gamfa i'r cae. Rhedai ffos y felin am y gwrych a'r llwybr, ond roedd y wern o boptu i'r ffos wedi tyfu llawer, ragor cynt. Ar lethr y cae ar y chwith, dipyn ymhellach ymlaen, roedd y graith goch a adawodd y ddaeardor a achoswyd gan y glaw a'r llifeiriant mawr un gaeaf, pryd yr ysgubwyd holl bontydd y wlad i ffwrdd. Ar y dde, roedd llwyni cyll a chelyn, a rhyw hanner llwybr, hanner ffos ar y chwith iddynt, yn union fel cynt, ond bod y celyn yn fwy. Y gamp gynt fyddai mynd ar hyd y ffos, a dychryn y genethod fyddai'n dyfod hyd y llwybr. Ymlaen drachefn roedd yr hen lyn melin, a'r perthi duon o'i gwmpas, â'i fflodiart yn adfail ers llawer dydd. Yno byddai ysglefrio mawr yn y gaeaf gynt, ac yno y bu ymladdfa gyntaf Merfyn. Cofiodd y digwyddiad. Prynhawn yn yr haf ydoedd, a hwythau'n mynd adref o'r ysgol. Wrth y llyn, daeth tri neu bedwar o hogiau, oedd wedi chware yn lle mynd i'r ysgol, i'w cyfarfod. Ceisiodd un ohonynt ddwyn tusw o flodau oddi ar un o'r genethod. Aeth yn helynt, a bu raid i Merfyn ymladd. Gwenodd wrth gofio'r peth, ac eto roedd ei galon yn drom,

"Tro yma, Captyn!" meddai llais gerllaw.

Dyn ieuanc oedd yno, yn aredig. Roedd y wedd yn troi ar y dalar, a chyrn yr aradr yn llac yn ei ddwylo yntau.

"Wê!" meddai'n sydyn, a safodd y ceffylau.

"Mistar Owen—Merfyn Owen, on'te?" meddai'r dyn.

"Ie," meddai yntau, "ond y mae gynnoch chi well cof na mi."

"Fedrwch chi mo 'nghofio i?"

"Na fedra, ar y funud."

Chwarddodd y dyn.

"Ydech chi ddim yn cofio rhoi curfa i hogyn unwaith, bron yn union lle'r ydech chi'n sefyll rŵan?"

"Bob! Y munud yma roeddwn i'n meddwl am yr helynt!"

Ysgwyd dwylo, a sôn am yr hen amser, wedyn. Tad a mam Bob wedi'u claddu. Yntau'n briod, a hogyn bach ganddo.

"A diaist i, Merfyn ydy 'i enw fo hefyd!" meddai.

"Yn wir!" meddai'r llall.

"Ie. Roedd y wraig a minne am enw Cymraeg iawn, ac mi gofiais ych enw chi. Dyma hithe'n deud mai dyna fydde'r enw, a diaist i, dim rhyfedd chwaith, erbyn meddwl!"

"Pam wyt ti'n chwerthin?" ebe Merfyn, "Pwy ydy dy wraig di? A ddylwn i 'i chofio hi?"

"Dylech," ebe'r llall. "Ond Elin Pen Dyffryn, gynt, dylech gofio Elin?"

"Aros di—geneth bach a gwallt melyn a llygaid glas, bob amser yn lân a thaclus—wel, Bob! Onid o'i hachos hi yr aeth yn ddrwg rhyngom yn y fan yma?"

"Debyg iawn!" meddai Bob, gan chwerthin, "dyna lle'r oedd yr hwyl, a finne'n herian arni mai dyna pam roedd hi am yr enw!"

"Wel, wel," meddai Merfyn, "mae'n dda gen i dy weld di. Rydw i'n mynd i gael golwg ar yr hen gartre. Cofia fi at dy wraig, a'r hogyn bach sy'r un enw â mi."

"Mi wnaf yn siŵr. Petae chi'n galw ryw dro, bydde'n dda ofnadwy gan Elin ych gweld chi. Yn 'i hen gartre hi—Pen Dyffryn—yr yden ni'n byw."

"Mi fyddaf yn siŵr o alw ryw dro. Da boch di!"

Wrth y gamfa yng nghornel y cae, cofiodd Merfyn dro arall yn ei hanes. Yno wrth fynd i'r ysgol un bore, daliodd bedwar o gywion pen lwyn—"Glas Bach y Wal" oedd yr enw yn yr ardal—pethau bychain tlysion heb ddysgu ehedeg. Hyd yn oed eto, teimlodd yr euogrwydd a deimlodd pan gofiodd am y cywion yn ei boced, ganol dydd, a'u cael wedi marw. Ymlaen eto, a'r cwm yn culhau. Yn y coed ar y dde iddo y byddai dirgelwch a rhamant gynt—y Tylwyth Teg, Arthur a'i farchogion, pob rhyw bobl a wnaeth orchest ac a fu enwog yn y byd. Draw o'i flaen, roedd coed eraill—coed tragwyddoldeb oedd y rhai hynny gynt. Gyda'r gwrych a redai tuag atynt o fuarth yr hen gartref y byddai misoedd y flwyddyn, Ionawr dan y binwydden yn y pen, Ebrill a Mai lle'r oedd y briallu'n tyfu, Awst oddi tan y pren afalau gwylltion, a Rhagfyr yng nghwr y coed, lle'r oedd tragwyddoldeb yn dechrau, lle'r âi'r blynyddoedd, ac yr âi pobl ar ôl marw.

Daeth yr hen gartref i'r golwg. Croesodd Merfyn y ffrwd, lle daliodd frithyll am y tro cyntaf erioed, cyn clywed sôn am y chwedl bod dal pysgodyn trwy ddodi bach yn ei wddf yn beth cymaint mwy gogoneddus na'i ddal a'r llaw tan garreg neu dorlan.

Aeth Merfyn i mewn i'r tŷ... Distawrwydd... Unigrwydd... Chwithdod. Lluniau Gruffydd a Gwen Owen ar y pared, fel petaent yn edrych arno, ond heb air i'w ddweud. Y llyfrau ar y silffoedd fel cynt, ond bod ôl chwilota a chwalu arnynt, a'u gadael yn ddi-drefn. Dechreuodd Merfyn eu tacluso. Cofiai hwy bron bob un. Daeth at ddesg Gruffydd Owen, yn y gornel. Gafaelodd yn y caead, a gwelodd fod rhywun wedi torri'r clo, rhyw law ag ysfa lleidr ynddi. Agorodd y ddesg. Roedd yn llawn o bapurau. Aeth Merfyn drwyddynt, a'u gosod mewn trefn. Hen lythyrau, biliau, ac ambell ddyddiadur. Daeth amlen i'w law, ac arni'n ysgrifenedig *Mr. Merfyn Owen*. Ysgrifen Gruffydd Owen ydoedd, ond ei bod yn llawer mwy crynedig nag y byddai. Oddi mewn i'r amlen, roedd llythyr, wedi ei sgrifennu gan yr un llaw grynedig. Aeth Merfyn at y ffenestr, agorodd hi'n llydan, ac eisteddodd i ddarllen y llythyr, gan feddwl mai llythyr ydoedd yr anghofiwyd ei bostio ryw dro.

XVII.
Stori'r Capten

Yno, yn y distawrwydd, wrth y ffenestr agored, dechreuodd Merfyn ddarllen y llythyr. Dyma'r hyn a ddarllenodd:—

"Merfyn, fy machgen—Yr wyf ers tro bellach yn sicr na fyddaf i byw'n hir eto. Prin y gallaf obeithio dy weld byth mwy. Ac er pan ddaeth y teimlad hwn drosof gyntaf, yr wyf yn mynd yn sicrach o hyd y dylwn wneud, cyn mynd, yr hyn y methais a'i wneud o'r blaen. Felly, ysgrifennaf y llythyr hwn atat, a gadawaf ef ym meddiant fy nghyfreithiwr, i'w drosglwyddo i ti, pan fyddwyf i wedi mynd. Gobeithiaf y medri faddau i mi, os teimli fy mod wedi gwneud dim cam â thi. Meddwl yr wyf y cytuni di, pan ddealli, na wneuthum i ond y peth a ddylaswn. Eto, gan na ŵyr neb pa beth a ddigwydd, dyma'r llythyr i ti.

"Gwyddost ers amser bellach nad wyt ti blentyn i ni, er ein bod yn dy garu fel pe baet fab i ni, a'th fod dithau yn ein caru ninnau fel pe baem dad a mam naturiol i ti. Ni holaist ni erioed am dy hanes dy hun, ac yr wyf yn ddiolchgar i ti am hynny. Meddyliais lawer gwaith am ddweud yr hanes fy hun wrthyt, ond rywfodd, pan geisiwn fynd ati, ni allwn yn fy myw, rhag ofn i ti rywfodd golli'r teimlad oedd ynot tuag atom. Yr wyf yn hyderus na fydd gwybod yr hanes hwn yn rhwystr ar dy ffordd mewn modd yn y byd, nac ychwaith yn achos poen na blinder yn y byd i ti. Yr wyf yn meddwl fy mod yn dy adnabod yn ddigon da i deimlo yn lled sicr na fydd gwybod yr hanes hwn yn achos unrhyw gywilydd i ti, oherwydd nid oes ynddo yn wir ddim i gywilyddio o'i blegid, fel y cei weld.

"Gwyddost mai capten llong oeddwn i yn fy nydd, a'm bod wedi treulio'r rhan fwyaf o'm hoes ar y môr. Roeddwn unwaith, lawer blwyddyn yn ôl bellach, yn gapten ar long oedd yn hwylio drosodd i Ddeheudir America a lleoedd eraill, ac roedd fy ngwraig wedi dyfod gyda mi am fordaith un tro. Roeddem newydd golli plentyn bychan, ychydig fisoedd oed, a'm gwraig yn isel iawn ei hysbryd ac yn wael ei hiechyd. Dyna pam y cymerais hi i'm canlyn ar fwrdd y llong y tro hwnnw, gan gredu y gwnaethai'r fordaith les iddi. Ac fe wnaeth.

"Llong nwyddau oedd fy llong y pryd hwnnw, ond cymerem ryw ddwsin neu ddau, mwy neu lai, o deithwyr hefyd ar y bwrdd. Y tro yr wyf yn sôn amdano, roedd gennym tua dwsin a hanner o bobl o amryw genhedloedd, rhai Cymry yn mynd i Batagonia, rhai Ysbaeniaid yn mynd i'r un lle, ac amryw Saeson ac Iddewon â'u hwynebau ar ryw fannau lle'r oedd gweithfeydd aur, meddent hwy, yn Neheudir America. Ymhlith eraill, roedd yno ŵr a gwraig ieuanc a phlentyn bychan, ychydig fisoedd oed, ganddynt. Daethant ar fwrdd y llong yn Lerpwl ryw ddeuddydd cyn i ni gychwyn oddi yno, ac oherwydd bod y wraig yn wael ei hiechyd ar y pryd, nid aethant i'r lan ar ôl hynny cyn i ni adael y porthladd.

"Roedd fy ngwraig innau, fel y dywedais, yn wael ac yn ddigalon iawn, ac aeth yn gyfeillgar yn fuan â'r wraig ieuanc hon a'i phlentyn bach. Roedd hynny yn naturiol, oherwydd roedd y wraig honno'n un hoffus, a'i phlentyn bach yn debyg i'n plentyn bach ninnau, a thua'r un oed ag a fuasai yntau hefyd, pe buasai byw.

"O achos y drafferth ynglŷn â llwytho a'r cychwyn, nid oeddwn i wedi cymryd llawer o sylw o'r teithwyr hyd nes ein bod allan o'r porthladd, ond wedyn, deuthum yn gydnabyddus a'r cwpl ifanc. Roeddwn innau hefyd yn eu hoffi, yn enwedig y wraig ifanc, roedd rhywbeth mor ddiniwed ynddi, ac roedd mor landeg, wyneb crwn a chroen gwyn ganddi, ychydig wrid coch ar ei bochau, ag iddi wallt du fel y frân. Roedd y gŵr yn ddigon cymdeithasgar, ac yn un doniol iawn ei sgwrs, ond roedd rhywbeth yn hynod aflonydd ac anesmwyth ynddo. Ni fedrai fod funud yn llonydd.

"Ar y ffordd, galwasom yn un o borthladdau deheudir Iwerddon. Buom yno am ryw ddiwrnod, a chyn i ni gychwyn, daeth un arall ar y bwrdd, ar fordaith i Ddeheudir America. Hwyliasom ymlaen oddi yno, a chawsom dywydd braf a mordaith hapus. Ar ôl i ni adael Iwerddon a chyrraedd i'r môr mawr, roedd y gŵr ieuanc y soniais amdano yn edrych yn llawer mwy bodlon nag o'r blaen.

"Aeth ef a'r dyn a ddaeth ar fwrdd y llong yn Iwerddon yn gyfeillgar cyn hir, a byddent yn sgwrsio llawer â'i gilydd o hyd, ac a minnau hefyd. Roedd fy ngwraig wedi mynd yn hoff iawn o'r wraig ifanc, ac yn enwedig o'r plentyn bach oedd mor debyg i'r plentyn a gollasem ninnau. Roeddwn innau wedi mynd yn ddigon hoff o'r tri, ac o'r dyn a ddaeth ar fwrdd y llong yn Iwerddon hefyd, Gwyddel ieuanc digrif a llawen dros ben, un o'r dynion harddaf a welais erioed. Roedd popeth yn mynd ymlaen yn hwylus, y tywydd yn ardderchog, pawb ar y llong yn siriol, a'm gwraig innau a'r wraig ieuanc arall yn gwella bob dydd. Does dim tebyg i awyr y môr a'r gorffwys sydd ar fwrdd llong. Os byth y colli di dy iechyd—a gobeithio na wnei di ddim—dos i'r môr i chwilio amdano; bydd fodlon a bwyta a'th holl egni, a deg i un na ddoi atat dy hun yn iawn cyn hir.

"Roeddem yn sicr yn llwyth llong o bobl gartrefol a dirodres, a phawb yn fodlon ar y fordaith, fel y byddem yn dweud wrth ein gilydd bob dydd. Ond un noswaith, digwyddodd peth rhyfedd. Roedd hi yn noswaith brafiach nag arfer, ac ar ôl cinio, roedd pawb ar y bwrdd yn mwynhau'r awel a thawelwch y nos. A chofia nad oes dim tebyg i noswaith dawel, braf, ar y môr. Paid a cholli'r profiad hwnnw, os byth y cei gyfle i'w gael. Y mae'r môr gymaint gwell na'r tir, fel y mae pobl y môr gymaint gwell na phobl y tir.

"Wel, roedd hi wedi hwyrhau, a'r lleuad yn tywynnu'n ddisglair ar y dŵr dulas o'n cwmpas ymhob cyfeiriad. Roedd llawer o'r bobl wedi eu gosod eu hunain mewn lleoedd cysurus ar y dec i gysgu, a rhai wedi mynd i lawr i'w gwelyau, ond roedd y gŵr ieuanc y soniais amdano a'r Gwyddel ieuanc yn cerdded yn ôl a blaen gan sgwrsio fel arfer, a buont wrthi felly am hydion, nes bod bron bawb wedi cysgu, un ai ar y dec neu yn eu gwelyau.

"Yn sydyn, dyma waedd wyllt o ben blaen y llong, nes bod pawb a'i clywodd yn neidio i fyny ac yn rhedeg mewn braw i edrych pa beth oedd wedi digwydd. Myfi oedd y cyntaf i gyrraedd i'r lle, ac yno, gwelwn y Gwyddel ifanc, ei wyneb yn wyn fel y galchen.

"Gofynnais iddo pa beth oedd wedi digwydd. Roedd yntau wedi dychryn gormod i allu ateb bron, ond medrodd ddweud, 'Dros y bwrdd—dros y bwrdd!' 'Pwy dros y bwrdd?' ebe finnau. 'Y dyn—y dyn oedd gyda mi!' meddai. 'Neidiodd drosodd i'r môr yn sydyn!'

"Ataliasom y llong rhag blaen, a gollyngasom gychod i lawr i chwilio amdano. Buom wrthi yn hir, ond nid oedd olwg arno. Rhaid bod y creadur wedi boddi, a bu raid i ni roi'r gorau i chwilio amdano, a mynd ymlaen, bawb yn drist ddigon. Yn y cyffro, dwedodd rhywun yn blaen wrth ei wraig ei fod wedi neidio drosodd i'r môr, yn lle ceisio torri'r newydd yn dyner iddi. Pan glywodd hithau hynny, llewygodd a chawsom helynt fawr gyda hi ar ôl hynny. Daeth ati ei hun rywbryd cyn y bore, ond o'r noswaith honno allan, torrodd ei chalon yn lân. Gwaethygodd ar garlam bob dydd, er gwaethaf ymdrechion fy ngwraig a minnau i'w chysuro, a chyn pen yr wythnos, bu farw, gan adael ei phlentyn bach yn amddifad ynghanol estroniaid.

"Bu raid i ni ei chladdu yn y môr, ac euthum innau drwy'r gwasanaeth â'r teithwyr i gyd yn sefyll yn bennoeth o'm cwmpas. Wrth reswm, roedd pawb yn teimlo yn fawr oherwydd y digwyddiadau trist hyn. Nid oedd gan neb syniad pam y neidiodd y gŵr dros y bwrdd. Yr unig eglurhad ar y digwyddiad oedd y gallai fod rhyw wallgofrwydd sydyn wedi gafael ynddo. Cofiais innau am ei aflonyddwch a'i anesmwythder pan ddaeth gyntaf ar fwrdd y llong, a chredais y gallai fod rhywbeth wedi effeithio ar ei feddwl cyn hynny.

"Bellach, nid oedd neb ar fwrdd y llong ond fy ngwraig i ofalu am y plentyn bach amddifad, ac wrth gwrs, gofalodd amdano hefyd. Roedd eisoes yn hoff iawn ohono, ac o'r dydd hwnnw ymlaen, cymerodd ef i'w chalon fel ei phlentyn ei hun. Roedd y fordaith eisoes wedi gwneud lles mawr iddi hi, ac ar ôl iddi gymryd at y plentyn bach, a chael y drafferth gyffredin gydag ef i fynd â'i meddwl, daeth ati ei hun yn fuan.

"Prin y rhaid i mi ddweud wrthyt mai tydi oedd y plentyn bach hwnnw, ac y mae'n boenus gennyf orfod adrodd am y diwedd trist a ddaeth i'th dad a'th fam, pwy bynnag oeddynt. Holais lawer ar ôl hynny er mwyn ceisio peth o'u hanes, ond ni ddeuthum byth o hyd i unrhyw wybodaeth amdanynt. Penderfynasom dy fagu fel plentyn i ni, ac yr wyf yn meddwl ein bod wedi gwneud y ddyletswydd honno orau y medrem. Gwyddost tithau pa fodd y bu er pan wyt yn cofio. Hwyrach y dylwn ddweud fy mod yn meddwl mai Gwyddelod oedd dy dad a'th fam, a barnu wrth eu hiaith, ond nid wyf yn sicr o hynny. Pa un bynnag, dyma fi o'r diwedd wedi dweud y cwbl a wn wrthyt. Pan fyddi di yn darllen hwn, byddaf fi wedi mynd i orffwyso, a phe baet ddig wrthyf am na ddywedaswn yr hanes wrthyt yn gynt, ni allaf fi wybod dim am hynny, na theimlo gofid o'r herwydd..."

Roedd ychydig ychwaneg o eiriau ar y papur, ond roedd y llawysgrifen mor grynedig, a'r inc wedi rhedeg fel na allai Merfyn eu darllen. Roedd yn lled eglur hefyd bod y llythyr wedi ei sgrifennu ar wahanol adegau. Y tebyg oedd bod angau wedi dal Gruffydd Owen cyn iddo orffen ysgrifennu popeth oedd yn ei feddwl, ac mai dyna'r rheswm na ddaethai'r llythyr i law'r cyfreithwyr fel y bwriadwyd iddo, ac mai ymhlith papurau Gruffydd Owen y bu, tan glo hyd oni thorrwyd hwnnw gan ryw law anonest. Roedd y goleuni bron a phallu pan gyrhaeddodd Merfyn y diwedd ac y dododd y llythyr yn ei logell, â llaw grynedig.

Yn sydyn, torrodd i wylo fel plentyn. Bu felly hyd oni ddaeth y cyfreithwyr at y drws i chwilio amdano, wedi anesmwytho yn ei gylch. Ac ar y ffordd yn ôl i Laneigion y deallodd Merfyn na chai drên oddi yno'r noswaith honno, ac na allai felly gyrraedd adref i'r Minfor cyn drannoeth. Rhaid bodloni. Effro fu Merfyn drwy'r nos. Pan oedd yn ymwisgo fore drannoeth, daeth rhyw salwch sydyn dros ei galon, a syrthiodd ar draws y gwely.

Clywodd y cyfreithiwr y sŵn, ac yn fuan, roedd meddyg yno, yn dweud nad oedd dim difrifol wedi digwydd, ond y byddai raid i Merfyn orffwyso'n dawel am ddiwrnod neu ddau.

XVIII.
Cerydd ai Cyngor?

Tra'r oedd y pethau a adroddwyd yn digwydd yn Llaneigion, roedd rhamant y Minfor hithau'n dal i dyfu. Trwsiwyd stori'r môr i gymryd ei lle gyda'r lleill, ac roedd chwedl Dafydd Guto am y ddewines wedi tacluso a manylu llawer. Dywedasai Merfyn wrth adael Maes y Coed fore Mawrth ei fod yn gobeithio bod yn ei ôl erbyn yr hwyr. Ni ddaeth. Aeth dydd Mercher heibio hefyd, a dim gair o'i hanes. Synnai Mrs. Owen, a cheisiai esbonio'r dirgelwch iddi hi ei hun. Un oedd hi o'r merched hynny fydd bob amser yn herian ar ddynion a merched ieuanc drwy awgrymu ei bod hi'n gwybod mwy nag y mynnai ei ddweud ar goedd am eu helyntion caru. Roedd hi wedi sylwi ar Miss Vaughan pan ymwelodd â Merfyn, ac wedi cymryd yn ei phen nad oedd ond un amcan dichonadwy mewn gwirionedd i ymweliad felly, sef bod Miss Vaughan wedi gwirioni am y gweinidog. Dywedasai hynny eisoes wrth ei gŵr, ond y cwbl a ddwedodd Meredydd Owen oedd "Duw a'i helpo fo, os oes dwy ferch ar 'i ôl o!", a pharodd i'w wraig ofalu na soniai hi wrth neb am y fath beth, ac na feddyliai amdano chwaith. Ond meddwl a wnaeth Mrs. Owen, a phenderfynu ynddi ei hun mai'r eglurhad ar absenoldeb Merfyn oedd ei fod mewn helynt rhwng y ddwy ferch, ac wedi rhedeg i ffwrdd! Dwedodd hynny wrth ei gŵr, fore Mercher.

"Weli di," meddai hwnnw, "cymer di andros o ofal na sonni di air o'r fath beth wrth neb. Os rhaid i ti gael moedro dy ben hefo materion pobol eraill, dal dy dafod, er mwyn Duw!"

Ffromodd Mrs. Owen pan glywodd hyn. Pa beth

bynnag a wnaeth hi gyda golwg ar gyngor ei gŵr, roedd y stori ar led yn y pentref erbyn dydd Iau bod Merfyn wedi ffoi o'r ardal rhag y straeon oedd ar led amdano, ac am na wyddai yn iawn pa un ai Lona O'Neil ai Miss Vaughan fyddai orau iddo.

Y diwrnod hwnnw, roeddynt yn claddu gwraig Denis O'Neil yn hen fynwent Llan y Coed, ac aeth amryw o'r trigolion, yn enwedig y merched, i weld y gladdedigaeth. Prif bwnc eu hymddiddan oedd diflaniad Merfyn.

Nid oedd neb yn y gladdedigaeth ond Denis a Lona a'r person a'r clochydd, a rhyw hanner dwsin o'r rhai a fyddai ar dro yn gwneud ychydig fusnes â Denis.

Roedd y cynhebrwng bychan truan yn dynesu'n araf tuag at y fynwent.

"Dyma'r cynhebrwng yn dŵad!" ebe un o'r merched.

"Ydy o yna?" ebe un arall.

"Pwy, y gweinidog?"

"Ie—cariad y ferch!"

"Na, dim perig! Mae o wedi cael braw ac wedi rhedeg i ffwrdd! Druan o'r hogen!"

Chwarddodd rhai o'r merched am ben y sylw hwn, ond tawsant pan ddynesodd y gladdedigaeth at borth yr hen fynwent. Roedd y person a'r clochydd yn cerdded yn y blaen, yna deuai'r elor, yna Denis a Lona, ac yn olaf, yr ychydig gymdogion a chydnabod. Troesant o'r ffordd fawr ac aethant ymlaen at y fynwent yn araf ac yn druan iawn, y fath gynhebrwng bychan gresynus!

Roeddynt yn mynd i mewn drwy borth y fynwent pan gododd llef fechan o syndod o ganol y twr o ferched oedd ar ochr y lôn yn edrych.

Troesant i gyd i edrych, a gwelsant ddyn ieuanc gwelw ei wedd yn cerdded yn chwyrn ac yn bennoeth i mewn drwy'r porth ar ôl y lleill. Daethai'n sydyn tra'r oeddynt hwy'n gwylio'r cynhebrwng.

Merfyn ydoedd.

Rhoes hyn dro newydd ar y rhamant eto. Ni thalai ddweud ei fod wedi rhedeg i ffwrdd. A gwelliant oedd dweud ei fod yn ddigon hy i fynd i'r gladdedigaeth, a herio barn y lliaws! Clywodd Morys Wiliam y pethau hyn i gyd, trwy ofal neilltuol Risiart Parri, ac o'r diwedd, ar gais Morys Wiliam, cyfarfu'r blaenoriaid un noswaith i ystyried y mater. Buont yn siarad yn hir, ac o'r diwedd, fel arfer, ymrannwyd, Tomos Puw a Gruffydd Elis ar un tu, yn barnu nad oedd eisiau ymyrraeth, a'r lleill ar y tu arall yn cytuno â Morys Wiliam na fyddai dim o'i le ar alw sylw'r gweinidog at ei ymddygiad a'r straeon oedd ar led amdano yn yr ardal. Dywedwyd wrth Merfyn bod yn debyg y byddai ar y blaenoriaid eisiau ei weld.

Roedd yntau'n eistedd yn Nhŷ'r Capel, yn disgwyl am yr alwad. Gwyddai pa beth oedd yn mynd ymlaen, ac roedd ganddo syniad go dda pa beth a fyddai'r canlyniad. Wedi awr o ddisgwyl, galwyd amdano.

Daeth Merfyn i mewn. Roedd ei wyneb yn welw iawn, ond roedd ei symudiadau oll yn sicr a phwyllog. Eisteddodd yn ei le arferol. A bu distawrwydd dwfn.

"Wel," meddai yntau, ar ôl dioddef nes i rai o'r blaenoriaid fynd yn lled anesmwyth, "fe allai y byddech chwi cystal ag egluro i mi pa beth sydd ar droed, a pha alw sydd amdanaf."

"Wel," meddai Tomos Puw, "mae'n debyg mai fy nyletswydd i ydy deud wrthoch chi, Mistar Owen, fel rhyw fath o lywydd, pa beth oedd yr ymddiddan. Esgusodwch fi, gan nad ydy deud yn waith dymunol gen i. Buase'n well gen i beidio. Os ydech chi, Morys Wiliam, yn barod i wneud yr hyn roeddech chi yn 'i ddeud, hwyrach y bydde'n fwy gweddus i mi dewi, ac i chithe siarad."

Poethodd gwaed Morys Wiliam ar unwaith.

"O," meddai, "rydw i yn berffaith barod i wneud fel y deudes i, ond cyn hynny, gan mai chi ydy'r llywydd, hwyrach y bydde lawn cystal i chi egluro'r amgylchiade i ddechre, Tomos Puw."

Eglurodd Tomos Puw pa beth a fu dan sylw.

"Ac yn awr," meddai, "mi gaiff Morys Wiliam ddeud 'i farn."

"A barn y mwyafrif," meddai Morys.

"Ie, y mwyafrif," ebe Tomos Puw, "y mwyafrif o'r— blaenoriaid."

"Wel," ebe Morys Wiliam, "rydw i yn barod, wrth gwrs, i wneud fel y deudes i, ac yn credu nad oes gen Mistar Owen na neb arall ddim lle i gwyno yn erbyn fy ymddygiad i yn y mater yma. Mi wrthodais i gredu'r straeon yma i ddechre, ond, erbyn hyn, maen nhw wedi mynd y tu hwnt i bob amheuaeth, ac felly, doedd gen i ddim i'w wneud ond dwyn y mater ger ych bron chi fel blaenoriaid, a dyma ni, y mwyafrif ohonom beth bynnag, o'r farn fod yn ddyletswydd arnom ni geryddu—wel, na, hwyrach bod y gair hwnnw yn rhy gry. Ydy, mae o'n rhy gry. Ryden ni, y mwyafrif felly, o'r farn fod yn ddyletswydd arnom rybuddio Mistar Owen a'i gynghori, yn wyneb yr hyn sydd wedi digwydd, rhag ofn iddo ei ddwyn ei hun i brofedigaeth, a thynnu gwarth ar Eglwys Dduw yn y lle yma. Dyna'r hyn roeddwn i yn deud fy mod i yn barod i'w wneud, Mistar Owen, pan ddaethoch i mewn yma heno. Ac rydw i am 'i wneud o, gan fy mod yn credu bod hynny yn ddyletswydd. Cofiwch, Mistar Owen, nad yden ni ddim—dydw i ddim, beth bynnag,—yn deud ych bod chi wedi gwneud dim byd o'i le. Rhaid i mi gyfadde, ac rydw i yn gwneud yn rhwydd, fy mod yn edmygu'ch penderfyniad a'ch gwaith yn cydnabod y cwbl yn blaen, fel rydw i'n deall ych bod chi'n gwneud, yn lle ceisio hêl rhyw esgusion. Cofiwch hefyd, nad ydw i yn deud dim byd yn arbennig o'm rhan fy hun, yn erbyn cymeriad yr eneth. Gwyddoch oll fod pobol yn 'i galw hi yn Ddewines, ac yn deud llawer o straeon rhyfedd amdani hi. Wel, mi all hi fod yn ddigon diniwed er gwaetha'r pethe hyn i gyd, ac rydw i yn wir yn rhyw dueddu i gredu 'i fod hi yn ddiniwed. Ond beth bynnag am hynny, does neb yn meddwl gwadu nad Pabyddes ydy hi, ac y mae hynny, wrth gwrs, yn rhoi gwedd arall ar y mater. Felly, Mistar Owen, fy machgen i, dymunem ni'n tri ofyn i chi fod ar ych gwyliadwriaeth rhag ofn i chi wneud rhywbeth y bydd yn edifar gynnoch o'i blegid eto. Rhaid i mi ddeud hefyd, o'm rhan i, nad ydw i ddim yn gwbl hoffi rhai o'r sïon yma sydd ar led. Hwyrach fod pobl yn ychwanegu at y gwir. Digon tebyg. Ond y peth gore fydde peidio â rhoi achlysur iddyn nhw. Felly, fy machgen i, cymerwch rybudd a chyngor caredig."

Roedd Morys Wiliam yn edrych fel pe buasai ganddo lawer ychwaneg i'w ddweud, ac fel pe buasai ar fynd ymlaen i'w ddweud, ond tewi a wnaeth, ac eistedd i lawr yn sydyn. Bu distawrwydd am ennyd.

"Wel," ebe Merfyn, "oes gan rywun arall rywbeth i'w ddeud, ynte?"

"Wrth gwrs," ebe Tomos Puw, "fel y deudodd Morys Wiliam, dyna farn y mwyafrif. Nid yw ond teg i mi ddeud dan yr amgylchiade, Mistar Owen, nad oedd Gruffydd Elis a finne ddim yn cydweld yn hollol â'r mwyafrif. Teimlo roedden ni nad oedd gynnon ni ddim hawl i ymyrryd mewn mater hollol bersonol."

"Ie," ebe Gruffydd Elis, "o'm rhan fy hun, tipyn yn fusneslyd ac ymyrgar ydy peth fel hyn. Os na allwn ni ymddiried yn ein gweinidog fel Cristion a gŵr bonheddig, wel, y peth gore i ni, hyd y gwela i, ydy deud hynny yn blaen ac yn onest—"

"Ydech chi yn awgrymu nad yden ni ddim yn blaen a gonest?" ebe Morys Wiliam yn chwyrn.

"Os ydy'r cap yn ffitio, gwisgwch o!" ebe Gruffydd Elis, yn gwta.

"Rydw i yn amharod i adel i beth fel yna gael 'i ddeud amdanom ni," ebe Morys Wiliam. "Mi allen ninne'n hawdd ddeud pethe, megis bod ar rai pobol ofn gwneud eu dyletswydde—"

"Rydech chi wedi deud hynny," ebe Gruffydd Elis. "Nid ydy hynny ddim yn wir amdanom ni. Ond hyd yn oed pe base fo'n wir, mi fase'n well gen i fod arna i dipyn o ofn na 'mod i'n rhy awyddus i chwiliota a gwybeta a gwthio fy nhrwyn i bob busnes."

"Rydw i'n dymuno tystio yn erbyn sylwade Gruffydd Elis!" ebe Morys Wiliam.

"A finne!" ebe Owen Huws. "Ryden ni yn awyddus am amddiffyn enw da'r achos, dyna'r cwbl, a dyma'r tâl yr yden ni yn 'i gael! Mae hyn yn ormod o beth i'w ddiodde'n dawel, yn siŵr i chi!

"Ydy'n wir," ebe Rhys Dafis. "Wrth gwrs, dydi o ddim byd i mi yn bersonol beth y mae pobol eraill yn 'i ddeud a'i neud, ond y mae gynnon ni ddyletswydd, ac yr yden ni yn gyfrifol i un mwy na ni. Ac yr yden ni yn barod i neud y ddyletswydd honno, doed a ddelo, a gadael i'r Un hwnnw farnu ai da ai drwg y gwnaethom ni."

"Wel," ebe Tomos Puw, "hwyrach ein bod ni wedi siarad digon, bellach—neu ormod. Hwyrach fod gan Mistar Owen rywbeth i'w ddeud, ac os oes, wrth gwrs, mae'n ddyletswydd arnom roi pob gwrandawiad iddo."

Bu ennyd o ddistawrwydd drachefn, a phawb yn edrych ar Merfyn. Roedd ei wyneb yntau'n welw iawn, a'i dalcen yn llawn crychiadau. Tynnodd ei law dros ei ben unwaith neu ddwy, ac anadlodd yn hir ac yn ddwfn.

"Wel, frodyr," meddai o'r diwedd, "wn i ddim a ddylwn i ddweud rhywbeth ai peidio, ond rhag i chi feddwl fy mod yn ddifater, neu fy mod yn diystyru'ch teimladau, mi ddwedaf gymaint â hyn. Am fy ymddygiadau, yr wyf yn gobeithio bod i mi ryddid i weithredu wrth fy nghydwybod fy hun, ac oni bai i mi fod wedi gwneud rhyw drosedd, nid wyf yn cydnabod fod gan neb hawl i'm ceryddu. Ond y mae rhoi cyngor yn beth gwahanol, cyd ag y bydd amcan y cyngor yn dda. Nid wyf yn amau am funud nad yw amcanion pawb sydd yma yn rhai da. Nid yw ond Cristnogol a bonheddig i mi dybied eu bod yn caniatáu bod f'amcanion innau yn rhai da, beth bynnag yw eu barn am fy noethineb. Does neb ohonom ar y ddaear yma yn berffaith mewn unrhyw fodd, ac y mae mewn bywyd gymaint o bethau na fedr dyn mo'u barnu ond wrth ei gydwybod ei hun, a hynny yn enwedig mewn perthynas ag ymddygiad. Os nad oes gennych chwi, neu'r mwyafrif ohonoch, ymddiried ynof, wrth gwrs, dyna ben ar bopeth, oherwydd y mae'n sicr na allaf byth felly ymddwyn fel y mynnech chwi, mwy nag y gallech chwithau roi i mi res o reolau i'w cadw. Ac yn niffyg bod gennych ymddiried ynof, y peth gorau o ddigon fyddai i mi roi fy lle i fyny, ac i chwithau chwilio am rywun fyddai yn debyg o fod fwy wrth eich bodd."

Tawodd Merfyn yn sydyn, a disgynnodd distawrwydd ar bawb. Roedd sŵn y bobl yn cyrchu at y capel eisoes, ac roedd y cloc yn dangos ei bod ar ben amser dechrau'r gwasanaeth.

"Yden ni ddim i ddeall, Mistar Owen, ych bod chi yn golygu rhoi'ch lle i fyny, does bosibl?" ebe Tomos Puw.

"Mae hynny yn dibynnu yn hollol," ebe Merfyn, "ar eich syniad chwi amdanaf. Os oes yma ddiffyg ymddiried ynof, mae'n berffaith sicr na allaf wneud mymryn o les i neb."

"Mae'n ddrwg gen i," ebe Morys Wiliam yn araf, "fod Mistar Owen yn edrych ar bethe yn y wedd yna. O'm rhan fy hun, mi allaf ddeud nad amheues i erioed mohono o fwriade ne amcanion anheilwng. Yr unig beth roeddwn fy hun yn awyddus i'w wneud oedd 'i roi o ar 'i wyliadwriaeth rhag digwydd rhywbeth fase yn debyg o fod yn brofedigaeth iddo fo'i hun ac yn dramgwydd i'r achos da yma."

"Wel," ebe Tomos Puw, "hwyrach y gallwn ni adael y peth yn y fan yna. Oes gan rywun rywbeth arall i'w ddeud?"

Ni ddwedwyd gair, ac aeth y gweinidog a'r blaenoriaid drwodd i'r capel, lle'r oedd y bobl eisoes yn disgwyl. Roedd yno gynulliad lluosog y noswaith honno, a'r rhan fwyaf yn disgwyl am dipyn o gyffro. Ond ni soniwyd gair am helynt y gweinidog.

XIX.
Cyffes Olaf

Aeth rhai dyddiau heibio heb ddigwydd dim o bwys ynglŷn â'r stori hon yn y Minfor. Cafodd ymddygiad Merfyn yng nghyfarfod y blaenoriaid un effaith— dangosodd i Morys Wiliam a'i blaid nad oedd y gweinidog yn ofni rhoi ei le i fyny rhag blaen, ac nad oedd am ddadlau nac amddiffyn ei hun ar goedd. Roedd ei ddull mor dawel, rhesymol a phenderfynol fel y deallodd Morys Wiliam ar unwaith mai ei ffordd ei hun a gymerai, pa beth bynnag fyddai'r canlyniad. Nid oedd cyhuddiad yn erbyn y gweinidog, felly nid oedd dim i'w wneud ond aros i weld pa beth a ddigwyddai. Am Merfyn ei hun, roedd bron â phenderfynu mai ei ddyletswydd oedd rhoi ei le i fyny, cymryd ei siawns, a gofalu am Lona; ond roedd am iddi ddyfod tros waethaf ei galar am ei mam cyn dweud dim wrthi am y dyfodol. Teimlai y byddai'n annheg â hi sôn wrthi tra byddai ynghanol ei galar, a'i diolchgarwch iddo yntau, efallai, yn peri iddi deimlo ei bod tan rwymedigaeth iddo. Gwir ei bod hi wedi dweud yr âi gydag ef i rywle, ond nid oedd yn sicr pa beth a ddeallodd hi wrth ei gwestiwn, cwestiwn a ofynnwyd yn sydyn yng ngrym ei gydymdeimlad â hi. Deallai Merfyn yn burion y gallai ei ymlyniad wrthi hi beri y byddai'n ddoeth iddo, os nad yn rhaid arno, roi heibio'r weinidogaeth, o leiaf hyd oni welai pa beth a fyddai ei datblygiad hi, ar ôl iddi ddeall mwy am yr amgylchiadau nag a ddeallai yn awr. Nid oedd hynny'n peri anhawster iddo—gallai ennill digon at yr ychydig oedd ganddo i gadw Lona ac yntau yn gysurus, ac roedd y Ceulwyn yn barod unrhyw amser. Aeth cyn belled, yn wir, ag ysgrifennu at y cyfreithiwr i ddweud y byddai'n well peidio â gosod y tŷ, o leiaf am ychydig amser. Ni ddwedodd air am ei anhawster wrth neb. Âi i edrych am Lona bob dydd. Gwyddai pawb drwy'r ardal hynny, ac yn araf, darfu newydd-deb y stori, ac arafodd twf y rhamant. Dwedodd rhywun fod y gweinidog wedi herio'r blaenoriaid a chynnig ei ymddiswyddiad yn y fan a'r lle iddynt, os dymunent ei dderbyn. Troes hyn gydymdeimlad yr ysbrydion mwyaf gwrthryfelgar at ochr y gweinidog, yn arbennig y rhan fwyaf o'r bobl ieuanc a mynychwyr yr *Angor*. Ei blwc oedd yn plesio teulu'r *Angor*—dwedodd hyd yn oed Dafydd Guto hynny ar goedd.

Un noswaith, roedd Merfyn yn ei ystafell, yn meddwl am yr amgylchiadau, pryd y clywodd guro ar y drws. Roedd Mr. a Mrs. Owen heb ddyfod adref o'r farchnad, a'r forwyn yn godro. Aeth Merfyn i'r drws, ac yno, yn yr hanner gwyll, safai Lona. Roedd hi'n gynhyrfus iawn, ond medrodd ofyn iddo a âi ef gyda hi adref, gan fod ei thad yn wael. Aeth yntau i'w chanlyn rhag blaen.

"Beth sydd, Lona?" meddai, fel y cerddent i fyny hyd y llwybr.

"Wn i ddim," ebe'r eneth, yn dawelach, "mae o'n galw o hyd, ac ni wyddwn i beth i'w wneud ond dŵad atoch chi."

"Ie," meddai Merfyn, "gwnaethoch yn iawn, Lona. Bydd yn dda gennyf wneud unrhyw beth fedra i. Ydy o'n sâl ers meitin?"

"Heno yr aeth o mor ddrwg," ebe'r eneth. "Fu o byth yn iawn ar ôl claddu mam. Roedd o'n sâl echdoe, ychydig yn well ddoe, yn waeth eto fore heddiw, a heno mi aeth yn ddrwg iawn."

Cyraeddasant at ddrws y bwthyn, a chlywodd Merfyn y griddfan poenus. Aethant i mewn. Cymerodd Lona'r gannwyll oedd ar y bwrdd, a throes at y grisiau.

"Mi ddowch i'w weld o, oni ddowch chi?" meddai.

"Dof," meddai Merfyn, "ewch ymlaen, Lona."

Aethant i fyny i'r llofft yn ddistaw, a safodd Lona wrth erchwyn y gwely, â'r gannwyll yn ei llaw. Safodd Merfyn yn ei hymyl, gan edrych ar y gwely, lle'r oedd Denis O'Neil yn gorwedd ac yn griddfan, gan drin dillad y gwely o hyd â'i ddwylo teneuon, a syllu'n union ar ei gyfer, fel pe buasai'n gweld rhywbeth yno.

Bu'r ddau'n ddistaw ennyd, yn edrych yn ddiymadferth ar y claf. Nid oedd Denis yn gwybod eu bod yno, roedd yn eglur. Roedd ei feddwl ymhell iawn yn rhywle. Weithiau, llefarai air neu ddau, yna galwai ar rywun yn erfyniol, torrai i wylo, a chwaraeai ei ddwylo o hyd â dillad y gwely. Roedd yn olwg drist i'r eithaf, a theimlai Merfyn rywfodd fod Denis O'Neil yn mynd ar ôl ei wraig. Byddai'n beth diesgus gadael i'r truan farw heb gael meddyg ato. Roedd Merfyn ar fedr siarad â Lona a chynnig mynd i alw'r meddyg, pryd y camodd Lona at erchwyn y gwely yn sydyn. Plygodd ei phen i lawr ac edrychodd ar wyneb ei thad.

"Tada!" meddai'n dyner.

Cynhyrfodd Denis a chododd ei olygon yn chwyrn tuag ati. Adnabu hi a thawelodd yn y fan. Dwedodd rywbeth wrthi, ond ni ddeallodd Merfyn mo'r geiriau.

"Ydy," ebe Lona, "mae o wedi dŵad, tada bach. Dyma fo."

Cododd ei phen, edrychodd ar Merfyn, ac estynnodd ei llaw tuag ato. Cydiodd yntau yn ei llaw, a thynnodd hithau ef at erchwyn y gwely.

Yr eiliad hwnnw, aeth llawer o bethau drwy feddwl Merfyn. I ba beth y daethai Lona ag ef yno?

A ddwedasai hi'r hanes wrth ei thad, ac a oedd yntau am ei weld ef?

"Dyma fo, tada," ebe Lona, "rydw i wedi 'i nôl o atoch chi, ac rŵan, mi af i lawr a'ch gadael hefo'ch gilydd."

Heb ddweud gair yn rhagor, llithrodd Lona i lawr y grisiau, gan adael Merfyn wrth erchwyn y gwely, yn edrych ar y claf ac yn methu dirnad pa beth a ddigwyddai nesaf.

Roedd Denis wedi tawelu ychydig pan lefarodd Lona wrtho, ond yn awr dechreuodd ymystwyrian fel o'r blaen, a throi ei wyneb tuag at Merfyn, gan estyn ei ddwylo allan yn erfyngar. Nid oedd Merfyn yn deall pa beth a fynnai.

Cydiodd yn ei law, a phenliniodd wrth erchwyn y gwely.

Torrodd rhyw eiriau dros wefusau'r claf, a deallodd Merfyn y sefyllfa ar drawiad.

Roedd Denis O'Neil yn credu mai offeiriad oedd yno, wedi dyfod i'w gyffesu a rhoi gollyngdod iddo.

Pan ddeallodd hynny, neidiodd ar ei draed a chiliodd yn ei ôl. Ni allai dwyllo dyn ar ei wely marw. Ni wnâi'r peth ddim gwahaniaeth, hwyrach. Ac eto, ni allai Merfyn oddef meddwl am aros yno. Cyn gwybod beth roedd yn ei wneud yn iawn, roedd i lawr yn y gegin.

Dychrynwyd ef gyda hynny gan lefau ac erfyniadau Denis, oedd wedi deall ei fod ef wedi mynd i lawr. Disgwyliasai Merfyn gael Lona yn y gegin, a siarad â hi ynghylch y peth gorau i'w wneud, ond nid oedd hi yno. Mewn gwirionedd, roedd hi, cyn gynted ag y cafodd Merfyn at erchwyn y gwely, wedi rhedeg ymaith i alw'r meddyg.

Cychwynnodd Merfyn allan yn ei fraw a'i syndod ei hun, ond cyn iddo groesi llawr y gegin, roedd llefau'r dyn truenus yn y llofft mor dorcalonnus fel y safodd Merfyn yn sydyn. Gwasgodd ei ben rhwng ei ddwylo am ennyd, ac yna troes yn ei ôl a dringodd i fyny i'r llofft drachefn.

Erbyn iddo gyrraedd yno, roedd Denis O'Neil ar ei eistedd yn y gwely yn ymgroesi ac yn gweddïo, ac yn erfyn ar y Tad Sanctaidd i beidio â'i adael felly.

Aeth Merfyn at erchwyn y gwely a chan gydio yn llaw'r truan, eisteddodd ar gadair yn ymyl yr erchwyn, a cheisiodd ei dawelu. A phan deimlodd Denis ei law yn llaw rhywun arall, a phan glywodd lais tyner yn dweud rhywbeth wrtho, tawelodd yntau ychydig, a gorweddodd ar wastad ei gefn, gan anadlu yn drwm a diffygiol, ac ocheneidio.

Pa beth a ddigwyddodd wedyn, ni allasai Merfyn ddweud yn iawn, ond rywfodd, cafodd ef ei hun yn gwrando ar Denis O'Neil yn siarad, ac roedd yn ddigon eglur bod Denis yn ei gyfarch fel cyffeswr. Aeth yr un ias drwy Merfyn drachefn, a cheisiodd siarad ei hun ar draws y truan, a dweud wrtho nad offeiriad ydoedd ef. Ond roedd Denis druan yn rhy bell i wrando arno.

Yr un syniad oedd wedi gafael ynddo ers deuddydd neu dri ydoedd ei fod yn marw, ac yn gorfod marw heb gyffesu a chael gollyngdod. Llosgodd y peth i mewn i'w enaid nes bod y truan wedi hanner hurtio. Yna, o'r diwedd, dwedodd wrth Lona yn ei ofid ei fod yn marw ac yn marw heb offeiriad. Yn ei diniweidrwydd, dwedodd hithau wrtho yr âi i ymofyn offeiriad ato. Fel y dywedwyd eisoes yng nghorff yr hanes hwn, ni fu Denis O'Neil yn selog iawn gyda'i grefydd, ac yn y Minfor, buasai'n anodd iddo fod. Nid oedd offeiriad ddim nes na Chaerafon, ac yn amgylchiadau troeog ei fywyd esgeulusodd Denis ddyletswyddau crefydd ei ieuenctid. Cymraes, fel y dywedwyd eisoes, oedd ei wraig, ac nid oedd hi'n Babyddes o gwbl. Felly, dygwyd Lona i fyny heb wybod dim yn neilltuol am grefydd ei thad, a heb wybod ddim am ddyletswyddau a breintiau offeiriaid yn ôl ei grefydd ef. A phan ddwedodd ei thad wrthi, ynghanol y gofid oedd yn ei hurtio, fod arno arswyd rhag marw heb fod yr offeiriad gydag ef, rhedodd meddwl diniwed Lona at Merfyn ar unwaith. Onid oedd Merfyn wedi peri iddi fynd ato ef, os byddai mewn rhyw drwbl? Onid oedd ef yn garedig wrthi? Onid oedd ef yn wir yn ei charu a hithau'n ei garu yntau? Oni wnâi ef bob peth a allai iddi? Dwedodd wrth ei thad am fod yn dawel. A rhedodd at Merfyn ar unwaith. A dyna'r eglurhad ar y cwbl. Roedd Denis O'Neil wedi credu bod yr offeiriad yno. Fel y dyn ar foddi, cydiodd yn y gwelltyn, ac nid oedd dim a allai beri iddo ollwng ei afael, yr afael olaf yn ymchwydd y don.

Teimlodd Merfyn yn ei gyffro a'i ddychryn ei fod mewn sefyllfa ryfedd ac anghyffredin, ac roedd ei galon yn brifo wrth iddo feddwl am fod yn ddistaw yn y fath amgylchiad. Teimlai gymaint dros y truan nes bod arno awydd bod yn ddistaw a gadael iddo farw yn dawel yn ei gred bod yr offeiriad yno. Eto, gwrthryfelai ei ysbryd yn erbyn y twyll. Pa beth a wnâi, druan, dan yr amgylchiadau?

Roedd hi'n galed ar Denis O'Neil, yn ddiamau. Roedd hi'n galed ar Merfyn Owen hefyd.

Yn ei gyfyngder, ac yn ei ymdrech i feddwl pa beth a wnâi, roedd Merfyn wedi gadael i'r truan siarad cryn lawer wrtho. Os nad oedd ef am ei dwyllo, rhaid iddo ei ddidwyllo ar unwaith. Roedd hynny'n beth anodd. Yn wir, roedd yn beth creulon. Eto, roedd yn beth gonest.

"Denis O'Neil," meddai Merfyn o'r diwedd, gan gydio yn llaw'r dyn ac edrych yn graff arno, yng ngoleuni gwan y gannwyll, "Denis O'Neil, gwrandewch arnaf fi. Nid wyf yn offeiriad yn ôl eich crefydd chwi!"

Ond nid oedd Denis yn gwrando nac yn clywed, neu o leiaf, os oedd yn gwrando ac yn clywed y geiriau, nid oedd yn eu deall. Yr un syniad oedd ganddo ef bellach oedd bod y dyn oedd yn eistedd wrth erchwyn y gwely ac yn cydio yn ei law yn offeiriad, wedi dyfod yno o bwrpas i wrando ar ei gyffes. Ac roedd Denis druan yn parhau i fwngial rhywbeth am ei ieuenctid ac am ryw ddyn a wnaethai gam ag ef a'i deulu. Ceisiodd Merfyn drosodd a thrachefn ddweud wrtho nad oedd ef yn offeiriad, ond nid oedd Denis yn deall dim arno. Tawai tra byddai Merfyn yn siarad, ac yna dechreuai ar ei stori ei hun drachefn yn union yr un fath. Roedd ei feddwl i gyd yn y cyfnod pell hwnnw pan oedd ef yn ifanc. Yr unig beth yn perthyn i'r presennol oedd yn aros yn ei feddwl oedd y sicrwydd di-sail, a gafodd yn nerth ei awydd am y peth, fod Merfyn yn offeiriad.

Ac yn ei ymdrech meddwl a'i deimladau cymysg, gorfu ar Merfyn wrando arno ar ei waethaf, gorfu arno wrando ar ddigon o'r stori i beri iddo ei gael ei hun ynghanol teimladau eraill tra chynhyrfus a chymysg.

"Pan oeddwn i gartref yn ddyn ifanc," ebe'r truan yn y gwely, "roedd gennyf ddau frawd a thair chwaer, ac roedd fy nhad a'm mam yn dlawd. Tyddynwyr bychain oeddynt yn C— yn Iwerddon, ar ystâd Arglwydd D—. Roedd fy chwiorydd yn ferched heirdd, ac fe wnaed cam â hwy, cam mawr. Roedd dyn yn stiward i Arglwydd D—, a thrwy hwnnw, aeth dwy o'm chwiorydd yn ebyrth i nwydau cynddeiriog Arglwydd D—. Torrodd fy mam ei chalon, a rhedodd fy chwaer arall i ffwrdd, a phenderfynais innau y mynnwn ddial ar y rhai a wnaeth gam â'm chwiorydd. Dywedais yr hanes wrth tua hanner dwsin o ddynion ieuanc yr ardal, a chymerodd pob un ohonom lw y dialem ar Arglwydd D— a'i stiward. Roeddem wrthi'n paratoi, a buasem wedi saethu Arglwydd D— oni bai i Dduw weld yn dda ei symud oddi ar y ddaear ei hun ac arbed y drafferth i ni. Ar ôl i Arglwydd D— farw, gwelodd y stiward ei bod yn beryglus iddo aros yn yr ardal yn hwy, a dihangodd. Buom yn chwilio amdano am fisoedd. O'r diwedd, cawsom allan ei fod yn Lloegr, ar gychwyn dros y môr i America neu ryw wlad bell arall. Gwyddai ein bod ni ar ei ôl. Roeddwn i adref yn Iwerddon, a dau o'r lleill yn ei ganlyn yntau yn Lloegr. O'r diwedd, daeth un ohonynt yn ôl a dweud yr hanes wrthyf fi. Dwedodd fod y llong yn hwylio o Lerpwl ac yn galw mewn porthladd yn neheudir Iwerddon ar ei ffordd. Euthum i gyfarfod y llong, a thelais am le ar ei bwrdd i fynd allan i Ddeheudir America."

Tawodd Denis i gymryd ei anadl, ac roedd calon Merfyn yn curo'n gyflym yn ei fynwes wrth glywed yr hanes. Bellach, ni allai beidio â gwrando ar y stori, er cymaint o ymdrech a wnaethai ar y dechrau yn erbyn hynny.

"Daeth y llong yno," ebe Denis, "ac euthum ar ei bwrdd, wedi dieithrio tipyn arnaf fy hun. Cefais allan yn union deg fod y dyn ar fwrdd y llong, â'i wraig a'i blentyn bach gydag ef."

Crynodd holl gorff Merfyn, ond ni theimlodd Denis ddim oddi wrth hynny, er bod ei law yn llaw Merfyn o hyd.

"Roedd gwraig y capten ar fwrdd y llong hefyd," ebe Denis, "ac roedd hi a gwraig y stiward yn gryn ffrindiau â'i gilydd. Gwelais fod y dyn yn anesmwyth tra bu'r llong yn C—, ond ar ôl iddi hwylio allan oddi yno, daeth yn well. Myfi oedd yr unig un a ddaeth ar fwrdd y llong yn C—. Roeddwn i'n ei adnabod ef yn dda, ond nid oedd ef yn fy adnabod i o gwbl, am a wyddwn, achos byddwn yn gweithio oddi cartref. Deuthum yn gydnabyddus ag ef ac roedd yntau fel pe buasai yn dda ganddo gael rhywun i siarad ag ef. Un noswaith, roedd hi'n olau leuad ac yn dawel iawn—roedd y môr fel llyn. Roedd hi'n hwyr, a phawb bron wedi mynd i'w gwelyau. Roedd ef a minnau'n cerdded yn ôl a blaen hyd fwrdd y llong, yn siarad â'n gilydd, ac roedd rhywbeth yn dweud wrthyf finnau fod y diwedd wedi dyfod yn agos. Soniais am y pethau roedd rhai fel Arglwydd D— yn arfer eu gwneud yn Iwerddon unwaith. Cynhyrfodd pan glywodd sôn am y peth. Dywedais wrtho fod Arglwydd D— wedi gwneud cam â dwy chwaer i mi, a bod dyn arall oedd yn ei wasanaeth wedi bod yn ei helpu. Roedd yntau'n mynd yn fwy cynhyrfus o hyd, a dwedodd wrthyf o'r diwedd fod yn atgas ganddo wrando ar hanes dynion mor ddrygionus, a'i fod am fynd i gysgu, os esgusodwn ef. Dywedais yr adroddwn yr hanes iddo, os cerddai gyda mi i ben arall y llong, gan fod y peth yn pwyso cymaint ar fy meddwl. Cerddodd gyda mi i'r pen arall, a minnau'n adrodd yr hanes. Cyraeddasom i ben draw'r llong a safasom yno i orffen. Roedd fy ngwaed yn berwi ac eto nid oeddwn yn hoffi meddwl am ei drawo na'i daflu i'r môr heb ei fod yn gwybod pwy oeddwn. Ar ôl i mi orffen dweud yr hanes, gofynnais pa beth a wnaethai ef pe buasai yn fy lle i pe daethai o hyd i'r dyn a fu'n ymddwyn felly tuag at ei chwiorydd.

"Nid atebodd. Edrychodd yn graff arnaf. Dechreuodd grynu drwyddo, a'r munud nesaf ceisiodd fy mhasio a mynd tua chanol y llong. Sefais innau o'i flaen a dywedais wrtho: 'Yn awr, rwyf yn d'adnabod.' Ymronciodd ar ei draed, a chiliodd. Euthum innau ar ei ôl yn araf, a chiliodd yntau rhagof o hyd nes dyfod at ymyl y llong. Ac yna, yn sydyn, gyda llef, neidiodd dros y ganllaw i'r môr o flaen fy llygaid. Cefais fraw. Gwaeddais, a dywedais wrth y capten fod y dyn wedi neidio i'r môr. Stopiodd y capten y llong a chwiliodd amdano. Ond ni chafwyd hyd iddo, ac ni wybu neb byth o hynny hyd heddiw pam y neidiodd i'r môr. A thorrodd ei wraig ei chalon cyn hir ar ôl hynny, a chymerodd gwraig y capten ei phlentyn bach i'w fagu. Bûm innau ar led y byd am amser, ac wedyn deuthum yn ôl a phriodais, a deuthum i fyw yma. A dyma finnau'n marw, ac yn mynd i ffwrdd am byth."

Dwedodd Denis O'Neil ychwaneg, ond ni chlywodd Merfyn mohono. Yr un peth oedd yn llosgi i mewn i'w ymennydd ef oedd yr olygfa honno ar y llong yn y nos. Bu'n llosgi i mewn i'w ymennydd o'r blaen y noswaith honno y darllenodd yr hanes yn llythyr Gruffydd Owen, ond erbyn hyn roedd yn llosgi yn waeth fyth, oherwydd daeth darn du o hanes ei dad ef ei hun i'r golwg yng nghyffes olaf y truan oedd ar ei wely angau yn ei ymyl.

Deffrowyd Merfyn o'i fyfyrdod dwfn drwy glywed y truan yn ymystwyrian ac yn mwngial rhywbeth yn ei ymyl. Roedd ynghanol rhyw bangfa o boen corff neu ofn meddwl, neu bob un o'r ddau. Aeth ias erchyll drwy enaid ac ysbryd Merfyn, a bu agos iddo ffoi o'r ystafell yn ei ing. Ond roedd y truan yn erfyn am gysur, ac yn gwingo yno yn y dillad, ei ddwylo meinion, fel crafangau drychiolaeth, yn chwarae â dillad y gwely, â'i lefau yn ddyfnion a meinion bob yn ail.

Cododd Merfyn ar ei draed ac edrychodd arno yno yn ymbalfalu ac yn erfyn. Roedd yn amlwg nad oedd yn gweld mwyach, ond ei fod rywfodd yn teimlo bod yr offeiriad yn ddistaw ac fel pe buasai'n gwrthod cysur. Beth pe gwybuasai ef, druan, pwy oedd yr offeiriad hwnnw?

Edrychodd Merfyn arno am ennyd, gan geisio bod mor dawel ag y gallai. Roedd Denis yn marw, yn ôl pob golwg, ac yn marw gan feddwl bod yr offeiriad yn gwrthod ei gysuro. Pa beth oedd hynny i'r truan? Daeth rhyw don o dosturi dros galon Merfyn, nid yn unig at Denis O'Neil, ond at bob dyn fel dyn. Pa ryw greaduriaid truenus oeddem oll, ac eto cyn lleied o wahaniaeth oedd rhyngom. Ein da a'n drwg—onid brodyr oeddem er gwaetha'r cwbl? Plygodd Merfyn ei ben, dododd ei wefusau wrth glust Denis O'Neil, a sibrydodd rywbeth.

Tawodd y griddfan a'r erfyn, a llonyddodd Denis ynghanol y dillad.

Agorwyd drws y llofft a daeth Dr. Gruffydd a Lona i mewn. A chiliodd Merfyn oddi wrth y gwely yn araf, ac aeth Dr. Gruffydd ymlaen at yr erchwyn â'r gannwyll yn ei law. Plygodd yntau uwch ben Denis ac edrychodd arno. Cydiodd yn ei arddwrn a theimlodd guriad ei waed. Yna cododd ei ben, troes ac edrychodd ar Lona a Merfyn.

"Llymed o ddŵr," meddai wrth Lona.

Llithrodd Lona i lawr y grisiau yn ddistaw fel ysbryd.

"Rhy hwyr!" ebe'r meddyg yn ddistaw wrth Merfyn. "Mae o'n marw—yn dawel, dawel,"

Ni allodd Merfyn ddweud gair. Roedd ei galon yn curo fel gordd, nes bod ei waed yn sïo yn ei glustiau. Disgynnai goleuni gwan, crynedig, ar wyneb Denis O'Neil. Wynned oedd yr wyneb hwnnw, a thebyced i wyneb sant mewn llun! Pa drosedd bynnag a wnaeth Dennis, roedd angau wedi symud ei ôl yn llwyr, a gadael tawelwch prydferth arno.

Bellach, nid oedd y dwylo teneuon yn chwarae'n anesmwyth â dillad y gwely. Prin oedd y truan yn anadlu. Roedd y don olaf yn llonyddu dros ei fywyd tymhestlog o'r diwedd. Nid oedd dim ond tosturi pur yng nghalon Merfyn bellach.

Clywid sŵn Lona yn symud at waelod y grisiau. Sibrydodd y meddyg, "Well iddi hi beidio â bod yma pan fydd o'n mynd!"

Rhag blaen, aeth Merfyn i lawr. Cyfarfu â hi wrth droed y grisiau.

"Lona," meddai, "rhowch y dŵr i mi ac ewch i lawr. Dof i lawr atoch. Well i ni adael y doctor gydag ef am dipyn."

Rhoes yr eneth y cwpan iddo yn ddistaw. Aeth yntau â'r dŵr i'r meddyg, ac aeth i lawr yn ei ôl yn ddi-oed. Roedd yn dioddef yn arswydus, ond roedd ei feistrolaeth arno'i hun yn berffaith erbyn y galw hwn.

Roedd cannwyll yn olau ar y bwrdd. Ar ganol y llawr, safai Lona fel delw, fel delw o'r wyryf Fair ei hun. Yn llewych y gannwyll, roedd ei gwallt mor ddu a'i hwyneb mor wyn, a'i llygaid mor ddisglair.

"O, sut y mae o rŵan?" meddai hi, heb un crychiad yn undon boenus ei llais.

"Yn well—yn dawelach," ond ni allodd Merfyn ddweud rhagor.

"O," ebe Lona'n isel, ac yn yr un dôn lefn, ddi-liw, "O, mae o'n marw, rydw i'n gwbod."

"Dowch hefo fi allan i'r awyr," meddai Merfyn, "rydw i'n teimlo braidd yn drwm."

Gafaelodd yn ei braich, ac arweiniodd hi allan i'r ardd. Safodd y ddau o flaen y drws, yn awyr oeraidd y nos. Buont ddistaw, ennyd. Ni wyddai Merfyn sut i ddweud wrthi. Roedd hithau'n ddistaw iawn, ac fel pe buasai'n gwybod pa beth oedd ganddo i'w ddweud.

"Deudwch y gwir wrtha i, Merfyn!" meddai hi, gan ymollwng i wylo, a phwyso'i phen ar ei fraich,

Gafaelodd Merfyn ynddi'n dyner,

"Lona," meddai, "mi ddeudaf y gwir i chi. Peidiwch â phoeni. Mae'ch tad yn llawer gwell erbyn hyn."

"Ydy o, yn wir?" ebe hi, yn awchus.

Gwingodd calon Merfyn fel pe buasai rywbeth yn ei brathu.

"Ydy," meddai, er hynny, "mae o'n dawel iawn rŵan—yn dawel iawn."

"Ydy o, yn wir?" meddai hithau drachefn.

Gwelodd Merfyn nad oedd hi'n ei ddeall, ac ofnai i'r gwir wedyn ei brawychu fwy. Drwg oedd iddo ei thwyllo i obeithio.

"Oeddech chi'n meddwl i fod o'n marw?" meddai.

"O, oeddwn," ebe hi, "roeddwn i'n ofni ddoe y base fynte'n mynd ar ôl fy mam, ond heddiw roeddwn i'n siŵr na fase fo byth yn gwella eto."

"Roeddwn inne'n ofni," meddai Merfyn, "pan welais ef heno. Ond peidiwch â thorri'ch calon. Dyna ddaw i'n rhan ni i gyd, ryw ddiwrnod. A chan fod yn rhaid i bawb farw, does dim posib fod marw yn beth drwg i ni."

"O, ond ydy o wedi marw—wedi marw—a finne ddim yno hefo fo!" ebe'r eneth, gan dorri i wylo'n chwerw â'i phen ar fynwes Merfyn. Roedd ei holl gorff yn ysgwyd trwyddo.

Nid atebodd Merfyn. Gadawodd iddi wylo am ysbaid. Ni allai ddim a ddwedai ef leddfu'r gofid hwnnw, mwy na thawelu ystorm. Yn araf, araf, tawelodd yr wylo ychydig, ac yna plygodd Merfyn ei ben, a sibrydodd:

"Lona, dyna fo. Nid yw wedi marw eto, ond hwyrach na allwn ni ddim disgwyl iddo wella fel roedd o o'r blaen. Roedd y doctor yn ofni. Nawr, Lona bach, ceisiwch fod yn ddewr. Mi awn i'r tŷ, ac mi af i fyny i edrych sut y mae o erbyn hyn."

Roedd hi'n wylo o hyd, ond gan bwyso ar fraich Merfyn, cerddodd i mewn i'r tŷ i'w ganlyn yn araf.

Fel roeddynt yn cyrraedd i'r gegin, clywent y meddyg yn dyfod i lawr. Safodd y ddau ar ganol y llawr, Lona â'i phwysau ar fraich Merfyn. Daeth y meddyg ymlaen atynt.

Safodd yn eu hymyl, ac edrychodd ar Merfyn, cystal a gofyn a oedd wedi dweud rhywbeth wrth yr eneth. Plygodd Merfyn ychydig ar ei ben, a deallodd y meddyg. Yna dwedodd, "Wel, beth sydd i'w wneud rŵan, ynte, Mr. Owen?"

Cyn i Merfyn gael ateb, plethodd Lona ei breichiau amdano, a dechreuodd ddolefain. Cynhaliodd yntau hi, a safodd y meddyg yno, gan edrych arnynt yn hanner syn. Yn ei ffordd ei hun, roedd Dr. Gruffydd yn teimlo dros yr eneth ac yn edmygu'r gweinidog, oherwydd clywsai yntau'r straeon oedd ar led yr ardal.

Beth pe gwybuasai ef am y gyfrinach oedd ym mynwes Merfyn, y gyfrinach ryfeddol oedd yn ei rwymo ef a Lona wrth ei gilydd!

Wylodd Lona'n hir. Roedd y meddyg yntau'n meddwl pa beth a wnaent â hi. Ni thalai ei gadael yn y tŷ ei hun drwy'r nos, â'i thad yn gorff yn ei wely yn y llofft.

"Ceisiwch ei pherswadio i ymdawelu tipyn, Mr. Owen, os gellwch," meddai yn y man, "mae hi mor ddwys—fydd y distawrwydd yma ddim lles iddi hi."

Roedd Merfyn yn teimlo hynny ei hun, ac eto, ni wyddai pa beth i'w ddweud. Edrychodd ar y meddyg, ac yna troes ei olwg tua'r drws. Deallodd yntau, ac aeth allan i'r ardd. Wedi iddo fynd, plygodd Merfyn ei ben, a sibrydodd yn isel:

"Lona! Lona!"

Yn y man, yn daglyd ac isel, daeth yr ateb:

"Wel?"

"Peidiwch â chrio, 'nghariad i."

"O, fedra i ddim peidio!" ebe'r eneth.

Cododd Merfyn hi yn ei freichiau, cariodd hi, a'i dodi i eistedd ar y fainc. Yna safodd yn ei hymyl, tynnodd ei phen yn erbyn ei fynwes, a dechreuodd dynnu ei law hyd ei gwallt yn araf a thyner. Wrth wneud hynny, llefarodd yn isel ac yn esmwyth:

"Mi wn fod yn anodd i chi beidio â chrio, Lona bach. Ond wnewch chi un peth, er fy mwyn i?"

Roedd yr eneth yn llyncu ei hanadl yn boenus, ond atebodd yn fyngus:

"Gwnaf."

"Wel, mi wn fy mod i'n greulon gofyn i chi, mewn ffordd, ond rydw i am ofyn i chi er hynny. Wnewch chi geisio peidio â chrio, Lona bach?"

"Gwnaf," ebe hithau drachefn, gan wasgu ei phen yn ei erbyn yn ei hymdrech i lonyddu ei chalon.

"Lona bach, diolch i chi!" meddai yntau, yn yr un dôn isel, dyner, fel pe buasai yn siarad wrth blentyn; "rŵan, rhaid i ni fyw nes daw'r alwad amdanon ninne hefyd, dyna'n dyletswydd ni. Ac ni fedrwn ni ddim gwneud hynny os torrwn ni'n calonne. Felly gadewch i ni gredu bod popeth yn iawn hefo nhw sydd wedi'n gadael ni, Lona bach, a bod yn ddewr fel y buon hwythe o'n blaen ni. Sut y gwnawn ni heno, Lona bach?"

Ar hynny, daeth y meddyg i'r drws, a phan ddeallodd fod Lona wedi tawelu, daeth i mewn. Edrychodd ar Merfyn, fel pe buasai yn awyddus am wybod a allai siarad ai peidio, a deallodd Merfyn.

"Roeddwn i yn gofyn i Lona sut y gwnawn ni heno, doctor," meddai, "beth fasech chi'n 'i feddwl?"

"Mi fase'n well iddi gael cysgu tipyn, os meder hi, achos mae hi wedi blino," ebe'r hen feddyg yn ofalus. "Hwyrach y base chi yn rhoi'ch gwely iddi hi heno, Mr. Owen, os nad oes acw wely arall alle hi gael?"

"Rhof, wrth gwrs," ebe Merfyn, "ddowch chi hefo fi, Lona, i Faes y Coed? Mi gewch fy llofft i at eich gwasanaeth, er mwyn i chi gael gorffwyso am heno."

Cododd Lona ei phen yn araf, ac edrychodd ar Merfyn i ddechrau, ac yna ar y meddyg, a theimlodd rywsut fod y ddau yn rhyfeddol o ofalus a thyner.

Na," meddai, "fedra i ddim mynd, a'i adael o yma 'i hun."

Teimlodd Merfyn ei galon yn rhoi tro, a phlygodd y meddyg ei ben mewn distawrwydd. Roedd Lona erbyn hyn yn dawel, a'i llygaid yn ddisglair iawn.

"Fydd arna i ddim ofn," ebe hi, gan edrych ar y naill a'r llall bob yn ail.

"Na fydd, wrth gwrs," ebe Merfyn, "ond rydech chi wedi blino, Lona bach, ac mi ddylech gael gorffwyso tipyn heno."

"Dylech, dylech, fy ngeneth i," ebe'r meddyg, "rhaid i chi gael gorffwyso, ne mi ewch yn sâl, a thal hynny ddim."

"O, wel," ebe hithau, "mi orwedda i ar y fainc yn y fan yma, rydw i wedi cysgu yma lawer gwaith cyn heno. Fydd arna i ddim ofn."

"Na fydd, na fydd," ebe Merfyn, "ond mi fasech yn gorffwyso'n well, Lona bach, ac mi faswn inne'n aros yma yn ych lle chi."

"Ie, ie," ebe'r meddyg, "dyna fo, mi erys Mr. Owen yma, ewch chithe i Faes y Coed i orffwyso."

"Na," ebe Lona, "fedra i ddim mynd heno. Rhaid i mi aros yma. Fedrwn i ddim cysgu pe tawn i'n mynd i rywle arall."

Edrychodd Merfyn a'r meddyg ar ei gilydd, a dwedodd y meddyg:

"Wel, os felly yr ydech chi'n teimlo, felly y bydd ore i chi, hwyrach."

"Mi arhosaf yma i gadw cwmpeini iddi hi, ynte," ebe Merfyn, gan edrych ar y meddyg.

"Wel, ie," ebe'r doctor, "os medrwch chi aros, Mr. Owen, dyna'r gore, gan nad ydy hi ddim yn meddwl y meder hi orffwyso yn rhywle arall. Ie, dyna'r gore. Wel, mi af adre ynte, rŵan. Mi gaf ych gweld eto yn y bore. Cymrwch ofal ohoni hi, Mr. Owen, a cheisiwch ganddi fod yn dawel. Hwyrach y basech chi yn dŵad i roi hwb i mi ar gefn y ceffyl, Mr. Owen?"

"Wrth gwrs," ebe Merfyn, "am funud, Lona bach."

"Nid eisie help oedd arna i, wrth gwrs," meddai'r meddyg ar ôl mynd allan. "Cymerwch ofal hefo hi, Mr. Owen. Mae hi mor ddwys a'i dychymyg hi mor fywiog. Mae'n berig i'r peth effeithio arni. Mae'n lwc ych bod chi yn ffrindie hefo hi, ac mae hi fel tae hi'n barod i wrando arnoch chi. Rydech chi'n garedig iawn. Ni thale ddim sut yn y byd iddi fod yma 'i hun. Mi â hi i hêl meddylie, a Duw'n unig a ŵyr beth alle ddigwydd. Ond y mae hi'n eneth anghyffredin, os ydy'r straeon—esgusodwch fi am sôn am y peth—os ydy straeon pobol yn wir, wel, daliwch ati hi, 'machgen i, fel y gwnaethoch hyd yma—mae'r eneth yna'n werth cymryd gofal ohoni hi."

"Diolch i chi, doctor, diolch i chi," ebe Merfyn, "mi wnaf fy ngore."

"Bendith Dduw arnoch chi!" ebe'r hen ddoctor, ac ymaith ag ef.

XX.
Yr Ymdrech

Roedd Lona yn eistedd ar y fainc yn union fel y gadawsai Merfyn hi, ac yn syllu rhagddi yn graff, fel pe buasai yn gweld rhywbeth. Cyffroes ychydig pan ddaeth Merfyn i mewn. Aeth yntau ac eisteddodd yn ei hymyl.

"Cysgwch, Lona bach," meddai.

"Na," ebe hi, "fedra i ddim cysgu rŵan. Rydw i wedi bod yn meddwl, ac y mae arna i eisio gofyn rhywbeth i chi. Rydech chi'n gwbod, dydw inne ddim. Maen nhw'n deud fod nefoedd ac uffern yn bod, ond ydyn nhw, Merfyn?"

"Ydyn, fy nghariad i," ebe Merfyn.

"Wel, ydech chi'n credu fod?"

"Rydw i," ebe Merfyn, "yn credu fod bywyd ar ôl hwn."

"Ydech chi'n credu bod uffern—y tân poeth hwnnw y byddan nhw'n sôn amdano fo?"

"Nag ydw i, fy nghariad i, dydw i ddim yn credu bod y fath beth. Mae'n wir bod y Beibl yn sôn am 'lyn yn llosgi o dân a brwmstan,' ond iaith ffigurol ydy hynny, wrth reswm."

"Iaith ffigurol?" ebe Lona, "beth ydy hynny, Merfyn— O, rydw i yn anwybodus!"

"O, mi ddeuda wrthoch chi," ebe yntau, "iaith ffigurol ydy peth fel hyn. Meddyliwch fy mod i yn sôn am fynydd uchel, ac yn deud i fod o yn cyrraedd hyd y sêr. Wel, wrth gwrs, faswn i ddim yn meddwl deud i fod o mewn gwirionedd yn cyrraedd at y sêr, ond deud felly i ddangos i fod o'n uchel iawn."

"O, ie, rydw i'n gweld. Ond beth fyddan nhw yn 'i feddwl wrth sôn am uffern, ynte?" ebe hi â'i llygaid disglair yn syllu ym myw ei lygaid yntau.

"Y gwir ydy," ebe yntau, "na wyddon ni ddim beth oedd meddwl y bobl a ddeudodd y geirie hynny'n iawn. Ond os na fyddwn ni fyw yn iawn yn y byd yma, ryden ni'n cael ein cosbi. Hynny ydy, mae'n cydwybod ni ein hunain yn ein poeni. A hwyrach bod yr un peth yn wir am y bywyd ar ôl hwn hefyd."

"O, mi wela," ebe'r eneth. "Ble'r ydech chi yn meddwl yr aeth fy nhad, Merfyn?"

"Mi fu farw yn dawel, dawel," ebe Merfyn, "fel un yn mynd i'r nefoedd i hun."

"Ddeudodd o rywbeth wrthoch chi, Merfyn, tra bûm i yn nôl y doctor—roedd arno fo gymaint o eisio'r offeiriad. Be ddeudodd o wrthoch chi cyn mynd?"

"Dim llawer," ebe Merfyn, yn gadarn.

"Roedd o'n deud wrtha i fore heddiw fod arno fo eisio deud llawer o bethe wrth yr offeiriad, ac eisie cael maddeuant," ebe Lona. "Beth oedd o yn 'i feddwl, Merfyn?"

"Wel," ebe yntau, "mae'n arferiad gan rai o'r un grefydd â fo gael deud tipyn o'u profiad wrth offeiriad, ac i hwnnw gysuro tipyn arnyn nhw yn eu hafiechyd. Ychydig iawn fedrwn ni i wneud i'n gilydd, ond y mae cael gair o gysur yn dipyn o help bob amser, ond ydy o, Lona bach?"

"Ydy, o, ydy!" ebe'r eneth. Yna bu'n ddistaw a meddylgar am ysbaid.

"Felly, ddeudodd o ddim llawer wrthoch chi?" ebe hi eilwaith.

"Ddim llawer," ebe Merfyn. "A doedd o ddim mewn poen fawr?"

"Nag oedd—roedd o'n dawel iawn yn y diwedd."

"Ydech chi'n meddwl 'i fod o hefo mam rŵan?"

"Ydy, mae o a hithe yn yr un byd rŵan,"

"O! Ond fydde'n dda gynni hi 'i weld o! Ac wedi mynd mor fuan ar 'i hôl hi! Ac y mae'r ddau yn hapus rŵan, ynte, Merfyn, ydech chi'n meddwl?"

"Ydyn, 'nghariad i!"

"Ydyn nhw'n ein gweld ni, 'ddyliech chi, Merfyn?"

"Mae'n siŵr eu bod nhw, Lona."

"Ac mi gawn ninne eu gweld nhw ryw dro?"

"Cawn, fy nghariad i, cawn, pan ddaw'r amser. Ond rhaid i ni fyw nes daw'r amser hwnnw, a gwneud ein gore ym mhob peth a pheidio â thorri'n calon rhag i ni eu gwneud hwythe'n anhapus. Ceisio gwybod ein dyletswydd a'i gwneud hi, dyna'r peth gore fedrwn ni, cariad. Ac er mwyn hynny, rydw i am i chi gysgu rŵan, Lona."

"O'r gore," ebe'r eneth, "mi geisiaf gysgu. Ond maen nhw wedi mynd ill dau, a finne wedi 'ngadael yma fy hun, rŵan. Deudwch un peth wrtha i, Merfyn."

"Beth ydy hwnnw, 'nghariad i?"

"Na wnewch chi byth fy ngadael i fy hun?"

"Na, wna i byth ych gadael chi ych hun, Lona bach," ebe Merfyn.

"Diolch i chi," ebe'r eneth. "O, roedd arna i ofn!"

"Ofn beth, Lona?"

"O, ofn cael fy ngadael fy hun! Fydde arna i ddim ofn o'r blaen, byth ofn dim byd. Ond rŵan, dydw i ddim 'run fath. Doeddwn i ddim yn gwbod o'r blaen, ddim wedi dallt bod yn rhaid i ni farw, ar rydw i yn gwbod rŵan. A doeddwn i ddim wedi meddwl o'r blaen mor anwybodus oeddwn i, ond rydw i'n teimlo rŵan na wn i ddim byd. Ac y mae arna i eisie i chi fy nysgu i, Merfyn, gael i mi fod yn gwbod 'run fath a chithe. A feder neb ond y chi fy nysgu i, a fedra inne ddim byw heboch chi. O! Rydw i'n teimlo nad ydw i dda i ddim byd i chi, ac eto fedra i ddim gwneud heboch chi, ac mae 'nghalon i'n brifo, ac mae arna i eisie crio ar ôl fy nhad a mam, a fedra i ddim peidio â deud y cwbl wrthoch chi, ac ni wn i ddim beth i'w ddeud chwaith!"

"Rydw i yn dallt, 'nghariad i," ebe Merfyn. "Rŵan, gwrandewch arna i am heno. Y peth cynta y mae arnoch'i eisio ydy gorffwyso. Wedyn, rywdro, ar ôl i'r cymyle glirio, mi ellwch ddeud y cwbl fydd ar ych meddwl chi wrtha i, ac mi gawn ddysgu pethe hefo'n gilydd. Mi fedrwch chi ddysgu cymaint i mi ag a fedraf inne i chithe—"

"Y fi?" ebe'r eneth yn syn.

"Ie, y chi, wrth gwrs. Rydech chi yn gwybod pethe na wn i monyn nhw. Ond peidiwch â meddwl am hynny heno. Ceisiwch gysgu rŵan, cariad. Dowch, gorweddwch ar y fainc. Gadewch i mi roi'r glustog yma dan ych pen chi."

Cododd Merfyn, estynnodd glustog a dododd hi ar un pen i'r fainc, a gorweddodd yr eneth yno yn ufudd fel plentyn. Yna tynnodd Merfyn ei got uchaf oddi amdano, a dododd hi drosti. Prociodd y tân a thaflodd ddarn neu ddau o bren a chlap o lo arno; tynnodd gadair i ymyl y fainc, eisteddodd arni, a dechreuodd dynnu ei law yn araf a thyner hyd wallt ac wyneb Lona.

"Dyna chi," meddai, "cysgwch fel yna, ac mi eisteddaf finnau yn y fan yma. Cysgwch. Cysgwch. Cysgwch."

Goleuodd llygaid yr eneth, yna sibrydodd yn ddistaw,

"Gadewch i mi gael gafael yn ych llaw arall chi."

Rhoes Merfyn ei law yn ei llaw hithau, a daliodd i dynnu'r llaw arall dros ei gwallt a'i hwyneb. Am ysbaid roedd y ddau lygad disglair yn craffu arno, yn llawn gofid a ffyddlondeb ac ymddiried perffaith, ond yn raddol caeodd yr emrynt, aeth rhyw gryndod dros yr eneth, ac yna llonyddodd.

Roedd hi'n cysgu o'r diwedd.

Daliodd Merfyn i dynnu ei law dros ei gwallt, ac edrych ar ei hwyneb. Roedd cleisiau dan ei llygaid, a'r gwrid bron a chilio o'i gruddiau. Roedd ei gwallt mor ddu a'i hwyneb mor wyn, a hithau mor llonydd, mor bur, ac mor ddiniwed. Yno roedd hi, yn cysgu yn ei ymyl, â'i mynwes yn ymchwyddo yn awr ac eilwaith gan ochenaid, diymwybod leferydd ei gofid, a'i chorff ambell waith yn crynu trwyddo gan donnau'r ing y bu ynddo. Roedd hi'n hardd fel duwies yn ei gofid, â'i thegwch trist rywfodd yn lanach nag erioed.

Ac yno roedd yntau'n ei gwylio'n cysgu, yn craffu ar bob cryndod ac ias, yn clywed pob anadliad ac ochenaid, ac yn teimlo bod rhyw gadwynau cryfion, anweledig, o aruthr ddyfnder a dirgelwch y byd anhysbys yn ei rwymo wrthi.

Ac yn y llofft uwch eu pennau, yn gorff truan yn ei wely, roedd Denis O'Neil, tad Lona, a'r dyn a yrrodd ei dad yntau dros ganllaw'r llong i'r môr ar y noswaith olau leuad honno, flynyddoedd lawer yn ôl!

Ond roedd Lona'n cysgu'n dawel. Llaciodd ei gafael ar ei law. Aeth y cryndod a ddeuai trosti yn awr ac eilwaith yn anamlach. O'r diwedd, roedd hi'n cysgu'n drwm.

Ac yna, dechreuodd noswaith fawr bywyd Merfyn. Am oriau meithion bu'n wynebu'r peth oedd, bellach, wedi llamu, megis ar unwaith, o fro marwolaeth a'r bedd, a sefyll o'i flaen ar ei lwybr, fel pe mynasai ei atal rhag mynd ymhellach. Wynebodd yntau bob ffaith a fynegwyd iddo, heb geisio osgoi na dianc rhag un peth. Gofynnodd gwestiynau creulon iddo ef ei hun. Chwiliodd gilfachau dirgelaf ei ysbryd yn ddiarbed. Tyngodd na chai ei deimlad fynd gam ymlaen heb gennad ei reswm noeth hefyd, ac na chai dim byth godi i'w wyneb ac edliw iddo nad oedd ef wedi ei herio a'i drechu'r noswaith honno. Gyda'r wawr, daeth tawelwch ar ei ysbryd effro, a gweddïodd yntau ar Dduw o'r diwedd am fendith a thrugaredd. Ac ar hyd yr oriau hirion hynny o ymdrech gywir a chyson, ni pheidiodd ei law a symud yn dyner dros ben y fenyw fach a gysgai ar y fainc yn ei diniweidrwydd perffaith. Pan welodd y meddyg ef y bore wedyn, sylwodd ei fod yn edrych deng mlynedd yn hŷn, ond roedd yn dawel ac yn feistr trwyadl arno ef ei hun.

Er na ddwedodd Merfyn air wrtho, deallodd y meddyg rywfodd fod rhyw gwlwm anghyffredin rhyngddo ef a Lona. Roedd hefyd bellach wedi gweld nad geneth gyffredin oedd hithau, ac na allai neb ddyfod i'w hadnabod heb ei hoffi yn rhyfeddol. Pan soniodd Merfyn wrtho am y

gladdedigaeth, manteisiodd y meddyg ar y cyfle i awgrymu
y dylid symud yr eneth i rywle o'r bwthyn, er mwyn ei
chysur a'i diogelwch, a dwedodd y gallai aros yn ei dŷ ef ei
hun. Ac felly y trefnwyd. Wedi'r cwsg hwnnw, pan
ddeffroes hi yn y bore, roedd Lona yn hynod dawel, ac fel
pe buasai wedi trosglwyddo ei hewyllys i Merfyn. Dwedodd
yn ufudd yr ai i aros i dŷ'r meddyg hyd oni ellid trefnu
pethau ar ei chyfer.

XXI.
Y Ddwy Ferch

Claddwyd Denis O'Neil yn yr un bedd â'i wraig, a thebyg iawn fu'r gladdedigaeth i'w chynhebrwng hithau. Nid oedd yno neb ond y meddyg a'r offeiriad, Lona a Merfyn, a rhyw un neu ddau a fyddai'n gwneud busnes â Denis druan yn ystod ei oes. Merfyn ei hun a wnaeth y trefniadau, a phan glywodd yr ardalwyr hynny, a bod Lona yn aros yn nhŷ Dr. Gruffydd, dechreuodd y rhamant ail dyfu, a soniai'r merched am briodas a fyddai cyn hir. Nid edrychai Lona mor amharchus bellach—hyd yn oed y meddyg yn ei derbyn i'w dŷ!

Aeth rhai dyddiau heibio, ac roedd Lona yn sirioli eto. Roedd y meddyg, a'r ferch a gadwai ei dŷ, mor garedig wrthi, a Merfyn yn dyfod i edrych amdani bob dydd, ac yn ei dysgu heb yn wybod iddi i deimlo mai bod yn ddewr oedd orau, a pheidio â thorri calon. Roedd yn ddealledig ei bod hi i fynd ymhen ychydig amser i aros gyda chyfeillion i Merfyn am ysbaid, ac ar ôl iddi gael gorffwyso felly, a dyfod i deimlo yn gref ac yn iach eto, roedd hi ac yntau yn mynd i benderfynu pa beth i'w wneud nesaf. Roedd hi wedi dweud wrtho'r noswaith y bu farw ei thad na fedrai hi ddim byw hebddo, ac roedd yntau wedi dweud wrthi hithau na adawai byth mohoni. Ac nid oedd ar Lona eisiau dim mwy na hynny—nid oedd arni eisiau holi dim arno. Cynefinai'n araf â'i hamgylchiadau newyddion—byw mewn tŷ helaeth, lle'r oedd digon o bopeth—llyfrau, darluniau, telyn a phiano, cadeiriau esmwyth i eistedd arnynt, popeth cyfleus a hwylus, a phawb yn ymddwyn yn rhwydd ac yn ymddiddan yn rhydd. Megis wrth natur, roedd hithau'n dysgu bod yr un fath. Yn hytrach, roedd ei boneddigeiddrwydd naturiol yn peri iddi wneud popeth yn urddasol a gweddus.

Aeth y dyddiau heibio, ac roedd hithau'n dechrau mynd allan am dro megis cynt. Aeth i lawr i'r traeth ac i fyny i'r mynydd, ond methodd beidio ag wylo wrth fynd heibio'r Llety, a'i weld mor unig, heb neb ar ei gyfyl mwy. Roedd wedi'i threfnu iddi fynd i aros gyda chyfeillion i Merfyn, gŵr a gwraig ifanc, oedd erbyn hyn yn gwybod yr amgylchiadau, ac yn awyddus iawn i roi pob cynorthwy i wneud llwybr newydd Lona yn esmwyth ac yn ddidramgwydd. Roedd Merfyn i fynd i'w danfon ymaith o'r Minfor drannoeth, ac nid ychydig oedd ei phryder hithau bellach wrth feddwl am y peth. Roedd ei gafael ar fywyd yn cryfhau, a'r dyfodol eto'n dechrau gwisgo'i hen agwedd. Eto, roedd gadael yr ardal lle buasai fyw cyhyd, hyd yn oed os oedd llawer o bethau anhyfryd wedi digwydd iddi yno, yn edrych yn beth go fawr. Byddai arni hiraeth am y môr a'r mynydd, a charai eu gweld unwaith yn rhagor cyn mynd. Aeth i'r traeth yn y bore, ac yn y prynhawn, aeth i weld bedd ei thad a'i mam, a dodi blodau arno, fel y gwnâi bob dydd. Yna, dringodd i fyny i'r mynydd, ar hyd y llwybr a thros y gamfa lle derbyniodd Merfyn hi gynt, y tro cyntaf iddo siarad â hi. Edrychai'r digwyddiad bychan hwnnw yn bell iawn ac yn brydferth y tu hwnt i ddychymyg, erbyn hyn. Ac wrth fynd tros y gamfa, dynwaredodd Lona'r peth a ddigwyddodd yno'r noswaith honno, fel y gwnaethai unwaith o'r blaen, pan oedd Dafydd Guto yn ei gwylio heb yn wybod iddi.

Dringodd i fyny i'r mynydd, ond yn araf ac yn bwyllog nawr, ac nid yn chwyrn a gwyllt fel cynt. Bu'n cerdded cryn lawer hyd y mynydd, ac ni fu hynny heb gael effaith dda arni. Ni all rhai sydd wedi byw'n agos iawn at Natur fod yn hir ynghanol ei dylanwadau heb deimlo rhyw dawelwch meddwl yn gafael ynddynt. Y mae Natur wyllt yn byw ac yn marw heb ond ychydig ofid, os dim. Mor dawel y bydd farw flodyn neu goeden—y mae marw yn gymaint o ran o'i amcan ag ydoedd byw. A phan fo dyn yn byw'n agos at Natur, caiff yntau beth o'r tawelwch a'r bodlonrwydd hwnnw. Felly y teimlodd Lona. Yn unigrwydd gwyllt y mynydd, roedd ei gofid a'i hiraeth yn tyneru, a hyd yn oed marwolaeth yn edrych yn llai dychrynllyd nag o'r blaen. Daeth i lawr o'r mynydd yn araf, ei meddwl weithiau'n anturio i'r dyfodol, ac yn beiddio awgrymu iddi y gallai hi eto fod yn hapus yng nghwmni Merfyn.

Yn sydyn, pan oedd hi'n dynesu at y clogwyni yn ymyl y rhai lle cafodd hi'r ymddiddan cyntaf â Merfyn, y nos Sadwrn honno yn yr haf, gwelai Miss Vaughan yn dyfod i fyny hyd y llwybr i'w chyfarfod.

Teimlodd Lona awydd rhedeg i ffwrdd, fel pe buasai ei greddf yn dweud wrthi fod perygl, ond ni wnaeth hynny. Cerddodd yn ei blaen i gyfarfod Miss Vaughan, gan deimlo o hyd yn anesmwyth; ni wyddai pam.

Cyfarfu'r ddwy bron yn union yn y fan lle bu Lona a Merfyn yn siarad â'i gilydd.

"Wel," ebe Miss Vaughan, "rydech chi wedi bod am dro yn y mynydd, mi welaf?"

"Ydw, Miss," ebe Lona, "mae hi'n braf ar y mynydd bob amser,"

"Ydy," ebe Miss Vaughan. "Roedd yn ddrwg gynno fi clywed am ych tad chi—"

"Diolch i chi," ebe Lona, gan edrych fel pe buasai'n craffu ar rywbeth yn y pellter mawr.

"Mae hi yn unig iawn arnoch chi rŵan," ebe Miss Vaughan.

"Ydy, yn unig iawn," ebe Lona, yn araf, gan ddal i syllu ar y pellter.

"Beth ydech chi am wneud?" ebe Miss Vaughan. "Gellwch chi ddim byw fel hyn o hyd. Os medra fi rhoi rhyw help i chi, bydd yn dda iawn gen i gwneud, cofiwch."

"Diolch yn fawr i chi," ebe Lona.

Bu peth distawrwydd. Roedd Miss Vaughan fel pe buasai'n disgwyl i Lona ddweud rhywbeth arall, ond ni ddwedodd hithau ddim.

"Ydech chi wedi—wedi penderfynu beth i'w wneud?" ebe Miss Vaughan yn y man, gan edrych yn graff ar Lona.

"Nag ydw," ebe Lona, "ddim eto."

"Wel," ebe Miss Vaughan, "fase chi yn leicio cael lle, mynd i wasanaethu i rhywle? Rydw fi yn siŵr y baswn i yn medru cael lle da i chi."

Gwridodd Lona nes bod ei hwyneb fel y tân, nid am ei bod yn teimlo bod dim sarhad yng ngeiriau Miss Vaughan.

"Na," ebe hi, "faswn i ddim yn leicio mynd i wasanaethu, rydw i yn meddwl."

"O, pam?" ebe Miss Vaughan, mewn syndod amlwg.

"O, faswn i ddim yn cael mynd i'r môr ac i'r mynydd felly pan fase arna i eisie mynd!" ebe Lona, yn ddiniwed.

"Ha!" ebe Miss Vaughan, gan wenu at y fath symledd, "ond chawn ni ddim byw fel y byddwn ni'n dewis yn y byd yma. Os nad ewch chi i wasanaethu, pwy wneiff ych cadw chi?"

"Wn i ddim," ebe Lona, a gwridodd drachefn, nes bod ei hwyneb yn llosgi. Ni wyddai pam yn iawn, ond roedd geiriau Miss Vaughan yn ei dolurio.

"Ydech chi wedi bod yn sôn wrth rywun am y peth?" ebe Miss Vaughan.

"Naddo," ebe Lona.

"Wel, yn wir," ebe Miss Vaughan, "gwell i chi gadael i fi edrych am le i chi."

"Rydw i'n meddwl na fydd arna i ddim eisie lle, diolch i chi, Miss," ebe Lona, gan ddal i wrido o hyd.

"Ydw fi ddim yn ych dallt chi," ebe Miss Vaughan. "Mae'ch tad a'ch mam chi wedi marw, a does gynnoch chi ddim ffrindie yn y wlad. Sut y medrwch chi fyw heb fynd i wasanaethu ne rhywbeth felly?"

"Wel," ebe Lona, â'i chalon yn curo yn gyflym, "dydw i ddim heb ffrindie, Miss, a dydw i ddim yn meddwl y bydd arna i eisie lle, diolch i chi 'run pryd."

"O, wel," ebe Miss Vaughan, â rhyw hanner gwên ar ei hwyneb, "maddeuwch i fi am sôn am y peth. Meddwl roeddwn i y base'n dda gynnoch chi cael help, hwyrach. Ond peidiwch â thrystio gormod ar ffrindie, chwaith. Ac yn siŵr, os ydech chi yn parchu'ch ffrindie, peidiwch â rhoi'ch hun ar eu ffordd nhw."

Teimlodd Lona fod rhyw frath yn y geiriau hyn.

"Peidio â'm rhoi fy hun ar ffordd fy ffrindie?" ebe hi, "dydw i ddim yn dallt beth ydy'ch meddwl chi, Miss,"

"Wrth gwrs," ebe Miss Vaughan, "does dim posib i chi ddallt, hwyrach, heb gael ysgol na dim. Ond dyma beth ydw i yn feddwl—os oes rhai pobl wedi bod yn garedig wrthoch chi yn ych trwbl, gwyliwch chi rhag meddwl bod hynny yn rywbeth mwy na charedigrwydd. Base'n ddrwg iawn gen i feddwl ych bod chi wedi disgwyl rywbeth a chael ych siomi felly."

Teimlai Lona fod amcan creulon yng ngeiriau Miss Vaughan, a churai ei chalon yn gynt, gynt, ond ni ddwedodd hi air.

"Peth hawdd iawn," ebe Miss Vaughan, "ydy i rywun dibrofiad ffansïo bod pobol yn meddwl mwy nag y maen nhw yn 'i feddwl. Ydech chi yn dallt?"

"Nag ydw i, ddim yn dallt ych meddwl chi," ebe Lona, gan edrych arni'n ofnus.

"Wel," ebe Miss Vaughan, â rhyw oleuni ffyrnig yn dechrau tanio ei llygaid, "rydw fi yn dallt bod Mr. Owen wedi bod yn garedig iawn wrthoch chi."

"Do," ebe Lona, a rhywbeth yn codi i'w gwddf, nes bod bron â'i thagu.

"Wel," ebe Miss Vaughan, "mae Mr. Owen yn ddyn da iawn a charedig yn siŵr, ac rydw fi yn siŵr bod chi yn 'i barchu fo—"

"O, ydw!" ebe Lona.

"Roeddwn i yn siŵr," ebe Miss Vaughan, ei llygaid yn disgleirio mwy fwy gan y goleuni dieithr. "Wel, rydw fi yn gobeithio nad ydech chi ddim yn disgwyl wrtho fo. Bydde yn beth llawer gwell i chi mynd i wasanaeth na hynny."

Teimlodd Lona fel pe buasai Miss Vaughan yn sathru ar ei chalon. Ni wyddai pa beth i'w ddweud. Edrychodd arni, yn ddiymadferth a thruenus. O, na fuasai Merfyn yno, neu Dr. Gruffydd. Rywfodd, daeth i feddwl Lona nad oeddynt hwy o'r un deunydd a'r ferch hagr a chreulon a safai o'i blaen, a'r tân oer yn goleuo'i llygaid. Bu agos iddi ddweud bod Merfyn wedi gofyn iddi hi fod yn wraig iddo, ond daeth i'w meddwl fel ergyd nad oedd ganddi hawl i wneud y peth yn hysbys heb ei gennad. Felly tawodd.

"Peth cas ydy i ddyn deimlo bod yn rhaid iddo fod yn garedig wrth rywun arall," ebe Miss Vaughan, "yn enwedig os bydd gwahaniaeth mawr rhwng y ddau—os bydd un wedi cael dysg ac yn gwybod llawer, a'r llall heb cael dysg o gwbl ac yn anwybodus iawn."

Teimlodd Lona ei chalon fel pe buasai yn sefyll, a thorrodd i wylo, a dwedodd, drwy ei dagrau,

"Nid arna i oedd y bai'n wir!"

"Pa fai?' ebe Miss Vaughan, yn eiddgar.

"'I fod o wedi gofyn i mi," ebe Lona, gan dynnu ei hanadl ati'n boenus.

"Wedi gofyn i chi?" ebe Miss Vaughan yn chwyrn. "Gofyn beth—beth ddaru fo gofyn i chi?"

"Gofyn i mi fod yn wraig iddo fo—rydw i yn gwybod nad ydw i ddim ffit i fod yn wraig iddo fo!" ebe Lona, a thorrodd i wylo yn waeth nag o'r blaen.

"Gofyn i chi fod yn wraig iddo fo!" ebe Miss Vaughan, ei hanadl yn pallu. "Ddim yn ffit i fod yn wraig iddo fo? Nag ydech, wrth gwrs. Dyna'r drwg. Meddyliwch, y chi, na wyddoch chi ddim byd, yn meddwl am fod yn wraig iddo fo. Fase fo byth yn medru rhoi parch i chi. Mi fase 'i holl ffrindie yn chwerthin am 'i ben o am briodi merch mor anwybodus, ac mi fase fynte yn edifarhau o'r diwedd, ac yn colli pob parch i chi! Mi fase yn gas gynno fo ych gweld chi!"

"Yn gas gynno fo fy ngweld i?" ebe Lona, â'i chalon yn brifo, ond yn dechrau teimlo mai eiddigedd oedd achos geiriau Miss Vaughan. "Na, fase ddim yn gas gynno fy ngweld i! Mi fedra i ddysgu eto—a dydw i ddim yn hyll!"

Edifarhaodd Lona yr eiliad y daeth y geiriau dros ei gwefusau, ond roedd hi'n rhy hwyr. Taniodd llygaid Miss Vaughan, a rhoes gam ymlaen tuag at Lona, ond safodd yn sydyn.

"Dydech chi ddim yn hyll!" ebe hi, "Nag ydech ddim yn hyll! Ac yr ydech chi'n ceisio hudo dyn i'ch cymryd chi yn wraig am bod gynnoch chi wyneb tlws! Rhag cywilydd i chi! Ond cewch chi mono fo! Rydw fi yn hyll, ydw? Dyna'ch meddwl chi, onte? Wel, ydw, rydw fi yn hyll, ond dydw fi ddim yn—bah! What am I talking to this doll of a creature for?"

Ond nid oedd Lona yn ei chlywed. Fel ergyd, ymsaethodd heibio iddi, ac roedd o'r golwg cyn i Miss Vaughan yn ei gwylltineb sylwi nad oedd hi yno.

"Ha!" ebe hi pan welodd fod Lona wedi mynd, "mae hi wedi rhedeg! And I have made a fool of myself, a fool, a fool! Oh, why was I born at all?"

A thorrodd Miss Vaughan i wylo yn ei chynddaredd, yn ddig wrth Lona a Merfyn, yn ddig wrthi hi ei hun, yn ddig wrth bawb a phopeth.

XXII.
Ar Goll

Tua naw o'r gloch y noswaith honno, ar ôl bod mewn cyfarfod yn y Capel, aeth Merfyn i dŷ'r meddyg. Drannoeth roedd i gymryd Lona ymaith at ei gyfeillion, ac roedd ei galon yntau'n llonni wrth sylwi fel roedd hi'n gwella, yn araf ond yn sicr, fel roedd hi'n dechrau darllen, ac yn ei holi yntau am bethau a ddarllenai. Pan gyrhaeddodd i'r tŷ, nid oedd Lona yno. Dwedodd y wraig oedd yn cadw tŷ'r meddyg wrtho ei bod wedi mynd am dro yn y bore a thrachefn ar ôl cinio, ac na ddaethai eto yn ei hôl. Roedd Dr. Gruffydd allan yn edrych am ryw gleifion. Meddyliodd Merfyn bod Lona wedi mynd i'r traeth neu i'r mynydd, yn ôl ei hen arfer. Buasai'n naturiol iawn iddi fynd, â hithau'n mynd i ffwrdd drannoeth. Nid anesmwythodd ychwaith nad oedd hi eto wedi dyfod yn ei hôl, oherwydd nid oedd Lona fel merched eraill. Disgwyliodd, ond roedd yr amser yn hir iawn, a'r lle'n ddistaw fel y bedd. Daeth y meddyg adref. Aeth yn ddeg o'r gloch, ond nid oedd hanes am Lona. Aeth Merfyn allan i chwilio amdani. Aeth i'r traeth, aeth i'r mynydd, aeth at y Llety, ac i Faes y Coed, aeth i bobman y tybiai fod y siawns leiaf y gallai hi fod wedi mynd yno. Bu wrthi'n cerdded ac yn holi am oriau. Ond yn ofer. Nid oedd golwg ar Lona'n unman, nac neb wedi ei gweld. Nid oedd wybod. Fe allai mai ganol nos y dôi hi yn ei hôl, wedi bod yn cael yr olwg olaf ar y coed yn ôl ei harfer. Aeth Merfyn yn ei ôl i dŷ'r meddyg i ddisgwyl. Hwyrach y byddai hi yno o'i flaen, ac y byddai popeth yn iawn, o ran hynny.

Cyrhaeddodd. Nid oedd Lona yno. Roedd y meddyg yn anesmwyth a thawedog. Mynnai Merfyn fynd allan i chwilio eilwaith, ond nid oedd mewn stad gymwys i fynd, fel y gwyddai'r meddyg yn dda. Roedd yn gwbl dawel a rhesymol, ond gwyddai Dr. Gruffydd bris yr ymdrech roedd hynny'n ei gostio iddo.

Torrodd y wawr, ond ni ddaeth Lona. Chwiliwyd a holwyd trwy'r dydd. Bu Mistar Ifans yn cynorthwyo cymaint ag a allai. Roedd Miss Vaughan yn cerdded i lawr oddi wrth Blas y Coed. Daeth allan o'r parc i'r ffordd fawr, ac yno, yn dyfod i'w chyfarfod, gwelai Merfyn. Aeth ei hwyneb hagr yn fflamgoch. Daeth Merfyn ymlaen. Edrychai fel pe na fuasai'n ei gweld hi nac un peth arall, a chafodd Miss Vaughan fraw. Roedd Merfyn yn mynd heibio iddi o fewn llai na dwylath heb sylwi arni.

"Mr. Owen!" meddai Miss Vaughan, â rhyw gryndod yn ei llais.

Safodd Merfyn yn sydyn, ac edrychodd arni.

"Welsoch chi hi?" meddai.

"Pwy?" meddai Miss Vaughan.

"Lona."

"Lona!" meddai Miss Vaughan, ac ymsaethodd y digwyddiad ar y mynydd y prynhawn cynt trwy ei meddwl. "Naddo," meddai, "beth sydd, Mr. Owen?"

"Wn i ddim," meddai Merfyn. "Mae hi ar goll ers prynhawn ddoe."

Yna edrychodd ar Miss Vaughan, fel dyn mewn breuddwyd. A dychrynodd Miss Vaughan rhag yr olwg. Daeth arni arswyd, nid yn unig rhag Merfyn, ond rhagddi ei hunan hefyd.

"Ar goll?" meddai, gan chwilio am eiriau a llyncu ei hanadl. "Na—welais i moni hi—heddiw."

Roedd gwddf Miss Vaughan yn sych, a'i llais yn gryg. A heb ddweud gair, aeth Merfyn yn ei flaen megis cynt, fel dyn yn cerdded trwy ei hun. A safodd Miss Vaughan i edrych ar ei ôl, mewn syndod ac arswyd o hyd. Ac yn ymyl y dyn hwnnw, teimlai Miss Vaughan hi ei hun yn fechan fach, ac yn annhraethadwy salw a dirmygus.

Daeth y nos, heb air o hanes Lona. Roedd hi wedi diflannu mor llwyr a phe buasai'r awyr wedi ei llyncu.

Roedd yn hwyr pan gyrhaeddodd Merfyn dŷ'r meddyg, yn chwys ac yn llwch i gyd, heb fwyta tamaid ers y diwrnod cynt, ac wedi bod yn cerdded trwy'r dydd.

"Dim gair o'i hanes hi!" meddai wrth y meddyg, ac ymollyngodd ar gadair gerllaw, a chuddio'i wyneb â'i ddwylo.

Erbyn bore drannoeth, roedd Merfyn yn ei wely a'r meddyg mewn cryn anesmwythder yn ei gylch. Byddai Merfyn yn hir cyn dyfod ato'i hun, yn ôl pob golwg.

XXIII.
Ar y Trywydd

Aeth yr hanes ar led yn fuan. Gwyddai pawb yn y Minfor fod Lona O'Neil ar goll, a bod Merfyn Owen yn ddifrifol wael yn nhŷ'r meddyg, a dwy faethes yn gofalu amdano, un gyda'r dydd a'r llall gyda'r nos. Dywedai rhai nad oedd dim arall i'w ddisgwyl o ymhêl â'r Ddewines fel y gwnaeth, a chlywyd Morys Wiliam yn dweud y buasai'n well i'r "bachgen gwirion" wrando ar ei gyngor ef mewn pryd, yn hytrach na chymryd ei hudo a'i dwyllo gan "rywbeth gwyllt ar draws gwlad," fel Lona. Eto, roedd y rhan fwyaf, erbyn hyn, yn nyfnder eu calonnau, yn cydymdeimlo â Merfyn, ac nid oedd hyd yn oed Morys Wiliam, chwarae teg iddo, yn ddialgar yn ei fuddugoliaeth, er sicred oedd yn ei feddwl mai barn ar Merfyn am ei ryfyg a'i wylltineb oedd yr afiechyd.

"Ni welais i neb erioed yn gwylltio ac yn ffoli fel yna heb ddŵad i ryw drybini o'r diwedd," meddai wrth Tomos Puw, un noswaith wrth gerdded o'r capel, "ac mae'n rhyfedd fel y mae tipyn o brofiad yn dysgu dyn."

"Yn wir," meddai Puw, ei lygaid yn dawnsio, "wyddwn i ddim o'r blaen fod dim profiad fel yna yn ych hanes chi chwaith, Morys Wiliam!"

"Gwared ni!" meddai Morys Wiliam, "profiad fel yna yn fy hanes i? Naddo, diolch i'r mawredd!"

"Wel," meddai Puw, yn dawel, "hwyrach y gall llawer ohonom ddiolch i'r Arglwydd na wnaethom ddim na bu ei wneud erioed yn brofedigaeth i ni."

Roedd y frawddeg a'r meddwl braidd yn rhy gywrain i Morys Wiliam eu deall ar ei union, fel y byddai sylwadau Tomos Puw yn aml, felly cymerodd yntau amser i ystyried.

"Wn i ddim beth ydy'ch meddwl chi yn iawn, Tomos Puw," meddai, yn y man.

"Meddwl yr oeddwn i," meddai Puw, "fod rhai dynion, hwyrach, yn mynd trwy fwy o brofiad mewn awr nag a ddaw i ran llawer ohonom mewn oes."

"Digon tebyg," meddai Morys Wiliam, "ond does fodd ych bod chi'n galw rhyw golli pen fel yna'n brofiad?"

"Wn i ddim pa beth arall i'w alw, hyd yn oed os nad ydy o'n ddim ond 'colli pen'," meddai Puw, "ond pa un bynnag a ydw i'n iawn ai peidio, yr unig un a fedrai ei farnu'n deg fyddai'r sawl a fu drwyddo'i hun."

Roedd meddwl Puw eto'n rhy fanwl i Morys Wiliam, ac ni cheisiodd yntau ateb y tro hwn. Iddo ef, nid oedd holl helynt y gweinidog ond peth perffaith syml—dim ond un o'r gwendidau ffôl roedd pobl ieuanc yn agored iddynt, ond bod y tro hwn ryw sôn am ddewiniaeth neu hudoliaeth yn ymgymysgu â'r peth, ac yn lliwio'r farn oedd mor sicr bob amser mai eraill yn unig oedd yn ofergoelus. Rhywbeth tebyg oedd barn llawer yn yr ardal, ac ni allai rhai beidio â chymryd y peth braidd yn ysgafn yn eu hymddiddanion. Felly roedd yn edrych, hwyrach, ar yr wyneb. Nid oedd ond Merfyn ei hun a wyddai'r holl gyfrinach.

Clywodd Miss Vaughan yr hanes am salwch Merfyn. Roedd hi'n deall mwy na neb arall. Ar ôl yr olwg a welodd arno ar y ffordd, pan oedd yn chwilio am Lona, ni synnodd hi pan glywodd ei fod yn wael. Daeth rhyw fath o ddychryn dros Miss Vaughan hefyd. Nid oedd yr hyn a ddwedasai hi wrth Merfyn yn gelwydd llythrennol. Ni welsai hi mo Lona—"y diwrnod hwnnw," fel y dwedodd wrtho. Ond gwelsai hi'r diwrnod y collwyd hi, a dwedasai bethau chwerw a chas wrthi. Roedd yn dra thebyg mai hi a welodd Lona ddiweddaf o bawb yn y lle, ac nid oedd hithau wedi dweud y gwir wrth Merfyn. Erbyn dodi pethau wrth ei gilydd, roedd Miss Vaughan bron yn sicr fod rhyw berthynas rhwng diflaniad sydyn Lona a'r ymddiddan a fu rhyngddynt ill dwy ar y mynydd. Beth pe buasai Lona wedi rhoi diben ar ei heinioes yn ei gofid neu ei digofaint, pa un bynnag—onid arni hi, Miss Vaughan, y byddai'r cyfrifoldeb am hynny? Gwir fod Lona cystal a bod wedi edliw iddi ei hagrwch, ac aeth ias o eiddigedd creulon drwy galon Miss Vaughan pan gofiodd hynny; eto, nid ei syniad hi am ddialedd fuasai achosi marwolaeth ei gelyn, hyd yn oed, a dywedai wrthi hi ei hun yn awr nad oedd ganddi elyniaeth at Lona—bod Lona hyd yn oed islaw ei sylw. Colli ei thymer a wnaethai hi, meddai, wrthi hi ei hun, ac ni fynasai beri dim niwed i'r eneth. Roedd hynny'n ddigon gwir, mewn ystyr. Cyn belled ag oedd ganddi fwriad yn ei meddwl o gwbl ar y pryd, gyrru Lona i rywle o gyrraedd Merfyn oedd hynny. Ac roedd hi bellach wedi'i wneud. Ac roedd Merfyn eisoes yn wael iawn. Beth pe byddai yntau hefyd farw? A fyddai'r cyfrifoldeb am y ddau arni hi?

Ysgydwodd Miss Vaughan y meddyliau hyn ymaith. Ceisiodd ddweud wrthi hi ei hunan nad oedd na Merfyn na Lona ddim iddi hi, ond ni chai lonydd gan y syniad. Felly, yn ei blinder, un diwrnod, aeth cyn belled â thŷ'r meddyg, gan fwriadu gwneud rhyw iawn am ei gweithred—ni wyddai pa beth, ond ni allai fod yn dawel heb wneud rhywbeth. Aeth at y tŷ, ac roedd y meddyg yno. Eglurodd Miss Vaughan ei bod, fel y gwyddai'r meddyg, wedi dyfod yn gydnabyddus â Mr. Owen—wedi derbyn caredigrwydd mawr oddi ar ei law—ac na allai beidio â galw i edrych sut ydoedd. Dwedodd y meddyg ei fod ychydig bach yn well, ond na allai ddweud pa beth a ddigwyddai, ac wrth gwrs, nid oedd neb yn mynd i'w olwg ond y ddwy faethes ac yntau. Ac felly, aeth Miss Vaughan yn ei hôl â'i baich i'w chanlyn. Nid oedd dim i'w wneud ond aros.

Roedd un arall yn yr ardal oedd yn anesmwyth oblegid Merfyn, ac oblegid Lona hefyd, a hwnnw oedd Mistar Ifans. Ac yn ôl ei arfer gyffredin, roedd yr ysgolfeistr yn ceisio gwneud rhywbeth, a hynny â'i lygaid yn agored. Ni wyddai ef yn iawn pa beth oedd yr amgylchiadau rhwng Merfyn a Lona, ond tybiai fod a wnelo diflaniad yr eneth gryn lawer â salwch y gweinidog. Yn lle disgwyl i rywbeth ddigwydd, aeth Mistar Ifans ati rhag blaen i chwilio oni allai gael allan pa beth a ddaeth o Lona. Drwy holi, cafodd wybod ei bod hi wedi mynd i'r traeth am dro fore'r diwrnod y collwyd hi; ei bod wedi ciniawa yn nhŷ'r meddyg ganol dydd, fel arfer, a'i bod wedi mynd allan yn y prynhawn. Dwedodd y wraig a gadwai dŷ'r meddyg wrtho ei bod hi'n ddigon siriol y diwrnod hwnnw, yn siriolach, yn wir, nag y buasai er pan ddaethai yno. Gan ei bod wedi mynd i'r traeth yn y bore, tybiodd Mistar Ifans nad annaturiol fyddai iddi fynd i'r mynydd yn y prynhawn

Digwyddai fod ganddo esgus dros ollwng y plant allan yn gynharach nag arfer. Gwnaeth hynny, a dechreuodd ar ei ymchwil rhag blaen. Gan fod Lona eisoes ar fin mynd o'r ardal am ysbaid, teimlai'n sicr nad âi hi heb fynd i weld bedd ei thad a'i mam.

Ymaith ag ef i'r fynwent. Roedd blodau ar y bedd, a'r rheiny bellach wedi gwywo. Roedd y clochydd yn y fynwent. Aeth Mistar Ifans ato a'i holi. Oedd, roedd yntau'n cofio gweld Lona yno'n dodi'r blodau ar y bedd, tua dau o'r gloch y prynhawn y diwrnod y collwyd hi. Gwelsai hi'n mynd o'r fynwent, ac yn cymryd y llwybr heibio'r Llety. Aeth Mistar Ifans ymlaen. Wrth y Llety, nid oedd dim i'w helpu, ond ar garreg y drws, wedi gwywo, gwelodd un o'r rhosynnau bach cochion a dyfai uwchben, a chofiodd mai nad y rhosynnau hynny oedd ar y bedd, ond blodau o ardd y meddyg. Aeth i fyny i'r mynydd. Cyrhaeddodd at draed y clogwyn lle buasai'r ymddiddan rhwng Miss Vaughan a Lona.

Safodd yno, gan feddwl mai ofer oedd ei ymchwil ar le o'r fath. Eisteddodd ar garreg yno, ac wrth wneud hynny, gwelodd rosyn bach coch, wedi gwywo, ar lawr wrth ei droed. Ni thyfai'r rhosynnau hynny ddim nes yno na'r Llety, ac roedd un wedi gwywo'r un fath ar garreg y drws. Roedd

Mistar Ifans yn lled siŵr bellach fod Lona wedi bod yn eistedd ar y garreg lle'r eisteddai yntau, rywbryd ar ôl dau o'r gloch y diwrnod y collwyd hi. Cododd a dechreuodd edrych o'i gwmpas yn fanylach, rhag ofn bod yno rywbeth arall. Ac ar lawr, cafodd gerdyn post, ag enw Miss Vaughan, Plas y Coed, arno. Nid oedd dim o bwys arno, dim ond y dydd a'r mis. Rhaid bod Miss Vaughan wedi derbyn y cerdyn hwnnw fore'r diwrnod y collwyd Lona, a'i bod hi neu rywun arall wedi ei golli yno rywbryd ar ôl hynny. Dododd Mistar Ifans y cerdyn yn ei logell, a chymerodd y llwybr yn ei flaen ar draws y mynydd-dir i gyfeiriad Caerafon.

Cyn mynd ymhell, cafodd rosyn bach coch arall wedi gwywo ar lawr. Chwarter milltir ymhellach ymlaen, cyfarfu â bugail, a safodd y ddau i siarad. Roedd hwnnw ar ei ffordd i lawr i'r pentref, a heb fod yno ers dyddiau. Ni wyddai mo'r digwyddiadau diweddaf yn y rhamant, a holodd. Dwedodd Mistar Ifans yr hanes.

"Yn eno'r dyn," meddai'r bugail, "ond welais i'r eneth yn rhedeg â'i holl egni hyd y llwybr yma hanner milltir nes ymlaen, ac yn siŵr i chi, y diwrnod hwnnw oedd hi hefyd."

Roedd Mistar Ifans yn dechrau twymo at ei waith, ond ni allai'r bugail roi llawer ychwaneg o help iddo. Os daliai'r eneth i redeg hyd y llwybr hwnnw am filltir, byddai raid iddi fynd trwy fuarth tyddyn bychan; yna deuai i ffordd ar draws y mynydd, a byddai yn union deg ym mhentref bychan Rhos Ifan, ac yna ar y ffordd tua Chaerafon.

Gadawodd Mistar Ifans y bugail, ac ymlaen ag ef. Pan ddychwelodd adref yn hwyr ac yn flin iawn y noswaith honno, roedd wedi olrhain Lona drwy fuarth y tyddyn a thrwy bentref Rhos Ifan. Rhaid mai tua Chaerafon yr aethai wedyn. Dydd Sadwrn oedd hi drannoeth, ac nid oedd ysgol. Erbyn naw o'r gloch y bore, roedd Mistar Ifans yng Nghaerafon, ac wedi gweld dau neu dri o bobl ar ffordd y mynydd oedd wedi sylwi ar eneth yn ateb i'w ddisgrifiad ef yn mynd tua Chaerafon gyda'r hwyr y diwrnod y collwyd Lona. Roedd yn lwcus hefyd fod ganddo ddisgrifiad manwl o'i gwisg, yr oedd wedi'i gael gan y wraig a gadwai dŷ'r meddyg.

Aeth Mistar Ifans i bob tŷ bwyta yng Nghaerafon i holi, ond ni chyfarfu â neb oedd wedi gweld un tebyg i Lona. Os cyrhaeddodd hi'r dref y diwrnod y collwyd hi, rhaid ei bod yn nos arni'n cyrraedd, a hithau wedi diffygio, fel nad tebyg y gallai fynd lawer ymhellach heb orffwyso. Ym mha le y cysgodd hi'r noswaith honno?

Tybiodd Mistar Ifans mai'r peth gorau i'w wneud bellach oedd ceisio cymorth y plismyn. Adwaenai un oedd yn blismon yn y dref, bachgen a fuasai yn yr ysgol gydag ef. Cafodd hyd i hwnnw, ac adroddodd yr hanes wrtho. Cyn hir, roeddynt wedi chwilio pob llety cyffredin yn y dref, gan fod y plismyn o'r farn mai dyna'r cam cyntaf i'w gymryd. Ofer fu'r ymchwil honno. Buwyd wrthi drwy'r dydd, heb ddyfod o hyd i ddim trywydd, ac o'r diwedd, bu rhaid i Mistar Ifans droi tuag adref, a gadael y mater yn llaw plismyn Caerafon. Cymerodd y peth yn ei law ei hun cyn belled â'u hawdurdodi i chwilio am Lona, ac addawodd yrru ei llun iddynt, os medrai gael un, cyn gynted ag y gallai.

XXIV.
Dirgelwch

Roedd yn hwyr y nos Sadwrn pan ddychwelodd Mistar Ifans i'r Minfor. Er ei fod yn flinedig iawn, ni allai fynd i'w wely heb wybod sut roedd Merfyn; felly, ar ôl cael ymborth, aeth cyn belled â thŷ'r meddyg. Roedd y tŷ, fel y dywedwyd eisoes, ryw chwarter milltir o'r pentref. Roedd hi'n olau leuad erbyn hyn. Troes Mistar Ifans o'r ffordd fawr i'r lôn a arweiniai at y tŷ, ac yna gwelodd rywun yn cerdded i fyny, ryw bymtheg neu ugain lath o'i flaen. Roedd yn rhy bell iddo allu adnabod y person yno rhwng y coed, a meddyliodd yntau mai rhywun oedd yn mynd i ymofyn y meddyg. Cerddodd ychydig yn gyflymach, sut bynnag, a gwelai'r person oedd o'i flaen yn mynd heibio'r ffenestr i gyfeiriad drws y tŷ. Digwyddai fod goleuni disglair yn yr ystafell, a chan nad oedd llen ar y ffenestr, goleuai hwnnw'r lawnt o flaen y tŷ. Rhwng y lamp a goleuni'r lleuad, cafodd Mistar Ifans olwg clir ar y person yn cerdded heibio'r ffenestr ac yn mynd draw i'r dde at y drws.

Er ei syndod mawr, Lona ydoedd, gallasai gymryd ei lw! Ac roedd hi wedi mynd i'r tŷ. Ym mhen eiliad neu ddau roedd yntau wrth y porth. Ni chlywsai sŵn y drws yn agor nag yn cau. Canodd yntau'r gloch ac yn union deg, daeth y forwyn i agor iddo. Aeth i mewn a gofynnodd am weld y meddyg.

Gorfu iddo aros am tua hanner awr, yna daeth y meddyg i'r ystafell ato.

"Wel," meddai Mistar Ifans, "ac mae hi wedi dŵad yn 'i hôl?"

"Pwy?" meddai'r meddyg.

"Lona O'Neil."

"Beth yw'ch meddwl chi?" ebe Dr. Gruffydd, a thybiodd Mistar Ifans fod rhywbeth yn gynhyrfus yn ei ddull.

"Ond welais i hi'n dyfod at y drws hanner awr yn ôl, pan oeddwn innau'n dŵad?" meddai Mistar Ifans.

"Tybed?" meddai'r meddyg, "ydech chi'n siŵr?

"Mi gymerwn fy llw," meddai Mistar Ifans, a dwedodd pa beth a welsai, yn fanwl.

"Rhyfedd iawn!" meddai'r meddyg. "Ryw hanner awr yn ôl galwodd y nyrs arnaf i'r llofft. Nid oedd Mr. Owen wedi dweud gair o'r blaen er pan drawyd o'n wael. Erbyn i mi fynd i fyny, dyna lle'r oedd, yn ceisio codi, ac yn dweud, 'O, agorwch y drws iddi! O, mae hi'n wael! Mae 'i phen hi'n brifo'n ofnadwy. O, Lona bach! Agorwch y drws iddi! Mae hi'n dŵad at y tŷ rŵan!' Cawsom gryn helynt i'w dawelu."

Galwodd y meddyg ar y forwyn.

"Dywedwch," meddai Dr. Gruffydd, "a ddaeth rhywun i'r tŷ ryw hanner awr yn ôl, heblaw Mr. Ifans?"

"Naddo, syr," ebe'r eneth, "ddim trwy wybod i mi."

"Diolch," meddai'r meddyg, ac aeth yr eneth ymaith.

"Esgusodwch fi am funud, Mr. Ifans."

Aeth y meddyg o'r ystafell. Bu ymaith am rai munudau. Yna, daeth yn ei ôl.

"Dyna fi wedi chwilio'r tŷ i gyd," meddai. "Nid yw Lona O'Neil yma."

"Well i ni edrych o gwmpas y tŷ?" meddai Mistar Ifans.

"Ie," ebe'r meddyg.

Aethant allan ill dau, a chwilio pob man yn ofalus, yr adeiladau allan i gyd, a'r ardd drwyddi bob cornel. Ond nid oedd Lona yno. Aethant yn eu holau i'r tŷ.

"Mistar Ifans," ebe'r meddyg, "mi fyddaf yn gallu esbonio pethau fel hyn, yn gyffredin, ond dyma beth sy dros fy mhen i. Oes gynnoch chi ryw syniad?"

“Nag oes,” meddai’r athro, “ond mi gymerwn fy llw bod Lona O’Neil yn pasio’r ffenest ac yn dŵad at y drws ychydig lathenni o’m blaen i.”

“Y syndod ydy ’i fod ynte’n dweud yr un peth tua’r un adeg,” meddai’r meddyg. “Rydw i’n teimlo fel pe baem am y pared â rhywbeth rhyfedd.”

Y gair “Dewines” a ddaeth i feddwl y ddau, ond ni soniasant ddim am hynny. Adroddodd Mistar Ifans hanes ei ymchwiliadau. Roedd yn lled sicr bod Lona wedi cyrraedd i rywle yng nghymdogaeth Caerafon rywbryd tua’r hwyr y diwrnod y collwyd hi. Buasai’n hawdd ddigon iddi ddyfod yn ei hôl—roedd dyddiau er hynny. Hawdd esbonio’r peth a ddwedodd Merfyn. Ei ben ef ei hun oedd yn brifo. Byddai cleifion tebyg yn aml yn dweud pethau tebyg. Ond sut roedd esbonio’r peth y tybiodd Mistar Ifans iddo’i weld yr un adeg? Ni wyddai’r un o’r ddau, ac nid oedd dim i’w wneud ond aros, a gadael i’r dirgelwch ei esbonio i hun, os gwnâi.

Fore Llun, cafodd Mistar Ifans hysbysrwydd o Gaerafon fod y Plismyn wedi dyfod o hyd i’r tŷ lle cysgodd Lona O’Neil y noswaith y collwyd hi. Siop fach ydoedd, a gedwid gan ddyn a fyddai’n prynu tatws a chywion ieir gan ei thad gynt. Cafwyd bod Lona wedi aros yno ddeuddydd, ac yna, ni welwyd mohoni mwy. Roedd y dyn oedd yn rhoi tocynnau allan yn y stesion wedi sylwi ar eneth ieuanc yn ateb i’r disgrifiad, yn gofyn am docyn i fynd i Lerpwl. Cofiai’r dyn hi am ei bod mor gynhyrfus, ac am na fedrai, fel y tybiodd ef, alw i’w chof enw’r lle roedd arni eisiau mynd iddo. Wedi petruso amryw weithiau, gofynasai am docyn i Lerpwl. Pan ofynnodd yntau ba stesion yno, petrusodd drachefn, a dwedodd nad oedd yn cofio. Enwodd yntau Lime Street, a dwedodd hithau, “Ie, Lime Street.” Roedd y plismyn hwythau wedi hysbysu’r swyddogion yn Lerpwl, ac roedd ymchwiliadau ar droed yn y ddinas honno. Cyn gynted ag y byddai rywbeth i’w fynegi, câi plismyn Caerafon glywed oddi wrthynt.

Aeth Mistar Ifans i ddweud hyn wrth y meddyg rhag blaen.

"Felly," meddai Dr. Gruffydd, "roedd y nesaf peth i amhosibl fod Lona O'Neil wrth y tŷ yma nos Sadwrn."

"Oedd," meddai Mistar Ifans, "ac eto mi gymerwn fy llw! Sut mae o heddiw, doctor?"

"Mae'r gwres yn cilio, ac rydw i'n dechrau gobeithio y daw o drwyddi eto. Ond bydd yn hir, a rhaid cymryd gofal mawr ohono."

Unwaith eto, nid oedd dim i'w wneud ond disgwyl. Pa obaith oedd dyfod o hyd i'r eneth druan ynghanol anialwch Lerpwl? Eto, pe buasai ei draed yn rhydd, yno ar yr ymchwil y buasai Mistar Ifans. Ac ni fuasai yno lawer craffach nag ef at y gwaith, beth bynnag.

Ond ni allai Mistar Ifans adael yr ysgol. Ni allai fod yn llonydd chwaith. Cofiodd am y cerdyn post a gawsai ar lawr ar y mynydd, a throes ei ddychymyg aflonydd i chwarae o gylch hwnnw. Gwyddai fod Miss Vaughan yn gydnabyddus â Merfyn, a chlywsai'r stori a daenwyd unwaith fod y gweinidog wedi rhedeg ymaith oblegid newid ei feddwl, a chymryd Miss Vaughan yn lle Lona. Ar y pryd, ni thalodd Mistar Ifans fymryn o sylw i'r chwedl— roedd yn rhy wrthun yn ei olwg. Ond yn awr, dechreuodd feddwl. Ni allai ddychmygu am Merfyn yn caru Miss Vaughan. Ond fe allai feddwl am Miss Vaughan yn caru Merfyn. Roedd hanes teulu'r Fychaniaid ac ymddygiadau Miss Vaughan ei hun yn llawn ddigon i beri iddo gredu y gallai hynny ddigwydd. Sut na feddyliodd ef am y peth o'r blaen?

Os cyfarfu Miss Vaughan a Lona ar y mynydd y diwrnod y collwyd y rhosyn coch a'r cerdyn post yno, pa beth a ddigwyddodd rhyngddynt? Nid anodd meddwl. Eiddigedd, balchder a thymer wyllt ar un llaw; diniweidrwydd perffaith ac anwybodaeth llwyr am arferion y byd ar y llaw arall. Nid oedd gan Mistar Ifans nemor amheuaeth yn ei feddwl ei hun bellach pa beth a ddigwyddasai. Ond roedd am gael gwybod rhai pethau, os medrai.

Hyd y gwelai ef, nid oedd bwys yn y byd ar gynnwys y cerdyn post. Nid oedd ond cerdyn yn hysbysu Miss Vaughan y danfonid iddi ryw barsel o siop yn Llundain yn ôl ei chais. Yr unig beth pwysig ynglŷn ag ef oedd y dydd a'r mis, ei gael ar lawr yn ymyl y rhosyn coch, a'i henw hithau arno. Yr hyn y mynasai Mistar Ifans ei wybod nesaf oedd pa bryd y collwyd ef a phwy a'i collodd.

Un diwrnod aeth Mistar Ifans tua Phlas y Coed. Ar y ffordd, cyfarfu â Miss Vaughan. Cododd ei het, dymunodd iddi fore da, ac ymesgusododd am ei thrafferthu. Tynnodd y cerdyn o'i logell, a dwedodd,

"Hwyrach nad oes dim pwys yn y peth, ond rhag ofn y gallai fod, meddyliais y dylaswn ddyfod â hwn i chi, Miss Vaughan. Cefais ef ar y mynydd, yn ymyl Clogwyn y Gwalch. Dodais ef yn fy mhoced ar y pryd, ac anghofiais amdano. Cefais hyd iddo heddiw, a dyma fo i chwi."

Cymerodd Miss Vaughan y cerdyn, edrychodd arno, a dwedodd,

"O, diolch yn fawr i chi, Mr. Ifans. Does dim gwerth ynddo fo, wrth gwrs—rhaid 'i fod o wedi syrthio o poced fi pan oeddwn i am dro—rydw fi'n cofio eiste ar carreg yno y diwrnod y daeth y cerdyn."

Plygodd Mistar Ifans ei ben, a throes yn ei ôl i ddychwelyd i'r pentref. Cydgerddodd Miss Vaughan ag ef.

"Clywsoch chi heddiw," meddai hi, yn y man, "sut y mae Mr. Owen?"

"Do," meddai Mr. Ifans, "y mae o'n gwella yn araf iawn."

"O, da gen i clywed, da iawn gen i clywed!" meddai Miss Vaughan. "Ac oes dim o hanes y ferch—ydw fi ddim yn cofio 'i henw hi—wedi dŵad eto?"

"Dim gair," meddai Mistar Ifans, gan benderfynu anturio tipyn, "yr unig beth a glywsom oedd bod rhywun wedi ei gweld hi'n siarad â rhyw ferch arall ar y mynydd, tua thri o'r gloch y prynhawn y diwrnod y collwyd hi. Mae'n debyg na welodd neb moni hi wedyn. Gresyn garw na fyddai fodd gwybod pwy oedd y ferch arall—hwyrach y gallai'n helpu ni i ddyfod o hyd i'r eneth druan."

Llefarodd Mistar Ifans y geiriau'n dawel a hollol naturiol, ond cadwodd ei olwg ar Miss Vaughan o hyd.

"Ie," meddai hithau, fel pe buasai rhywbeth yn ei thagu, "ie, ond—ie."

Roedd ymdrech amlwg yn mynd ymlaen yn ei meddwl, ond tewi a wnaeth, ac roedd ei hwyneb yn hagrach nag erioed.

Galwodd Mistar Ifans hi'n fuan wedyn, yn sicr yn ei feddwl ei hun bellach mai oherwydd rhywbeth a ddwedodd Miss Vaughan wrthi y rhedodd Lona ymaith. Bu agos iddo fentro ymhellach tra'r oedd hi eto yn ei hymdrech, ond fflachiodd drwy ei feddwl y gallai hynny beri mwy o niwed nag o les drwy ei rhoi ar ei gwyliadwriaeth. Nid oedd yn debyg chwaith y gwyddai Miss Vaughan i ba le yr aethai Lona, nac ym mha le roedd hi. Roedd o leiaf yn rhywbeth cael rhyw fath o syniad pa beth a achosodd y diflaniad, ac fe allai na cheid byth fwy na hynny.

XXV.
Yn Erbyn Anobaith

Aeth amser heibio. Gwellhaodd Merfyn yn araf, araf. Erbyn y gwanwyn, roedd yn cerdded o gwmpas, ond roedd yn denau iawn, a'i wallt yn wyn. Tynerai calonnau pobl wrth ei weld. Maddeuodd hyd yn oed Morys Wiliam iddo, yn ei galon, pan welodd ef allan am y tro cyntaf ar ôl ei glefyd. Roedd yn beth haws i'r hen frawd faddau iddo, fe allai, am nad ychwanegwyd un digwyddiad newydd at y rhamant, hyd y gwyddai pobl y Minfor. Bu'r plismyn yn chwilio yn Lerpwl, a gyrrwyd am Mistar Ifans yno unwaith i weld corff geneth ieuanc y tybiai'r swyddogion ei fod yn debyg i'r disgrifiad. Ond roedd un olwg ar y corff yn ddigon i argyhoeddi Mistar Ifans nad corff Lona O'Neil ydoedd, neu ynteu fod rhywbeth arswydus wedi digwydd iddi, rhywbeth na allai Mistar Ifans ddim meddwl amdano heb deimlo i galon yn troi'n sâl, a chasineb at ei gyd-ddynion yn chwerwi ei ysbryd. Aeth yn ei ôl, a dwedodd y stori wrth y meddyg, ond y cwbl a ddwedwyd wrth Merfyn ydoedd mai nad corff Lona oedd y corff. Roedd y goleuni a ddaeth i'w lygaid yntau pan glywodd hynny yn beth prydferth i'w ryfeddu. Roedd gobaith yn bywhau eto.

Daeth yr haf, ac roedd Merfyn yn cryfhau, ond cymhellodd Dr. Gruffydd ef i fynd ymaith o'r Minfor, o leiaf dros ysbaid. Roedd y lle'n llawn atgofion rhy boenus iddo. Ar hyd yr haf hwnnw, bu yntau'n aros gyda chyfeillion yma ac acw, a barnodd mai doeth oedd iddo dorri ei gysylltiad â'r eglwys yn y Minfor. Gwellhaodd yn dda yn ystod yr haf, ond deallodd un peth—ni allai aros yn hir yn ei unfan, na bod yn hir ar ei ben ei hun. Cyn gynted ag y rhoesai'r meddyg gennad iddo, dechreuodd bregethu drachefn, a lluosogodd y galw am ei wasanaeth. Cafodd alwad neu ddwy'n fuan iawn, ond ni theimlai y gallai dderbyn un ohonynt eto. Felly, am ddwy flynedd, bu Merfyn yn pregethu yma ac acw, a threuliodd gyfran o'r ddau haf ar y Cyfandir.

Roedd bellach yn agos i dair blynedd er pan gollwyd Lona, ond er gwaethaf pob ymchwil, ni chafwyd hyd i'r mymryn lleiaf o'i hanes yn unlle. Ni allai Mistar Ifans yn ei fyw anghofio'r corff hwnnw a welodd yn Lerpwl, ac nid oedd ganddo ef bellach ddim gobaith y clywid byth eto air o hanes Lona O'Neil. Teimlai Dr. Gruffydd yntau'n debyg. Aethai ymholiadau'r ddau gyfaill yn anamlach o hyd, ac o'r diwedd peidiasant. Pan gofiai'r ddau am Lona druan, teimlent ofid trist, a rhyw fath ar euogrwydd am na allent obeithio ei bod hi eto'n fyw. Am Merfyn, daliodd i holi, pa le bynnag yr ai. Llawer trywydd a ganlynodd o dro i dro, a thalodd lawer i eraill am chwilio, ond yn ofer o hyd. Eto, ni allai beidio â holi. Bradwriaeth fuasai hynny. Ac ni weddïodd Merfyn weddi unwaith ar hyd y blynyddoedd na ddeisyfodd iddi fendith Dduw, pa le bynnag roedd hi. Eto, yn araf, roedd gobaith Merfyn yntau'n gwanhau. Os oedd Lona eto'n fyw, pam na ddeuai hi ato? Roedd yn amhosibl iddo ef fynd ati hi, oherwydd ni wyddai pa le oedd hi. Ond gallai hi yn hawdd gael hyd iddo ef. Roedd ei enw yn y papurau newyddion yn aml, a gallasai cannoedd, hyd yn oed filoedd o bobl ei chynorthwyo i gael gafael arno. Ni allai gredu ei bod hi'n cadw draw oddi wrtho o'i bodd. Buasai gorfod credu hynny'n chwerwach nag angau ei hun.

A oedd Lona wedi marw? Neu wedi colli ei phwyll? Bu ei waeledd ef ei hun yn hir ac yn beryglus—cyfaddefodd Dr. Gruffydd gymaint â hynny wrtho. Oni allai ddigwydd clefyd cyffelyb i Lona? Un peth a gofiai ef yn unig am ei glefyd. Cofiai ei fod ef ei hun yn ei wely, a rhywrai o'i gwmpas yn rhwystro iddo godi, ac yntau'n gweld Lona yn dyfod at y drws, â chur mawr yn ei phen, ac eto nid âi neb i agor y drws iddi, ac ni adawent iddo yntau fynd chwaith. Dwedodd y meddyg wrtho wedyn mai yn ei glefyd y dychmygasai hynny. Ond roedd rhywbeth yng nghalon Merfyn fel pe buasai'n dweud wrtho fod y peth yn wir, bod Lona hithau, druan bach, wedi bod yn wael iawn, a hynny yng nghanol dieithriaid, heb un cyfaill yn yr holl fyd. Os nad oedd wedi marw, fe allai na ddaethai hi byth ati ei hun fel o'r blaen, ac mai dyna pam na ddeuai hi i chwilio amdano ef. Arswydus oedd meddwl am hynny. Buasai'n well ganddo wybod ei bod hi wedi marw, ei bod allan o gyrraedd pob gofid fyth mwy, a'i hysbryd addfwyn a glân mewn gorffwystra a dedwyddwch. Ac eto, os oedd ei hysbryd hi'n rhydd, oni allai hi roi gwybod hynny iddo, fel y câi yntau dawelwch am y gweddill o'i ymdaith drwy amser? Prin oedd lle i obaith, mwy. Ac eto, ni allai Merfyn beidio â disgwyl a holi o hyd. Ofer? Na, nid ofer. Hynny, bellach, oedd yr unig beth hyfryd yn y byd. Gollyngodd raff i'w ddychymyg. Byddai Lona gydag ef pa bryd bynnag a pha le bynnag y mynnai, dim ond iddo ef alw arni, megis. Dôi cyn gyflymed â'r fellten. Bu'n crwydro gydag ef yn Rhufain a hyd lannau Rhein ddau haf. Aethai ei wallt ef yn wyn, a heneiddiodd ei wyneb. Collasai lawer o'r nwyd oedd ynddo gynt. Daethai llymder ac unigrwydd mynach i'w wyneb. Yn wir, unwaith, wrth fwrw wythnos mewn mynachlog ar y Cyfandir, a sylwi ar dawelwch ac ymostyngiad bywyd y Brodyr yno, bu agos iddo yntau ymroddi a chrefu am gael aros yno tra byddai. Roedd yno un mynach ieuanc yr aethai Merfyn yn gyfeillgar iawn ag ef, ac un diwrnod, dwedodd ei hanes wrtho. Eidalwr ydoedd, â holl ramant ei genedl yn ei natur. Gwrandawodd yn astud ar y stori drist, a chyffes Merfyn ei fod bron a rhoi'r gorau i'r ymchwil a chilio o'r byd am byth.

"Dowch heibio yma ym mhen blwyddyn," ebe'r mynach, "ac os byddwch yn teimlo'r un fath, ymroddwch."

Ond nid oedd Lona'n pallu, ac roedd hi'r un fath o hyd; nid oedd ei gwallt ardderchog wedi gwynnu, na'i hwyneb wedi heneiddio dim. Ond roedd un gwahaniaeth. Anghyffwrdd oedd hi, a mud.

Pregethai Merfyn yn amlach erbyn hyn, a dechreuodd feddwl y gallai gymryd gofal Eglwys eto, er bod ei syniadau wedi newid llawer yn ystod y tair blynedd. Y pryd hwnnw hefyd, roedd tipyn o gyffro ymhlith rhai o'r crefyddwyr Cymreig. Roedd y feirniadaeth Feiblaidd a ddysgid yn y colegau ers ugain mlynedd yn dechrau lliwio pregethau dosbarth o'r gweinidogion ieuengaf, nad oeddynt yn fodlon i ddweud eu meddwl yn y fath fodd fel y gallai'r gwrandäwr ei ddeall fel y mynnai, neu beidio â'i ddeall o gwbl. Cwynai rhai blaenoriaid nad oedd digon o athrawiaeth yn y pregethu newydd, a bod cymaint ag a geid ynddo yn ansicr a chyfeiliornus. Ofnai llawer ohonynt nad oedd y gweinidogion ieuanc yn union eu cred, ac awgryment nad oedd "yr Efengyl yn ei phurdeb" ganddynt. Nid ar goedd yr awgryment hynny. Roedd ganddynt ddiogelach ffordd. Pan geid pregeth salach na'i gilydd gan rywun, byddai'r brodyr hyn yn sicr o sôn am y bregeth honno fel "yr Efengyl yn ei phurdeb." Gwnaethant hynny mor fynych fel yr aeth yr ymadrodd yn derm cyffredin am bregeth yn cynnwys cyfeiriadau cas at ddysg ac ymchwil, yn gymysg â thipyn o sentimentaleiddwch rhad am "yr hen wirioneddau." Gwelid ambell lythyr dienw yn y papurau hefyd yn dweud pethau cas iawn am yr "hogiau anaeddfed" oedd yn traethu heresïau o'r pulpudau, i ddim byd ond ansefydlu meddyliau pobl. Ond er y cwbl, nid oedd y bobl, wedi'u cymryd at ei gilydd, fel pe buasent yn gryf iawn o blaid "yr Efengyl yn ei phurdeb." Aethent i wrando ar yr "hogiau anaeddfed," o leiaf, ac adroddent straeon digrif am orchestion rhai o'u beirniaid. Roedd y byd crefyddol Cymreig yn newid yn y dyddiau hynny, ac ni ddylai neb golli ei gydymdeimlad â gweddillion yr oes o'r blaen yn eu dryswch pan dywynnodd y peth ar eu meddyliau o'r diwedd. Gofynnent weithiau ai i hynny y rhoes y werin "ei cheiniog brin at godi'r coleg," ac nid anonest oeddynt o angenrheidrwydd am na allent ddeall mai ie, at hynny'n union, neu ynteu heb bwrpas yn y byd.

Ymysg y pregethwyr hyn a gyhuddid o wneud peth na ddylasent roedd Merfyn, a daeth yn fuan i fod yn un o'r rhai blaenaf yn eu plith. Ddechrau'r hydref, roedd yn Llundain, ac roedd cryn sôn am ei bregethau ymhlith y Cymry yno, a llawer o gyrchu i wrando arno, nid o ran hwyl a huodledd na dim a gyfrifid yn beth angenrheidiol mewn pregeth Gymraeg, fel rheol. Yn un peth, âi pobl i'w wrando am eu bod yn chwilfrydig, y mae'n ddiamau, yn enwedig merched. Roedd ei stori erbyn hyn yn hysbys. Sonnid am ei wallt gwyn, er nad oedd ef eto ond dyn ifanc. Ac âi llawer i'w wrando yn unig er mwyn ei weld. Ond roedd rhywbeth yn ei bregethau hefyd a barai iddynt fynd eilwaith a thrydedd. Nid yr hwyl a'r mân driciau areithyddol, ond rhywbeth newydd a dieithr, nad oedd gan y bobl enw arno eto. Sonnid weithiau am, "y ddiwinyddiaeth newydd," ond ychydig iawn o ddiwinyddiaeth a fyddai ym mhregethau Merfyn, a dywedai rhai o'r un ysgol ag ef nad oedd a wnelai diwinyddiaeth ddim yn y byd â chrefydd. O'r holl weinidogion ieuanc hyn, Merfyn oedd y mwyaf nodedig ar lawer cyfrif. Roedd dros ddwy lath o daldra, ei wallt yn wyn fel y llin, a'i wyneb bellach fel wyneb mynach o'r Oesau Canol. Roedd ganddo lais mwyn, tawel, â dyfnder soniarus ynddo, ac a grynai weithiau, tua diwedd ei frawddegau, fel pe buasai gwefusau teneuon y pregethwr yn ceisio gwasgu'r dagrau ohono cyn ei ollwng allan i glyw eraill. Roedd yn feistr ar eiriau, peth a ddwedir yn fynych am rai y bo geiriau yn feistr arnynt hwy. Yng nghynildeb a manyldeb ei eiriau y gwelid meistrolaeth Merfyn. A'r peth huotlaf yn ei bregethau oedd ei ysbeidiau o ddistawrwydd, a'i frawddegau byrion, a dorrai ar y distawrwydd yma ac acw, fel pe buasai'r distawrwydd hwnnw yn chwilio am yr union

air. Nid actor oedd ef, na dadleuwr, nid areithydd na
chwedleuwr, ond meddyliwr a dehonglwr hanes a phrofiad
dyn; a phan fyddai wrthi'n dehongli, gwyddai ei wrandawyr
nad termau a brawddegau wedi eu benthyca oddi ar
draddodiad oes o'r blaen oedd ganddo. Ond y peth a
ddylanwadai fwyaf ar y gynulleidfa, hwyrach, oedd yr
argraff gyfrin a roddai ei eiriau ei fod ef wedi ennill rhyw
dawelwch mwyn, a roddai rym yn y peth a ddwedai am
anawsterau bywyd.

XXVI.
Damwain

Un nos Sul, yn yr hydref, cerddai Merfyn ar hyd stryd brysur yn Llundain ar ei ffordd tuag un o'r capelau Cymraeg, lle'r oedd i bregethu.

Un o'r dyddiau hynny yn yr hydref ydoedd, pryd y bydd Llundain yn un o'r lleoedd hyfrytaf ym myd y gorllewin. Heulwen felen yn tywynnu drwy darth ysgafn fel mwslin; y strydoedd yn sych dan draed; digon o fywyd a lliw. Felly roedd y diwrnod hwnnw, ond bellach roedd yr heulwen yn dechrau llwydo, a'r tarth melyn yn araf bylu. Cerddai Merfyn drwy stryd oedd eto'n brysur ac yn llawn o bobl a cherbydau. Roedd hi'n tynnu at amser y gwasanaeth, ac nid oedd yntau ymhell oddi wrth y capel; ond cymerasai ychwaneg o amser iddo gerdded nag a ddisgwyliasai, a gwelodd y byddai raid iddo brysuro er mwyn cyrraedd mewn pryd. Troes i heol dawelach, er mwyn gallu cerdded yn gyflymach a chwtogi tipyn ar y ffordd. Clywodd fref corn modur yn ei ymyl, neidiodd o'r neilltu, fel y tybiai ef, ond mewn gwirionedd, yn union o flaen y modur yr aeth; a'r eiliad nesaf, teimlodd fel pe buasai'n disgyn dros ddibyn, ac yna, collodd wybod arno'i hun. Safodd y cerbyd yn ebrwydd, ac wrth lwc, nid aeth ar ei draws. Er nad oedd bron neb yn yr heol ar y pryd, daeth plismon yno'n ddi-oed. Cyfodwyd Merfyn i'r modur, ac ymaith ag ef.

Pan ddaeth Merfyn ato'i hun, ni wyddai yn y byd ym mha le'r oedd. Roedd yn ei wely, yn gysurus a di-boen, ond nid yn ei lety. Nid oedd y lle yn ddigon golau iddo weld yn iawn, pa beth oedd o'i gwmpas, ond deallodd ei fod mewn ystafell helaeth gwelyâu eraill yno hefyd. Tybiodd mai yn y capel yr oedd, ond ni allai ddeall pam roedd yn ei wely yno.

Yna cofiodd droi o'r stryd brysur i heol dawelach, clywed swˆn corn modur yn ei ymyl, a'i deimlo'i hun fel pe buasai'n syrthio dros ddibyn. Daeth ffaith ar ôl ffaith yn ôl i'w gof, ac o'r diwedd deallodd mai mewn ysbyty ydoedd, a thebyg bod y modur wedi rhedeg ar ei draws. Ni theimlai boen yn unman. Buasai'n dda ganddo weld rhywun, er mwyn cael gwybod yn iawn pa beth a ddigwyddasai, ond er iddo edrych o'i gwmpas i bob cyfeiriad, ni welai neb.

Bu'n llonydd, ar wastad ei gefn fel roedd, a gwrandawodd am ryw swˆn. Cyn hir, clywodd riddfan isel, fel pe buasai yn rhywle tua phen pellaf yr ystafell. Ac yn ebrwydd wedyn, gwelodd ffurf fenywaidd mewn gwisg wen yn symud yn ddistaw ar draws y llawr tua'r cyfeiriad hwnnw. Cododd ar ei benelin i edrych yn graffach, ac yn union deg, daeth y ferch tuag ato yntau. Ie, maethes ydoedd. Daeth at erchwyn ei wely yn ddistaw.

"Wel," meddai, "sut ydych chi erbyn hyn?"

Atebodd Merfyn ei fod yn ddi-boen, ond na wyddai'n iawn pa beth a ddigwyddasai iddo.

"Daethant â chwi yma ychydig wedi chwech o'r gloch neithiwr," meddai'r faethes, "ac y mae hi'n awr yn dri o'r gloch y bore. Rhedodd motor ar eich traws. Ni thorrwyd asgwrn, ond cawsoch ysgydwad go ddrwg. Byddwch yn iawn erbyn golau dydd. Gorau fyddai i chwi gysgu eto, os medrwch. A fynnech chwi lymed o ddwˆr?"

"Os gwelwch yn dda," ebe yntau, "a diolch yn fawr i chwi."

Rhoes y faethes lymed iddo, a gosododd y gobennydd yn gysurus iddo orwedd drachefn.

"Dyna fo, ceisiwch gysgu eto," meddai. Caeodd yntau ei lygaid yn ufudd, a, gorweddodd yn llonydd. Tybiodd y faethes ei fod yn cysgu eisoes, ond nid oedd. Teimlai'n effro iawn, a rhyw ysgafnder rhyfedd ac anghynefin yn ymdaenu drosto. Meddyliodd fod aroglau gwyddfid yn llenwi ei ffroenau, ac yna aroglau blodau ffa. Dychmygodd glywed plant bach yn chwerthin cyn ysgafned a sŵn cloch arian. A daeth bore pell yn ôl yn ei hanes i'w gof, y bore aeth ar y bisigl i'r Minfor. Ac yna, aeth drwy bob digwyddiad a fu yn ei fywyd yno o'r diwrnod hwnnw ymlaen. Bu fyw drwy'r cwbl, hyd y manylion lleiaf; ac yn rhywle, llithrodd y breuddwyd effro hwnnw, goruchafiaeth yr ysbryd ar amser a phellter a'u damweiniau, ar angau a'r bedd, hwyrach—llithrodd yn freuddwyd cwsg, heb fwlch na thoriad yn ei ddigwyddiadau.

Pan ddeffroes Merfyn nesaf, roedd y meddyg wrth erchwyn y gwely. Chwiliodd ef yn ofalus, a dwedodd y gellid danfon y gŵr bonheddig adref, os dymunai. Ni chawsai fwy nag ysgydwad go chwyrn, ac roedd bellach allan o berygl, ond iddo gymryd gofal a bod yn lled lonydd am ddiwrnod neu ddau. Meddyliodd yntau y byddai ei gyfeillion yn bryderus amdano, ac mai gwell iddo fynd i'w lety, er mwyn iddynt wybod pa beth a ddaethai ohono. Dwedodd y meddyg y cai damaid o frecwast ac y dôi maethes i'w ddanfon. Os rhoddai ef y cyfeiriad iddynt, byddai modur yn barod wrth y drws erbyn y byddai yntau'n barod.

Ymhen ychydig, aeth dwy faethes ag ef allan o'r ystafell lle buasai'n treulio'r noswaith cynt, i fath ar gyntedd; yna gafaelodd porthor yn ei fraich ac arweiniodd ef allan. Yno, o flaen y drws, roedd modur yn barod. Dodwyd Merfyn i mewn ynddo, a llithrodd maethes arall, ei bonet am ei phen a'i chlog drosti, i mewn ar ei ôl, ac eisteddodd gyferbyn ag ef. Caewyd y drws, chwifiodd Merfyn ei law ar y ddwy faethes oedd yn y drws. Eiliad a fu cyn roedd y cerbyd yn llithro ymaith yn gyflym.

Troes Merfyn i edrych ar ei gydymaith,

Rhoes ei galon lam ynddo, a dechreuodd guro fel gordd. Cododd ei ddwy law i fyny a rhwbiodd ei lygaid. Teimlodd ei anadl yn pallu. Ceisiodd siarad ond ni ddeuai gair dros ei wefus. Cofiodd ei freuddwydion effro, unig gysur y blynyddoedd hirion, a meddyliodd mai dyna oedd eto'n bodloni ei lygaid hiraethus. Ofnodd, gyda phang a siomedigaeth, fod y dychymyg a'i gwasanaethodd cyhyd bellach yn troi i'w dwyllo, a chwarae castiau ag ef. Mewn llai o amser nag a gymer i'w hadrodd, rhuthrodd y pethau hyn a mil o bethau eraill drwy ei feddwl terfysglyd. Ofnodd hyd yn oed mai effaith y ddamwain oedd arno. Ond gwelai'r ferch yn sydyn yn tynnu ei bonet oddi am ei phen, ac yna, ag un olwg, troes angerdd holl ofid y blynyddoedd yn un rhuthr gwyllt o lawenydd.

"O!" meddai'n isel, gan estyn ei freichiau allan, "O, Lona! Lona! Lona!"

A'r munud nesaf roedd y ddau yn wylo fel plant ym mreichiau ei gilydd, heb allu torri gair, fel pe buasai arswyd arnynt rhag deffro a chael nad oedd y cwbl ond breuddwyd.

Cyn eu bod wedi gallu cael eu hanadl, megis, roedd y cerbyd yn troi'n sydyn i heol dawel â choed yn tyfu ynddi, ac yna'n arafu. Yna safodd, a chofiodd y ddau ym mha le'r oeddynt a pha beth oedd yn digwydd. Roedd eu hwynebau'n wlyb gan ddagrau, ond ni ddwedodd y naill na'r llall air. Disgynasant ac arweiniodd Merfyn ei gydymaith at ddrws y tŷ lle'r arhosai. Rhaid bod rhywun wedi eu gweld eisoes drwy'r ffenestr, oherwydd agorwyd y drws cyn i Merfyn allu canu'r gloch, ac aethant hwythau i mewn i'r tŷ. Ac yno y safai'r ddau, heb allu llefaru, dim ond edrych yn fud ar ei gilydd, fel pe na fuasent yn gweld neb na dim arall, a gŵr a gwraig y tŷ hwythau'n edrych mewn syndod oedd bron iawn a bod yn fraw.

Gwraig y tŷ a gafodd y feistrolaeth ar ei syndod gyntaf.

"Mr. Owen," meddai, "mi welaf fod rhywbeth rhyfedd wedi digwydd. Dowch drwodd yma i eistedd. Cewch esbonio eto, rywdro!"

Arweiniodd hwy i ystafell eistedd, parodd iddynt gymryd cadeiriau, a throes i siarad â'i gŵr. Roedd y ddau ar fynd allan o'r ystafell a gadael Merfyn a'i gydymaith yno, pryd y cyfododd Lona, a golwg dawelach arni erbyn hyn.

"Madam," meddai, gan siarad gydag ymdrech, "mi wn y maddeuwch i ni. Cafodd Mr. Owen ddamwain drwy i fotor redeg ar ei draws yn y stryd neithiwr. Dygwyd ef i'r ysbyty. Cafwyd nad oedd lawer gwaeth, a phenderfynwyd ei ddanfon i'w lety. Gofynnwyd i mi ddyfod i'w ganlyn. Ac yn y cerbyd ar y ffordd, adnabuom ein gilydd—"

Gwyddai gwraig y tŷ stori Merfyn, a deallodd pa beth a ddigwyddasai.

"A chi ydy'r ferch ieuanc oedd ar goll?" meddai.

"Ie, fi," meddai Lona.

"Wel—o, diolch i Dduw!" ebe'r wraig, â dagrau yn ei llygaid a'i llais. "Ond, Gruffydd, dowch, gadawn y ddau gyda'i gilydd. O, meddyliwch, wedi'r holl flynyddoedd! O, druain bach, bendith Dduw arnoch! Cawn glywed yr hanes eto, ond rŵan, dylech gael llonydd! Dowch, Gruffydd, dowch!"

Aeth hi a'i gŵr ymaith, a chau'r drws ar eu holau, a safodd Merfyn a Lona wyneb yn wyneb, heb neb ond hwy yno. Heb ddweud gair, penliniodd Lona a phlethodd ei dwylo. Penliniodd Merfyn yntau, yn ei hymyl. Buont ddistaw ennyd hir. A thywynnodd yr haul i mewn drwy'r ffenestr nes llenwi'r ystafell â llawenydd euraid, a goleuo'r ddau wyneb difrif, tawel, wyneb mynach ac wyneb lleian, yn holl brydferthwch diniweidrwydd a glendid. Ac oddi allan, yn y stryd, o flaen y ffenestr, clywid organ faril yn canu peroriaeth addfwyn brydferth Edward German, *Shepherd of Souls*.

XXVII.
Adlais

Nid oes lawer eto i'w ddweud. Stori syml iawn oedd stori Lona. Aeth geiriau Miss Vaughan ar y mynydd i'w chalon. Daeth arni arswyd sydyn rhag tynnu am ben Merfyn yr un dirmyg ag a gawsai hi ei hun, ac yn ei gofid, dihangodd hithau, ni wyddai i ba le. Roedd ganddi atgof am Lerpwl, lle'r oedd ei thad a'i mam yn byw pan oedd hi'n eneth fach iawn. Tybiodd y câi rywbeth i'w wneud i ennill ei thamaid mewn tref fawr felly, fel na fyddai mwy ar ffordd Merfyn. Wedi cyrraedd yno, ni wyddai pa le i fynd, ac ni chofiai'n iawn pa beth a ddigwyddodd. Y peth cyntaf a gofiai'n glir oedd dyfod ati ei hun mewn ysbyty, a nyrs garedig yn dweud wrthi mor wael fu. Gwellhaodd yno. Cymerodd y maethesau a'r meddygon hoffter mawr ati, cafodd aros yno, ac aeth yn nyrs, hithau. Bu gyda theulu caredig yn America, yn edrych ar ôl merch iddynt, oedd yn wael ei hiechyd. O'r diwedd, bu farw honno, a daeth hithau yn ei hôl i Brydain. Cafodd le yn Llundain, ac un diwrnod, wrth fynd heibio i gapel Cymraeg, gwelodd bapur ar fwrdd yr hysbysiadau yn mynegi y byddai Merfyn Owen yn pregethu yno'r Sul wedyn. Aeth yno yn yr hwyr, gan feddwl cael ei weld o bell a chlywed ei lais, ond roedd y gwasanaeth drosodd cyn iddi allu cyrraedd, a'r capel yn wag. Daeth hiraeth angerddol drosti. Gwyddai yn nyfnder ei chalon fod Merfyn yn hiraethu hefyd. Ond roedd arni ofn. Gwyddai mai celwydd a ddwedasai Miss Vaughan wrthi, y byddai hi'n gas gan Merfyn; gwyddai mai anwiredd creulon oedd hynny; ond ofnai mai gwirionedd creulon fyddai'r peth arall a ddwedasai Miss Vaughan— "Bydd ei ffrindiau yn chwerthin am ei ben." A gwell ganddi hithau ddwyn baich ei gofid tra byddai, na bod byth yn rhaid iddo ef ddwyn baich y dirmyg hwnnw. Ond bu'n effro ar hyd y nos, yn ceisio dychmygu pa fodd y câi weld Merfyn heb ei gosod ei hun ar ei lwybr. Pe cawsai ei weld a'i glywed o ryw gongl dywyll, buasai'n fodlon, yn fodlon iawn ac yn ddiolchgar!

"Ni wyddwn i sut i gael hynny," meddai Lona, "ond roeddwn yn gobeithio nad oedd ond mater o amser bellach. Gwyddwn eich bod yn Llundain, a thybiwn y byddech yn pregethu yn rhywle wedyn, dim ond i mi gael gwybod ym mha le. Pan ddwedwyd wrthyf yn y bore fod eisiau i mi fynd i ddanfon rhyw ŵr bonheddig adref o'r ysbyty, nid oedd gennyf un syniad mor agos oeddech i mi drwy'r nos. Ond y funud y dois i mewn i'r cerbyd, ac eistedd i lawr, adnabûm chwi, ac ni fedraf byth ddweud fel roeddwn yn teimlo. Roedd arnaf eisiau gweiddi allan gan lawenydd, ond ni fedrwn ddweud un gair. Gwelwn eich bod yn f'adnabod, ac eto eich bod yn ymladd ag amheuaeth. Tynnais fy monet—ni fedrwn i wneud dim byd arall!"

"O, Lona bach!" meddai Merfyn, "wn i ddim sut y medrais fyw ar hyd y blynyddoedd!"

"Na minnau," ebe Lona, "ond bob nos a bore, mi fyddwn yn gweddïo ar Dduw am iddo adael i mi eich gweld chi unwaith cyn marw, a chael dweud wrthych â'm hanadl olaf beth oedd y gwir! Byddwn yn meddwl y gallwn farw'n dawel wedyn. A pha bryd bynnag y byddwn i'n meddwl amdanoch, mi fyddwn fel pe baswn i'n ych gweld, yr un fath yn union a chynt, pan oeddem yn hapus yng Nghymru, dim ond na byddech chi byth yn siarad!"

Ond nid pwrpas hyn o hanes yw adrodd pethau na orffennodd Merfyn a Lona byth mo'u traethu wrth ei gilydd, pethau nad oeddynt hwy, heb sôn am neb arall, bob amser yn gallu deall eu llawn ystyr.

Pan ddaeth y ddau i fyw i'r Ceulwyn, ddechrau haf, roedd Mistar Ifans, Dr. Gruffydd a Tomos Puw yno i'w croesawu, ac roedd hyd yn oed Morys Wiliam wedi danfon ei gofion gyda hwy. Un rheswm am hynny oedd rhediad amser, y mae'n ddiau, ond y rheswm pennaf, hwyrach, oedd y pethau a ddwedodd Mistar Ifans wrtho un noswaith, ar ôl dychwelyd adref o Lerpwl, pan oedd yn chwilio am Lona. Sylweddolodd yr hen greadur syml y noswaith honno y gallai fod ei ragfarn ef ei hun wedi bod yn gymorth i beri digwydd rhywbeth ofnadwy. Gwybu wedi hynny na ddigwyddodd y dynged a ofnid, ond roedd Morys Wiliam wedi dysgu gwers a dirionodd nid ychydig ar ei feddwl; a phan aeth, ym mhen diwrnod neu ddau, ar gais Merfyn, i'r Ceulwyn i edrych amdanynt, llwyr ymostyngodd Morys Wiliam. Dwedodd, pan ddaeth yn ei ôl, y carasai weld y ddau eto yn y Minfor.

Un diwrnod, tua diwedd Mai, ganol y prynhawn, pan oedd Merfyn a Lona yn eistedd gyda'i gilydd yn y tŷ, wedi bod wrthi'n gosod y llyfrau yn eu lleoedd, safodd modur o flaen y drws. Clywsant guro, a daeth y forwyn i ddweud bod rhyw wraig fonheddig am eu gweld ill dau. Parodd Merfyn i'r eneth ei dwyn i mewn. Daeth hithau. Aeth Lona'n welw, a theimlodd Merfyn ei ddigofaint yn cyffroi.

Miss Vaughan oedd yno.

Bu ennyd o ddistawrwydd, ac edrychai'r tri ar ei gilydd. Lona fu'r cyntaf i siarad.

"Eisteddwch, os gwelwch yn dda, Miss Vaughan," meddai hi.

Goleuodd llygaid Miss Vaughan, nes bod hagrwch ei hwyneb yn lliniaru. Daeth gam ymlaen, gan estyn ei llaw.

"A ellwch chi madde i mi, Mrs. Owen?" meddai.

Ni ddwedodd Lona ddim, ond aeth a rhoes ei llaw i Miss Vaughan.

"Gallwn i ddim peidio â dŵad," meddai hithau, "i ofyn i chi madde i mi, chi a Mr. Owen. Nid ydw fi mor ddrwg, hwyrach, ag y byddaf yn edrych yn aml."

Agorodd ei genau i ddweud rhagor, ond tewi a wnaeth, ac ysgydwodd Merfyn law â hi. Daeth dagrau i lygaid Miss Vaughan, nes eu bod yn ddisgleiriach nag o'r blaen.

"Bendith Dduw arnoch ych dau!" meddai hi. "Mr. Owen, dyma'r *Rebel* wedi cael dŵad allan o'r cawell eto am unwaith, ac rydw fi'n diolch i chi'ch dau am agor y drws i fi!"

Ceisiodd wenu wrth ddweud hyn, ond dagrau oedd yn ei llygaid er hynny. Ac roedd dagrau yn llygaid Lona a Merfyn hefyd. Roedd rhywbeth go lew y tu ôl i wyneb hagr Miss Vaughan wedi'r cwbl.

DIWEDD

T. Gwynn Jones
Gorchest Gwilym Bevan

"Roedd llais torcalonnus Mrs. Tomos, a'i geiriau gwylltion, 'Dacw fo'r dyn starfiodd fy ngŵr i; i lawr â fo!' yn swnio yn eu clustiau'n barhaus..."

Mae Gwilym Bevan ar fin taflu'i hun i ddyfroedd y Tafwys pan gaiff ei achub gan ddieithryn, a chael ail gyfle ar fywyd. Dychwela i Gymru a chael gwaith yn y chwarel; a diolch i'w ddysg a'i hyfedredd caiff ei benodi'n arweinydd gan ei gyd-weithwyr. Ond buan iawn ymddengys cymylau anghydfod a gormes ar y gorwel.

Bu trydedd nofel T. Gwynn Jones yn garreg filltir yn hanes y nofel Gymraeg, ac ymhlith y nofelau Cymreig cynharaf i drafod anghydfod diwydiannol.

"Golygfa lle mae'r haearn yn mynd i enaid ydyw."
—*Cymru*

"Nofel ag iddi neges gymdeithasol a gwleidyddol... nofel sosialaidd sy'n ymgyrchu o blaid hawliau'r gweithwyr... Caffaeliad mawr i dwf a datblygiad y nofel Gymraeg oedd nofelau cynnar T. Gwynn Jones."
—*Alan Llwyd*

H. G. Wells
Y Peiriant Amser

"Eiliad yn ddiweddarach roedden ni ein dau'n wynebu ein gilydd: minnau a'r creadur bregus hwn o'r dyfodol. Daeth yn syth ataf i, a chwarddodd yn uchel yn fy wyneb. Fe'm trawyd yn syth gan y ffaith nad oedd yr un awgrym o ofn ynddo o gwbl."

Un noswaith yn Llundain tua diwedd y bedwaredd ganrif ar bymtheg, mae gŵr ffraeth a hyddysg yn estyn gwahoddiad i grŵp o'i gyfoedion fod yn dyst wrth iddo arddangos ei ddyfais anhygoel newydd: y Peiriant Amser. Gyda hwn, mae'n teithio cannoedd o filoedd o flynyddoedd i'r dyfodol ac yn cael ei hun mewn paradwys, o'r golwg. Pam felly bod popeth i'w weld mewn adfeilion? A beth sy'n llechu dan wyneb y byd rhyfedd newydd hwn?

Nofel gyntaf Herbert George Wells, heb os, yw un o'r portreadau enwocaf o'r dyfodol mewn ffuglen, ac hyd heddiw, mae'n un o'r rhai mwyaf arswydus. Erys yn un o gerrig milltir hanes ffuglen wyddonol.

Y cyfieithiad newydd hwn yw'r tro cyntaf i waith Wells fod ar gael yn y Gymraeg.

Mary Oliver Jones
Nest Merfyn

*"'Tom, tyrd i lawr y funud yma,' meddai llais un a adnabyddai
Tom fel eiddo i Bill Tomos, porthor yn y Plas.
'Beth sy'n bod?'
'Mr. Pugh wedi'i ladd.'"*

Tra'n ymweld â bro enedigol ei thad, daw merch ifanc
dan amheuaeth o lofruddio'r gŵr y mae disgwyl iddo
etifeddu cartref ei thaid. Mae'r holl dystiolaeth yn ei
herbyn: beth ddaw o Nest?

Nofel Mary Oliver Jones yw un o'r enghreifftiau
cynharaf o nofel drosedd yn Gymraeg: mae'n dystiolaeth
o gyfraniad yr awdures bwysig hon i lenyddiaeth ei
chanrif, ac yn enghraifft bwysig o lais y ferch yn hanes y
nofel Gymraeg.

Mae *Nest Merfyn* yn ymddangos ar ffurf llyfr am y tro
cyntaf yn y gyfrol hon, sef y cyntaf gan Mary Oliver Jones
i gael ei chyhoeddi ers ei marwolaeth dros ganrif yn ôl.

"[Mae] ei gwaith yn ddarllenadwy a difyr; gwyddai sut i
orffen pennod ar nodyn cyffrous a fyddai'n codi awydd i
ddarllen y rhan nesaf,"
—*Meic Stephens*

MELIN BAPUR

www.melinbapur.cymru

Dilynwch ni ar:

X (@melinbapur)
Facebook (@melinbapur